KB235406

짝사랑 마니아

짝사랑 마니아

초판 1쇄 찍은 날 § 2006년 4월 11일
초판 1쇄 펴낸 날 § 2006년 4월 21일

지은이 § 이영채
펴낸이 § 서경석

편집장 § 문혜영
편집책임 § 이종민
편집 § 한지윤

펴낸곳 § 도서출판 청어람
등록번호 § 제1081-1-89호
등록일자 § 1999. 5. 31
어람번호 § 제5-0089호

주소 § 경기도 부천시 원미구 심곡1동 350-1 남성B/D 3F (우) 420-011
전화 § 032-656-4452 팩스 § 032-656-4453
http://www.chungeoram.com
E-mail § eoram99@chollian.net

ISBN 89-251-0071-1 03810

짝사랑 마니아

이영채 지음

도서출판 청어람

종은 누가 그걸 울리기 전에는 종이 아니다.

노래는 누가 그걸 부르기 전에는 노래가 아니다.

당신의 마음 속에 있는 사랑도 어느 쪽으로 치워놓아선 안 된다.

사랑은 주기 전에는 사랑이 아니니까.

—오스카 햄머스타인—

1... 사랑은 어느 날 갑자기 찾아온다

"으으으아아악—!!"

아무도 없는 빈 카페에 나의 울부짖는 소리가 울려 퍼졌다. 나의 사랑 태진 씨가 카페 문을 나서면 나오는 증세다.

"다른 말을 했어야 했어. 바보같이!"

카운터에 이마를 쿵쿵 들이받고 있는 나를 보던 현우가 혀를 차며 고개를 흔든다.

"염병해, 또 시작이냐?"

부모님이 지어주신 고귀한 내 이름을 제 맘대로 바꾸는 저런 자식한테는 답해줄 필요가 없다. 대신 살포시 가운뎃손가락을 들어주었다. 어린 놈!

"차라리 고백을 해라, 고백을. 만날 고백은 못하고 뒤통수만 쳐다보면서 소리는 왜 지르냐?"

"셧업!"

중얼거리듯 대답하면서도 내 눈은 여전히 사라져 가는 그의 뒷모습에 고정되어 있다. 뒤돌아본다. 뒤돌아본다. 뒤돌아본다. 주문을 외워보지만, 역시나 그는 오늘도 점이 되어 사라져 버린다. 썩을!

"영어도 안 되는 게 되도 않는 영어는."

"뻑큐!"

"쯧쯧. 저 손님의 어디가 좋은 거냐? 나이 차이도 많이 나겠구만. 삼십대지?"

어디가 좋으냐고? 나이 차이를 잊을 만큼 좋다. 솔직히 남자가 삼십은 넘어야 남자 맛이 나는 것 아니겠어? 크크, 또렷한 이목구비며 마른 듯하면서도 은근히 근육이 붙어 있는 몸(실제로 확인해 봤냐고? 꼭 확인해 봐야 아나? 이십일 년의 노하우지), 게다가 보너스로 카리스마 만땅에 훤칠한 키. 쓰읍, 침 고인다.

사실 내 옆에서 알짱거리는 현우 놈도 외모는 그리 빠지지 않는 축에 속한다. 비슷한 체격에 비슷한 키. 하지만 내 눈엔 나의 태진 씨가 훨씬 멋져 보인다. 성숙함의 차이랄까? 하아, 정말 내가 생각하기에도 나 태진 씨에게 너무 빠졌나 봐!

못 들은 척 카운터를 정리하는 내게 현우가 구시렁거리며 묻는다. 집요한 놈!

"언제부터 좋아한 거야?"

"일 년."

간결한 내 대답에 놈의 눈이 커진다. 자식, 놀라긴.

"이이이일 년? 헉! 염병해 네가 일 년을 짝사랑해?"

그렇다. 나 염명혜가 일 년이나 짝사랑을 해온 것이다.

바야흐로, 때는 오늘처럼 따사로운 초 여름날이었다. 그날, 나는 울화병으로 당장이라도 숨이 넘어갈 것만 같았다. 이 뛰어난 미모와 지성을 겸비한 내가 그동안 사귀어주었던—이 부분이 중요하다. 절대절대 사귀어준 거다—덜떨어진 놈한테 며칠 전에 뒤통수를 맞은 것으로 부족해 왕 쪽팔림을 당한 날이었다.

사귀어달라고 울고불고 매달리는 놈을 나 염명혜가 만나주었거늘, 이 자식이 꼴에 양다리를 걸친 것이다. 사정사정하며 다시는 안 그러겠다는 녀석을 지그시 차주고 돌아섰지만, 여리고 여린 감성의 소유자…… 가 아니라 누구보다 강심장이라고 불리던 나도 상처를 받게 되었다. 왜냐고? 생각해 봐라. 멋지고 잘생긴 놈이 양다리를 걸쳤다면 그나마 이해한다. 그런 놈들한테는 분명 여자들이 꼬일 거고, 자의 반 타의 반으로 여자를 만나게 되어 있으니까. 물론 아닌 사람들도 있겠지만 말이다. 어찌 됐든 학교에서 퀸카로 불리는 내가 잘생기지도, 똑똑하지도 않은 놈에게 뒤통수를 맞았다는 사실이 기막히고 어이없지 않겠는가?

며칠은 죽은 듯이 지내던 놈이 글쎄, 그날 그년—누군지 말 안 해도 알 것이다—이랑 유유히 교정을 거니는 것은 물론이고, 어떻게 된 건지는 모르겠지만 내가 차였다는 헛소문이 교내에 파다해져 있었다. 이 내가, 이 염명혜가 남친, 그것도 덜떨어진 놈한테 차인 것이 되어버렸다.

기가 막히고 코가 막히는 지경에 속이 울렁거려 남아 있는 수업을 제끼고, 아르바이트를 하고 있는 스위트 미팅으로 달려왔다. 이곳 스위트 미팅은 테이크아웃 커피숍으로 빌딩 숲 한가운데 자리하고 있는데, 주변에 커다란 커피숍이 즐비함에도 불구하고 사람들은 작고 아담한 이곳을 좋아했다. 그것이 독특한 커피 맛 때문인지, 아니면 편안한 가게 분위기 때문인지 모르겠지만 제법 많은 단골들이 바쁜 일상 속에서도 매일같이 이곳을 들른다. 처음엔 그저 지나가는 손님이었던 사람들이 한두 번 이곳을 거치고 나면, 가벼운 농담은 물론 안부까지 묻는 사이로 발전하게 된다. 뭐, 어쩌면 나의 이 싹싹함 때문인지 모르겠지만. 크크큭.

근데 왜 이 말이 나왔지? 아! 하여튼 그날 화병이 날 것 같은 심정으로 카운터에 앉아 친구인 희숙이한테 전화를 걸었더니, 글쎄 내 얘기는 뒷전이고 남자 친구 걱정을 하는 것이다. 친구란 년이 내 속을 더 뒤집는데, 이십 년을 살면서 나오지 않던 눈물이 다 나오더라.

그런 그 순간, 내 앞으로 살며시 밀어진 냅킨 바구니. 젖은 눈을 들어 냅킨 바구니 너머 서 있는 남자에게 고개를 들었다. 매일 오는 단골손님이 내 앞에 서 있었다. 바로 김태진, 그 남자다. 그저 잘생기고 조용한 남자라고 생각해 왔던 그가 다르게 다가온 순간이었다. 무뚝뚝한 얼굴로 모르는 척 밀어준 냅킨 바구니에 나를 위로해 주는 따스한 마음이 느껴졌다. 근사한 위로의 말도 아닌, 그렇다고 멋진 손수건을 내민 것도 아니었지만, 그 작은 위로에 조금씩 내 가슴속을 헤집던 울분이 사그라졌다.

어른 남자란 이런 것일까? 또래의 남자 아이들에게서 보아왔던 가벼움이 아닌 담담한 그의 모습이 내 마음을 쉽게 정복하고 말았으니. 이름을 불러주었을 때 누군가가 어떤 이의 꽃이 되었듯이, 나는 그가 냅킨 바구니를 밀어 넣어준 순간 그에게 꽃이 되고 싶다고 생각했다. 그 순간, 반짝거리는 빛이 나에게 쏟아져 내리는 것만 같았다. 가슴이 울렁울렁. 아까와는 다른 울렁거림이 나를 흔들어놓기 시작했다.

그렇게 나의 사랑은 시작되었다.

"그럼, 그거 때문에 반했다는 거야?"

현우의 얼굴엔 어이없어하는 표정이 지나갔다. 나쁜 놈! 나의 순정을 저 성의없는 표정으로 오염시키다니!

"진짜 살다 보니 염병해한테 이런 일도 다 있구나."

한 번은 참지만 두 번은 못 참는다.

"뭔병해?"

싸늘한 나의 눈빛에 놈이 겁을 먹었는지 덩치에 맞지 않게 금세 꼬리를 감춘다.

"아니~ 명혜야, 그러니까 그 남자한테 그래서 반한 거야?"

이럴 거면서. 하여간에 머리 나쁜 것들은 이래서 문제다. 꼭 눈치를 줘야 하니. 흠흠, 어찌 됐든 나의 사랑 '태진 씨'를 말하는 것이니 이까짓 걸로 기분을 망칠 수는 없지.

"그렇다고 해야겠지. 그 뒤로부터 그 남자에 대해 관심이 가기 시작했으니까."

사실, 관심이 가기 시작했다라는 말은 적합하지 않다. 왜냐하면, 나는 그 뒤로 그에 대해 관심을 넘어서서 스토커처럼 따라다니기 시작했기 때문이다. 솔직히 나도 지난 일 년의 행적을 떠올려 보면 스스로 놀랍기만 하다. 나의 내면에 숨겨진 어떤 면이 그런 기질을 발휘하는지, 나는 용의주도하게 그에 대해 파악하기 시작했다.

생각해 보면 사람의 욕심이란 끝도 없나 보다. 가끔 오는 손님들이 그에게 '김 사장'이라고 하기에 나도 그에게 '김 사장님'이라고 불렀었다. 하지만 그 호칭만으로는 만족할 수 없었다. 처음엔 그의 이름이 알고 싶어 주위를 맴도는 것으로 시작했던 것이 나중엔 그의 취미를 비롯해 전화번호와 사는 곳까지 알고 싶어지니. 뭐, 이것을 스토킹이라고 해도 뭐라고 할 말은 없다. 이제 나는 웬만한 것은 다 파악했기에.

아침 여덟 시 오십 분이면 그는 이곳 스위트 미팅에 온다. 그리고 그가 좋아하는 카푸치노를 사간다. 이건 현우에게 들은 정보다. 종일 알바인 현우는 그에 대해 물으면 의외로 자세하게 알려주는 정보원이기도 하다. 그래서 이 녀석이 나에게 가끔 가다가 '염병해' 라고 놀리더라도 내가 피의 대가를 치를 수 없는 것이다. 그건 현우도 잘 알고 있다.

회사 퇴근 시간인 여섯 시 삼십 분이 되면, 그는 또 한 차례 이곳에 들른다. 그리고 카페에서 그리 멀리 떨어져 있지 않은 오피스텔로 간다.

주 5일 근무를 하는 나는 쉬는 날이면 그를 쫓아다닌다. 그런데 이 남자는 나를 아는지 모르는지 아는 척도 안 한다.

한 번은 그가 친구와 만나는 술자리를 쫓아갔다가 일부러 옆 테이블에 앉은 적이 있다. 한 시간 넘게 그와 은근슬쩍 눈이 마주치면 인사라도 할까 했더니만, 눈이 마주치기는커녕 나의 미모를 보고 부킹하려는 것들 때문에 부랴부랴 나섰던 일이 생각난다.

에효, 이게 뭔 처량맞은 일인가. 세상에서 제일 할 필요가 없다고 생각하는 일을 지금 내가 하고 있으니. 어쨌든 그동안 내가 파악하기로 그는 여자 친구가 없는 것이 확실하다.

그 순간, 나의 이런 확신에 파사삭 금이 가는 소리가 들려왔으니…….

"오올, 그런데 염…… 명혜, 너의 관심을 받는 김 사장님은 한 기사님하고 친해 보이던데? 혹시 둘이 사귀는 거 아……… 니, 그게 아니라……."

놈은 실수했다는 표정이었지만, 이미 때는 늦었다.

"뭐, 뭐어? 하, 한 기사님하고?"

목소리가 떨린다. 손이 후들거린다. 등골이 뻣뻣해지고 온몸이 차가워지고 있다.

한 기사로 말할 것 같으면, 역시 이곳 스위트 미팅의 단골손님으로 태진과 같은 빌딩에 근무하는 여자다. 처음엔 이름이 '한기사'인 줄 알았더니 생긴 것하고는 어울리지 않게 인테리어 기사란다. 참 내, 별로 특별하지 않은 외모에 항상 칙칙한 표정이라 위험인물에서 제외시켜 놨었는데, 역시 너무 쉽게 생각했던 걸까?

갑자기 주마등처럼 그간의 미행에서 한 기사와 간간이 있던 모습이 떠오른다. 지난 금요일에 있었던 볼링 내기에서는 태진이 한 기사와 같은 편을 하기도 했었다. 그리고 한 기사가 스트라이크를 했을 때, 같이 손뼉을 마주치며 미소도 지었었다. 또 생각난다. 그때가 언제였더라, 아마 내가 그에게 반한 지 한 달쯤 지난 어느 날이었던 것 같다. 그날 비가 왔었는데, 한 기사한테 우산을 씌워주며 같이 걸어가기도 했다. 솔직히 눈엣가시 정도로 생각은 했어도 그 이상일 거라고는 짐작도 못했다.

한 기사라니! 내가 너무나 오만했던 것일까? 그 남자는 한 기사처럼 차가운 인상의 여자를 좋아하지 않으리라 생각했었나 보다. 아니, 내가 아니면 안 된다는 착각이었나? 그래, 어쩌면 그동안 그에게 여자 친구가 없을 것이라는 내 확신은 나 스스로가 만들어낸 망상일지도 모른다. 객관적으로 봐도 그렇게 능력 있고 멋진 남자를 어떻게 가만히 두겠어.

하아, 심장이 불안으로 두근거린다.

"그거…… 근거있는 소리야?"

내 음산한 목소리에 현우가 살짝 눈길을 피한다. 수상쩍다.

"아니…… 명혜야, 그게 아니고, 아침에 가끔 같이 오실 때가 있거든. 나는 혹시나 해서 그런 거지. 내가 실수했다. 아, 아닐 거야."

이놈아, 늦었다. 네놈이 내 이름을 온전히 부른다는 것이 더 수상쩍다. 어지럽다. 몸이 부들부들 떨린다. 달려가서 그를 붙잡고 확인하고 싶다. 하지만 그럴 수는 없다. 여태까지 쌓아왔던 이미지가 있는 것인데.

후우, 릴렉스, 릴렉스. 숨을 고르고 냉정하게 생각해 봐도 결론은 하나다. 당장 확인해 볼 것!

"알았어."

"뭐, 뭘?"

"확인해 보면 알겠지."

"설마, 직접 알아보려고?"

뜨악한 얼굴로 물어보는 놈에게 결연히 고개를 끄덕였다.

"내가 왜 여길 따라다녀야 하냐고!"

늦은 밤, 나는 불만에 찬 현우의 뒤통수를 한 대 쳐주고 전봇
대에 숨어서 퇴근하는 태진을 지켜보고 있다. 다행히 퇴근 시간
부터 지금까지 그는 아직은 의심이 들 만한 행동을 하지 않고
있다.

"쉿! 조용히 해."

"이게 뭐냐고! 너 때문에 일주일 내내 알바도 일찍 끝내서 알
바비 날리고, 미행한다고 매일 저녁 끌려 다녀 저녁도 굶고. 지
금 내 뱃속에서 밥 달라고 아우성치는 소리가 안 들리냐?"

정말 내가 왜 이 자식을 끌고 왔을까? 후회막급이다. 아니,
군대 간다고 휴학까지 한 자식이 이것도 못 참아서 어떻게 하려
고? 하긴 일주일이면 녀석치곤 많이 참았다.

"밥 사줄게. 됐지?"

"밥만?"

순간 이가 으드득 갈렸지만, 눈앞에 있는 태진을 생각하며 참
았다.

"나 술 못 마시는 거 알잖아."

그렇다, 생각 외로 난 술을 마시지 못한다. 집안에 술을 못 마
시는 사람이 있는 것도 아닌데, 유달리 나만 술에 약하다.

"쳇! 일주일간 고생했는데 달랑 밥만 사겠다?"

"그래, 술도 산다. 이 뭣 같은 자식아!"

"오케!"

하여간에 이 녀석은 멀쩡한 놈이 남한테 빌붙는 걸 무진장 좋

아한다. 아니, 지금 이러고 있을 때가 아니지. 눈앞에서 그가 오피스텔에 들어갈 때까지 지켜봐야지.

문 안으로 사라지는 그를 보고서야 마음이 놓인다. 하아, 오늘 하루도 무사히 보냈구나. 쓰윽, 입가에 미소가 걸린다.

"그렇게 좋냐?"

"왜 또 시비야?"

"허기져서 그런다. 됐냐? 그리고 내일부터는 안 따라다닐 거야. 그런 줄 알아."

부루퉁한 얼굴로 녀석이 앞으로 쑥 걸어가 버리자 미안한 마음이 생긴다. 자식, 툴툴대긴.

"그러니까 왜 그런 이상한 말을 해가지고. 네가 그런 말도 안되는 소리만 안 했어도 이 고생은 안 하지. 나도 그동안 확인했으니까 이젠 미행 안 해."

"어련하시겠어."

저 자식이! 순간 주먹이 쥐어짐과 동시에 눈가가 파르르 떨렸지만, 인내심을 갖고 꾹 참았다. 그래도 일주일 내내 동행해 준 녀석이 아닌가. 십년지기인 희숙이 년이 남자 친구 만나야 된다며 나 몰라라 할 때 그나마 내 곁을 지켜준 것이 녀석이다.

이러고 보니 현우가 새삼 대견해 보인다. 녀석을 알게 된 지 육 개월가량 되지만, 다른 친구보다 더 친근하게 느껴진다. 처음 녀석을 봤을 때는 참 싸가지가 없게 생겼다고 생각했었는데 알고 보니 생각보다 마음이 따뜻한 녀석이었다. 가끔 여우 같은 모습을 보여 내 주먹을 불끈 쥐게 하지만. 가로등 불빛 아래로 현우의 얼굴이 더욱 또렷해 보인다. 높은 콧날과 깎아지른 듯 날렵한 턱 선은 꽤 매력적으로 보이게 한다.

자식, 그림은 되는데 뭔가 2% 부족하단 말이야.

"가자."

"배가 고파서 허리가 꺾일 것만 같다. 아무거나 먹자."

하지만 '아무거나'라고 말했던 녀석이 끌고 간 곳은 장안에서 비싸다고 소문난 레스토랑이었다. 나쁜 자식! 여기서 나를 벗겨먹으려고 작정을 했구나. 테이블 위로 접시가 하나둘씩 늘어갈 때마다 내 마음이 조마조마해진다. 이번 달 월급의 반이 오늘 저녁 값으로 나가게 생겼구나.

"안 먹냐?"

"먹어야지."

내가 얼마나 내게 생겼는데 이걸 안 먹어? 먹어야지, 암. 서둘러 접시 위에 있는 것을 입 안으로 쓸어 넣었다. 생각했던 것보다 배가 많이 고팠는지 위에서는 빨리 음식을 달라고 신호를 보내왔다. 얼마나 시간이 지났을까? 빈 접시를 옆으로 밀어놓고 새로 가져온 음식을 허겁지겁 먹고 있는데, 곁에서 혀를 차는 소리가 들려왔다.

"너 이렇게 먹는 거 보면 친구로서 이런 말하기 뭐하지만, 참 추잡스럽다."

"어? 머라거? 주그래?"

“드럽게시리. 야, 입 안에 있는 거나 먹고 말해.”

음식을 우적우적 씹어 넘기고 시원한 물을 한 모금 마시며 녀석을 노려봤다.

“너 다른 데서도 이러냐, 아니면 내 앞에서만 이러는 거냐? 이런 모습 김 사장이 봐봐. 아주 학을 뗄 거다.”

“이 자식이! 우리 태진 씨가 네 친구냐, 김 사장이라게?”

“열녀 났구만. 안 뺏어 먹을 테니까 천천히 먹어.”

“알았어.”

배가 부르니 마음이 넉넉해지고, 세상이 한결 밝아 보인다. 게다가 여태 안고 있던 고민거리도 사라졌으니.

“그럼, 이젠 어쩔 거야? 매일 그렇게 속병 앓지 말고 고백을 해보지 그래?”

내가 그 생각을 안 해봤을 것 같냐고! 하아, 누가 이 염명혜의 고민을 알까? 여태까지 사귀자는 소리는 들어봤어도 사귀자고 해본 적이 없는 나다. 행복한 투정이라고 할지 몰라도 실상 나는 그렇게 편치 못하다. 왜냐하면 과거의 뼈아픈 기억들 때문이다. 마음에 드는 사람을 보더라도 막상 사귀자는 소리를 하려면 손이 부들부들, 심장이 벌렁벌렁, 혀는 굳었는지 말을 더듬거리는 증세가 있다. 그로 인해 고백을 하지 못하고 넘어간 경우가 숱하다.

하지만 이렇게 누군가가 나타나 그에게 다가가는 것을 보느니 차라리 바보처럼 보일지라도 내가 고백을 하고 말겠다고 굳게 다짐했다.

"할 거야."

막상 내가 고백한다고 하니 녀석의 눈이 쟁반만해진다. 자식, 놀라긴.

"어, 언제?"

"D-day는 삼 일 뒤."

"왜 삼 일인데?"

"마음의 준비는 해야 하잖냐."

"풉!"

현우가 맥주를 뿜어대자 사방에 하얀 거품이 튀었다.

"하여간에 더러운 짓은 저 혼자 다 한다니까."

냅킨을 건네자 녀석이 입가를 쓰윽 문지르며 충고 같지 않은 충고를 한다.

"염병해, 네가 무슨 마음의 준비씩이나. 그냥 덤벼들어."

"그럴까? 막 덤벼들까?"

내 반응이 마음에 들지 않았는지 현우의 얼굴이 단박에 굳어졌다.

"하여간 계집애가 못하는 소리가 없어. 남자는 그런 여자한테는 있던 정도 떨어진다. 자고로 여자는 내숭이 있어야지."

"그렇지이? 그럼 내가 자알 하고 있는 거네?"

그제야 녀석의 얼굴에 이게 아닌데 하는 표정이 지나간다. 그러니까 너는 나한테 안 되는 거야.

또다시 태진이 떠오른다. 하아, 가슴이 두근두근. 삼 일 뒤에 있을 고백을 위해 오늘부터 맹연습에 들어가야겠다. 여전히 부루퉁한 현우에게 씨익 미소를 지으며 나만의 축배를 위해 물 컵을 들어올렸다.

✳

“감사합니다. 오늘도 좋은 하루 되세요.”

그녀의 목소리다. 역시 그녀는 상냥하며 센스가 있다. 그녀 옆에 서 있는 저 멀대랑은 차원이 다르다. 현우라고 했던가? 이곳에서 일한 지 반년이 넘는 자식이 ‘안녕하세요’, ‘안녕히 가세요’ 딱 두 마디다. 이러니 나의 그녀와 비교가 될 수밖어.

내가 현우를 미워하는 데는 이유가 있다. 언젠가 그녀를 보기 위해 카페에 들른 적이 있는데 녀석이 그녀를 괴롭히고 있는 거다. 염병해라니! 그녀의 이름을 어떻게 그런 저속한 이름으로 바꿀 수 있는지. 그때 그녀의 얼굴은 잘 익은 사과처럼 발갛게 달아올라 있었다. 거기다가 어쩔 줄 몰라 하며 ‘어머! 어머!’를 연발하는데 그 모습이 얼마나 귀엽고 예쁘던지. 허둥지둥 나에게 카푸치노를 건네는 그녀에게 아무렇지도 않은 얼굴을 유지하느라 참 힘이 들었다. 그런데…… 그러고 돌아서서 나오는데, 기분이 더러웠다. 현우 놈과 그녀의 모습이 잘 어울렸기 때문이다. 그 또래끼리의 자연스러움. 나는 정녕 하지 못할 그런 행동들을 그 자식은 매일같이 그녀와 하고 있을 테니까.

하지만 마약이라도 되는 양 나는 그녀의 목소리를 듣지 않으면 마음이 편치 않게 되었기 때문에 오늘도 이렇게 스위트 미팅에 오고야 말았다. 정말 중독이다.

등 뒤로 들려오는 청아한 목소리를 들으며 떨어지지 않는 걸음을 한 발자국씩 떼었다. 뒤돌아보고 싶지만, 서른한 살이나 먹은 어른이 스물을 갓 넘은 어린 여자 아이한테 반한 것이 부끄러워 그럴 수 없다. 그래도 입가의 미소는 지워지지 않는다.

내가 그녀를 알게 된 것은 일 년하고도 몇 달 전 어느 날이었다. 회사를 삼성동으로 옮긴 이후, 단골이 되어버린 스위트 미팅에서 화장기 없는 청순한 얼굴로 맑게 인사하는 그녀를 보게 되었다. 처음 그녀를 봤을 땐, 솜털이 채 가시지 않은 그녀의 얼굴을 보면서 참 귀엽다고 생각했었다. 하지만 나이에 맞지 않게 조신한 모습이며, 꾸밈없는 미소를 매일 접할수록 그녀에게 빠져들고 말았다.

언젠가는 길을 지나다가 그녀가 친절하게 할머니를 도와주는 모습을 본 적이 있다. 뭐, 별거 아니라는 사람도 있겠지만 생각해 봐라. 그 가녀린 몸으로 할머니의 보따리를 들고 낑낑거리며 따라가는 모습을. 요즘 같은 시대에 그런 모습은 흔하지 않으니 말이다.

그렇게 참한 여자라고만 생각했던 내가 결정적으로 그녀에게 반한 계기가 있으니, 언제나 밝은 얼굴만 봐왔던 그녀의 다른 모습을 보게 된 것이다.

그날은 맑은 햇살에 열기가 더해가던 여름의 초입에 들어선 날이었다. 그날 나는 업체와 한바탕하고 속이 아주 뒤틀린 상태였다. 뭔가 분풀이라도 하고 싶은 그런 기분으로 카페에 들어섰다. 주문을 하기 위해 서류가방을 카운터에 내려놓는 순간, 무언가가 거치적거리며 밀려났다. 그런데 그 순간, 그녀가 울먹이며 대답을 하는 것이었다. 그것도 젖은 눈으로!

"고맙습니다."

어리둥절한 얼굴로 뭐가 고맙다는 거지 하면서 쳐다봤는데, 맙소사! 그때 느낀 감정이란! 내 마음속의 어떤 결계가 깨지는 느낌이라고 할까? 그녀와 나 사이에 무언가가 흐르는 느낌이 들었다. 그게 무엇이냐고 물어본다면 설명할 수 없다. 하지만 그 느낌은 나를 한순간에 흔들어놓고야 말았다.

촉촉이 젖은 눈으로 나를 보던 그 얼굴, 그 눈동자. 그 속에서 나는 가녀린 그녀의 모습을 엿보게 된 것이다. 그리고 그런 모습에 그녀에 대한 보호본능이 가슴 저 깊은 곳에서 샘솟기 시작했다. 그 순간, 하루 종일 내 가슴을 태웠던 불길이 다른 식으로 변하고야 말았다. 그와 함께 그녀가 내 안으로 쏘옥 들어왔다. 그리고 나선 주체할 수 없는 이 마음. 후우, 마치 내 자신이 변태가 된 듯하다. 저렇게 어린 여자애한테, 그것도 이렇게 많은 나이의 내가 이런 감정을 갖는 것이 합당하기나 할까?

"선배."

영진이 내 옆에 서 있었다. 대학 후배인 영진은 내 오랜 친구인 상헌의 부하 직원으로 인테리어 기사로 근무하고 있다. 대학 시절부터 상헌이라는 교집합이 있어서인지, 아니면 이웃 회사에 근무해서인지 우린 제법 자주 만나 술잔을 기울이는 사이가 되었다. 졸업을 하고서도 한참 지난 지금까지도.

"어? 한 기사, 지금 퇴근하는 하냐?"

영진이 보기에도 무거워 보이는 가방을 바꿔 들며 물었다.

"네, 근데 몇 번이나 불렀는데 무슨 생각하느라 그렇게 못 알아들어요?"

"그랬어? 일 생각 하느라고."

"훗, 설마요. 상헌 선배가 그런 말씀을 하시면 모르겠지만, 선배 말은 안 믿겨요."

농담처럼 말하지만 녀석이 상헌의 이름을 부를 때면 눈빛에 애잔함이 감돈다. 가질 수 없는 것에 대한 애절한 마음을 알기에 더욱 안타깝다.

"한영진, 너 그거 얼마나 차별성 발언인 줄 아냐? 그리고 누군 말씀이고, 누군 그냥 말이야?"

"어? 제가 그랬나요?"

"얼버무리려고 해도 이미 때는 늦었다. 이 상처 입은 얼굴이 보이지 않냐?"

되지도 않는 농담을 지껄였더니 영진이 어이없다는 얼굴이다. 왜 이 녀석을 보면 안쓰러운 걸까. 그래서 녀석한테는 더 짓궂게 장난을 치는지도 모르겠다.

"웃어? 이 상처받은 얼굴 안 보이냐?"

"후후, 선배가 상처를 받아요?"

"인마, 나도 심장이 있어. 뭐, 내 심장은 강철 심장이냐? 좋아. 너를 용서하는 의미로 제안한다. 오늘은 네가 술 사라."

"못살아. 어째 십 년이 지났는데도 이렇게 안 변해요? 정말 대단해."

"인마, 변하면 죽는 거야. 자, 가자."

녀석의 어깨를 끌어당기며 가까운 술집으로 향했다. 못 이기는 척 끌려오는 영진의 얼굴에 오랜만에 웃음이 어려 있다. 자식, 그렇게 웃어라.

2... 삐뽀! 삐뽀! 경계 경보 발동 중!

숨이 차 오른다. 설마 했던 일이 사실이란 말인가? 볼을 꼬집어봤다. 아악! 찢어질 듯한 아픔으로 미루어볼 때, 지금 내 눈앞에서 벌어지고 있는 것은 꿈이 아닌 현실이다. 내일 할 고백을 상상하며 부푼 마음으로 퇴근하고 집으로 돌아가던 중, 태진과 한 기사를 보게 되었다. 내가 일 년을 공들여 온(?) 그가 사이좋게 한 기사 그 아줌마—이제부터 아줌마라고 부르겠다—와 어깨를 나란히 하고 호프집에서 나오는 것을 보았을 때의 기분이란! 눈을 몇 번이나 껌뻑이고, 비벼보았다.

　일주일 동안 불안에 떨다가 간신히 발 뻗고 잔 지 겨우 이틀 만에 이런 날벼락이라니! 어쩌면 그저 단순한 친구 사이일 수도 있다고 생각하면서도 불어나는 의심은 걷잡을 수 없다.

가방에서 야구 모자를 꺼내 깊숙이 눌러쓰고 나는 또 자석에 이끌리듯이 그를 미행하고 있다.

이제 그들은 달아오른 얼굴로 근처 포장마차에 들어서고 있었다. 나는 오 분 정도를 문밖에서 기다리다가 조심스럽게 안으로 들어가 그들과 사선으로 놓인 자리에 앉았다.

아니, 그런데 저 아줌마 지금 누구한테 저런 교태를 부리는 거야? 참 내, 우리 가게 올 때는 우중충한 얼굴이더니만 지금 저 남자한테는 제법 예쁜 미소를 보내고 있다. 허허, 참 볼수록 가관이네, 저 아줌마. 그래도 다행인 건 태진의 얼굴엔 별다른 변화가 없다는 거다. 다만 취기로 인해 붉어진 얼굴이 다랄까? 여느 때처럼 과묵하고 멋진 모습은 그대로다. 하아, 이러니 내가 저 남자를 좋아할 수밖에. 아악, 끼어들어서 저 아줌마를 떼어내? 그래, 오버라는 거 안다.

한 시간 남짓, 마시지도 못하는 술을 시켜놓고 그들을 주시했다. 내가 이렇게 타오르는 눈길로 뚫어지게 그를 쳐다보고 있는데도 그는 나를 보지 못하는 건지, 아님 나란 여자애한테는 관심이 없는 건지 나에게 눈도 마주치지 않는다.

포장마차 안엔 연인, 친구, 직장 동료들 등 다양한 무리들이 둘러앉아 한껏 목소리를 높이고 있었다. 그 가운데 나만 덩그러니 홀로 앉아 조용히 그들을 지켜보고 있다. 하아, 정말 내 신세가 처량맞다.

“하하하.”

그의 시원한 목소리가 포장마차 안에 울려 퍼진다. 그에 맞춰 아줌마의 얼굴에 수줍은 미소가 솟아난다. 아, 진짜 재수없네. 어디에서 내숭이야? 자리를 박차고 나가 당장에라도 저들 사이를 방해하고 싶지만 이성의 끈을 놓지 않고 참아냈다. 하아, 정말 내가 생각해도 나는 강한 이성의 소유자인가 보다.

스스로에게 감탄하는 사이, 그들은 파장을 하려는지 일어섰다. 나도 계산하고 나가는 그들을 따라 움직이고 있다.

골목길을 걷다가 무언가에 걸린 듯 태진이 휘청이자, 저 아줌마 기회다 싶었는지 얼른 잡는다. 얼씨구? 이젠 그의 팔을 자신의 어깨에 걸치기까지 한다. 진짜 가관도 아니네. 내 이럴 줄 알았다. 분명 태진에게 흑심이 있었던 게야. 그래서 저렇게 술 취한 그에게 은근슬쩍 접근하려는 거지. 에효, 이래서 여자나 남자나 잘나면 고생이라니까. 나중에 한 기사 아줌마를 가만두지 않겠다고 다짐하며 주먹을 움켜쥐고 그들을 뒤쫓았다.

까만 골목길엔 그들과 나, 그리고 희미한 가로등만이 존재하고 있었다. 그 골목길을 따라 그들은 휘청거리는 몸으로 어디론가 향하고 있다. 아니다, 내가 잘 알고 있는 곳으로 향하고 있다. 바로 내가 일 년 동안을 수없이 서성이던 그 동네, 그의 집으로 말이다. 뛰어가서 잡고 둘이 사귀는 거냐고 물어보고 싶다. 하지만 지금 내가 뜬금없이 물어본다면 얼마나 우스운 꼴이겠는가?

오피스텔 정문을 지나 그의 집 앞까지 따라가면서도 설마 하며 의심을 했건만, 결국 그들은 그의 오피스텔로 사라지고 말았다. 눈으로 확인했는데도 난 그의 집 앞에서 움직일 수가 없었다. 가슴속에서 무언가가 쿵하고 내려앉는 느낌이다. 말도 안 된다고 중얼거리면서도 나는 그의 집 앞에서 눈을 뗄 수가 없었다.

복도를 지나가는 사람들이 충혈된 얼굴로 그의 오피스텔 문을 노려보고 있는 나를 이상하게 쳐다보고 있다. 지금 내 심정이 어떤데 말이 곱게 나가겠는가?

"아, 씨! 뭘 봐요?"

미친 사람 보듯이 슬금슬금 피하는 사람들을 보면서도 별다른 감흥이 느껴지지 않는다. 왜 아니겠는가? 내 사랑이 깨지게 생겼는데.

나는 또다시 기대해 본다. 어쩌면 단순한 3차일 수도 있다. 아니면 술 취한 그를 집까지 데려다 주기 위해 그저 들린 것 일 수도 있다. 그렇다, 그럴 것이다.

그러나…….

지금 시각은 열두 시. 여전히 그들은 집에서 나오지 않는다. 한 기사 그 아줌마, 생각보다 강심장이다. 아니, 나이가 있어서 그렇게 뻔뻔한가? 남자 혼자 사는 집에 저렇게 자정이 넘는 시간까지 있다니. 혹시 술에 취한 태진을 노리는 것은 아닐까? 하아, 이래서 잘난 남자를 사모하는 여자의 마음은 힘든 것이다.

십 분이 지나고, 또다시 십 분이 지나도 나는 안절부절못한 채로 이렇게 문밖에서 하이에나처럼 서성이고 있다.

"학생, 누구 찾아왔나?"

경비 아저씨가 누군가의 신고를 받았는지 의심스러운 눈으로 다가온다.

"네."

"몇 호에 찾아왔나?"

대답없이 눈앞의 문을 노려보자 경비 아저씨가 고개를 갸웃거린다.

"1206호? 여기 사람 아까 들어간 거 같은데? 어?"

아저씨는 그제야 뭔가 직감적으로 눈치를 챘는지 나를 보는 눈이 한결 부드러워 보인다. 아니, 불쌍하게 보는 것 같다. 아저씨도 그 아줌마랑 같이 온 것을 본 모양이다. 하아! 비참하다.

"흐흠, 요즘 젊은 사람들은 허, 참."

혀를 끌끌 차며 조용히 사라져 가는 아저씨를 보며 쭈그리고 앉았다. 그 아줌마가 문을 열고 나올 때까지 기다리기로 했다.

후우, 나는 무엇을 확인하고 싶은 걸까?

밤을 꼬박 샜다. 처음으로 외박이란 것을 했다. 그런데, 그런데 그 아줌마가, 동이 트고 하늘이 점점 엷어질 때까지도 나타나질 않는다. 그리고 마침내……

달칵.

잽싸게 숨어 그들을 지켜보았다. 사이좋게 문을 열고 나오는 태진과 한 기사 아줌마의 모습을 말이다. 그가 아줌마의 가방을 빼앗아 들고 엘리베이터를 타는 모습이 영화의 한 장면처럼 클로즈업된다. 마침내 엘리베이터의 '띵' 소리가 들리고 나서야 꿈에서 깬 듯 모든 사물이 하나둘씩 눈에 들어온다. 그렇게 그들이 사라지고서도 한참을 그대로 서 있었다. 정말 최악이다.

하늘이 무너지는 것 같다. 세상이 노랗게 보인다. 어질어질, 휘청거리는 나를 경비 아저씨가 나타나 부축해 주셨다. 밤새 몇 번이나 이곳을 왔다 가셨던 아저씨가 내 모습을 지켜보셨나 보다.

"학생, 괜찮아?"

"네, 괜찮아요."

힘없는 얼굴로 중얼거리듯이 말하고 서둘러 발걸음을 뗐다. 어젯밤, 아니, 새벽까지도 아줌마가 저 문에서 나왔다면 지금 이렇게까지 무너지는 마음은 아니었을 것이다.

"에잇, 나쁜 놈! 저렇게 어린애를 놓고, 퉤."

나를 위로해 주는 말이란 걸 알지만 그래도 듣기 싫다. 하지만 대꾸할 기운도 없어 그냥 모르는 척 나왔다.

아직은 차가운 아침 공기를 마시며 터덜터덜 카페로 향했다. 꽤 이른 시간이라 어디에 갈 만한 데도 없다. 수업이 있다면 학교라도 가겠지만 오늘은 수업마저도 없는 날이다. 물론 집에 가야겠지만 지금 들어가면 죽기 일보 직전까지 맞겠지. 솔직히 무섭지 않다면 거짓말이겠지만, 지금은 생각할 시간이 필요하다. 내 마음을 다독일 시간이 말이다.

아침 햇살이 눈부시게 쏟아져 내려 서늘한 공기를 데우고 있지만 내 마음은 얼음장 같기만 하다. 어젯밤 왜 그들을 미행했을까? 차라리 보지 못했다면 이렇게 가슴이 아프진 않았을 텐데. 그동안의 시간들이 조금씩 금이 가 와르르 무너져 내리는 것만 같다. 그러니 이렇게 가슴이 아프겠지.

아픈 가슴을 부여잡고 카페 문을 열자 다정하게 서 있는 그들의 모습이 눈에 들어온다. 썩을! 그들이 이곳에 올 것이라는 것을 까맣게 잊고 있었다.

"어? 염병해? 얼굴이 왜 그래?"

현우가 호들갑스럽게 말하자 그들이 뒤돌아본다. 언뜻 태진의 얼굴에 놀람이 스쳐 지나간 것도 같다. 하긴 이렇게 꼴이 엉망인 모습은 처음일 테니까. 지금의 내 모습은 거울을 보지 않아도 가관일 것이다. 간밤에 그들의 모습을 상상하느라 쥐어뜯은 머리카락 하며 복도 바닥에 주저앉아 꼬질꼬질해진 면바지에 씻지도 못해 지저분한 내 모습이 눈에 선하다. 이젠 쪽팔리다는 생각도 들지 않는다. 그냥 분노할 뿐!

나쁜 놈! 처녀 가슴에 불을 질러놓고, 다른 여자랑 밤을 지새워? 아냐, 아냐. 어쩌면 저 남자는 원하지 않았을 수도 있어. 저 여우 같은 아줌마가 꼬리를 치니까 넘어갔을 거야.

하! 저 순진해 보이는 얼굴로 어젯밤 태진 씨에게 얼마나 꼬리를 쳤냔 말이지. 아냐, 그래도 그렇지 줏대없이 넘어간다는 게 말이 돼?

마음속에서는 아직도 미련이 남았는지 갈팡질팡이다. 하지만 생각에 생각을 해봐도 아닌 건 아닌 거다. 그래, 이 염명혜가 짝사랑을 한다는 게 말이 안 되는 거지. 어쩌면 이쯤에서 관두라는 신의 계시일지도 모른다.

"그럴 일이 있었어. 잠깐."

간단하게 그들에게 목례한 후, 쌀쌀맞게 지나쳐 화장실로 향했다. 얼굴을 씻고 거울을 보면서 마음을 다잡는다.

이렇게 뽀샤시하고 예쁜 얼굴 있으면 나와보라고 해. 아마 그 여잔 이렇게 안 될걸? 내가 다른 건 몰라도 나이에선 또 안 꿀리잖아. 아, 또 뭐야. 이젠 잊는다니까?

고개를 세차게 흔들고 다시 홀에 들어갔다. 태진은 벌써 갔는지 보이지 않고 여우 같은 아줌마만 보인다. 갑자기 상실감이 밀어닥친다. 그의 부재에 또다시 가슴이 아파온다. 참 내, 주책없이 눈물까지 나오려고 하다니. 붉어진 눈가를 추스르다 한 기사 아줌마랑 눈이 마주쳤다.

저 아줌마, 어줍지 않게 걱정하는 얼굴로 묻는다.

"괜찮아요? 어디 아파요?"

갑자기 어지럼증이 몰려왔다. 휘청거리는 나를 한 기사 아줌마가 붙잡아주었지만 나도 모르게 손을 쳐내 버렸다.

탁—

무안한지 아줌마가 이마를 찡그린다. 손을 쳐낸 나도 민망스러운데, 옆에 서 있는 현우 놈이 더 안절부절못한다.

"명혜야, 왜 그래?"

사실, 지금 저 아줌마와 한판 붙고 싶다. '김태진 배 타이틀 전'이라면 죽기 살기로 해볼 자신 있는데.

"괜찮아요. 아가씨가 오늘 기분이 안 좋은가 보네."

저 아줌마 끝까지 재수없는 거 봐라. 또 나만 나쁜 년 됐다. 아니, 어디서 착한 척이야? 참 내, 여우 짓은 혼자 다 하는구만. 정말 생각보다 고단수다. 이래서 태진이 넘어간 걸까?

현우 놈이 나에게 눈을 부라리다가 아줌마에게 말했다.

"그래도 그렇지……. 이해력 넓은 한 기사님이 참으세요."

이래서 남자들은 바보다. 조금만 착한 척 가증을 떨어주면 천하의 천사는 따로 없다는 듯 저렇게 떠받든다. 이런 상황이니 나도 질 수는 없지.

"어머! 죄송해요. 몸이 안 좋아서 저도 모르게……."

힘없는 얼굴로 중얼거리듯이 사과하니, 현우 놈이 눈을 굴리며 고개를 흔든다. 저 자식은 나를 너무 잘 알고 있어서 더 얄밉다. 다행히 아줌마는 곧이곧대로 듣는 눈치다.

"괜찮아요. 그런데 몸이 많이 안 좋은가 보다."

진짜 재수없네. 흥! 가증의 극치구만. 근데 저 아줌마 웃으니까 얼굴이 달라 보인다.

"안 좋긴요. 야, 거치적거리지 말고 저기 가서 앉아 있어. 괜히 얼쩡거리다가 점장님한테 혼나지나 말고."

저 자식이! 현우를 한번 째려봐 주고 주방으로 들어갔다. 투덜거리는 내 등 뒤로 현우의 목소리가 들려온다.

"커피 나왔습니다."

"카푸치노는 따로 포장했지?"

"네. 그럼요."

'카푸치노'란 말이 가슴을 찌르르 울린다. 그가 좋아하고, 그로 인해 나도 덩달아 좋아하게 된 커피. 더 이상은 저 커피를 마시지 못할 것만 같다.

떨리는 마음으로 대문 앞에 섰다. 밤새 울리던 핸드폰을 호기롭게 꺼놓고 외박을 했지만, 막상 집 앞에 서니 두려움밖에 남지 않는다. 며칠 전, 언니의 외박 사건이 생각난다. 회식을 했던 언니가 그날 삘을 받았는지 밤새도록 먹고 마시다가 술에 만취한 상태로 고래고래 소리를 지르며 새벽녘에 들어왔던 것이다. 그날, 아버지는 머리끝까지 화가 나셔서 머리칼을 잘라 버리겠다고 난동을 부리셨다. 정신이 든 언니가 다신 안 그러겠다고 싹싹 빌고, 옆에서 엄마와 내가 말렸기에 망정이지 안 그랬으면 아마 머리칼이 잘려 나가도 진즉에 잘려 나갔을 거다.

그 퍼런빛을 뿜어내던 가위 날을 생각하니 오금이 저린다. 그런 아버지인데 며칠 전 사건이 채 가시기도 전에 내가 또 외박을 했으니. 그래도 다행이라면 나는 언니처럼 술에 절어 들어오지 않았다는 것이다. 그런데 술에 취해 새벽에 들어온 것과 맨정신으로 아침에 들어온 것 중 어떤 것이 아버지를 더 화나게 할까?

하아, 어떻게 할까? 이대로 그냥 잠적을 해버려? 아버지가 용서한다고 할 때까지 어딘가에 숨어 있는 거지. 그러면 조용히 넘어가지 않을까?

그러나 이내 곧 머리를 흔들었다. 아버지가 누군가? 동네 사람들이 다 고개를 흔드는 호랑이 염 관장님이다. 그런 꼼수는 통하지도 않을뿐더러 자칫하다간 영영 집에서 쫓겨나는 결과를 가져올 것이다. 하아, 무서워 죽겠다. 그냥 무조건 빌자고 다짐했건만, 문을 열기가 두렵다. 듬성듬성 페인트칠이 벗겨진 녹슨 대문이 마치 나를 삼킬 듯 노려보는 것만 같아 다리가 후들거린다.

열쇠를 만지작거리며 얼마나 서 있었을까? 갑자기 대문이 벌컥 열리며 엄마가 나오셨다. 밤을 꼬박 새우셨는지 가뜩이나 가냘픈 얼굴에 힘이 하나도 없어 보인다.

"명혜야! 너 이놈의 지지배! 어젯밤 어떻게 된 거야? 핸드폰은 왜 꺼놓은 거야? 엄마랑 네 아버지랑 어제 한숨도 못 잔 거 알아? 여보! 명혜 왔어요!"

"어, 엄마!"

변명할 틈도 없이 후다닥 집 안으로 들어가 버리시다니! 나를 안전하게 데리고 들어가셔야지. 아니나 다를까, 살짝 대문 안으로 발을 들이미는 순간 아버지의 목소리가 들려온다. 땅딸막한 몸집에 걸맞지 않은 우렁찬 목소리가.

"어딜 들어와? 외박한 딸년한테 누가 맘대로 대문을 열어주랬어? 다시 닫지 못해!"

아씨, 쪽팔려! 아주 동네방네 외박했다는 소문이 다 나겠구만. 그래도 살려면 어쩔 수 없다. 싹싹 빌자.

"아, 아버지……. 자, 잘못했어요."

애처로운 눈으로 용서를 구했건만, 우리 아버지한텐 씨알도 안 먹힌다. 그런 아버지 옆에서 엄마는 사색이 된 얼굴로 발을 동동 구르며 서 계신다. 이것이 우리 집안의 권력구조를 보여주는 단면이라고 할 수 있다.

"아, 문 안 닫아? 내가 닫을까?"

"여보…… 애한테 사정이라도 듣고 나서 뭐라고 해도……."

"이 사람이? 아니, 어젯밤에 핸드폰도 제 맘대로 끈 애야. 그런데 더 들을 게 뭐가 있어?"

"그래도 여보……."

열심히 나에게 눈짓을 하는 엄마를 보며 떨리는 입술을 열었다.

"그, 그게 아니라……."

"그래, 말이나 한번 들어보자꾸나. 말만한 처녀가 왜 외박을 했는지."

"저기, 저 아버지, 실은……."

그나마 가위를 안 들고 나오신 걸 다행이라고 생각해야 하나? 한숨을 놨지만 막상 변명을 하려고 하니 떠오르는 것이 없다. 그렇다고 사실을 말하자니 정말 내 자신이 초라해 보인다.

"할 말이 없는 모양이구만. 어서 문 닫아! 한 발자국이라도 발을 들여놓게 했다간 당신도 쫓겨날 줄 알라고!"

청천벽력 같은 말을 끝으로 아버지가 획 등을 돌리려는 찰나, 나는 무릎을 꿇고 아버지의 바짓가랑이를 붙잡으며 나도 모르게 사실을 털어놓고 말았다.

"아, 아버지, 잘못했어요. 아버지, 시, 실은 혼자 좋아하던 사람이 있었는데 그, 그 사람한테 애인이 생겼다고 해서 확인해 보려고 밤을 새웠어요. 너, 너무 속이 상해서 그, 그래서 확인하느라 그랬어요. 이젠 잊을 거니까, 다시는 그럴 일 없을 거예요."

내 몸을 털어버리려던 아버지가 순간 몸을 굳힌 채 가만히 서 계셨다. 나를 불쌍히 여기셔서 봐주려는 것일까? 그런데 왜 이렇게 더 무서운 거지? 슬쩍 엄마를 보니 안색이 더욱 창백해져 가고 있다. 좋지 않은 예감이다.

"뭐? 뭐라고? 혼자 뭐를 해?"

노기 띤 음성에 그제야 내가 어떤 실수를 했는지 깨달았다. 맙소사! 내가 지금 무슨 소리를 한 거지? 아버지가 제일 싫어하는 말, 짝사랑했다는 말로도 부족해서 차였다는 말을 하다니! 온몸에 전율이 느껴진다. 이젠 어떻게 하지? 이건 가위로 해결

될 일이 아니다. 떨리는 심정으로 아버지를 바라봤다. 주먹을 움켜 쥔 채로 화를 참고 있는 게 역력히 보인다. 아, 심장 떨린다.

"아, 아버지."

"여, 여보!"

덩달아 엄마의 얼굴도 하얗게 질렸다. 또다시 악몽이 떠오르시겠지. 그러니 왜 과거에 아버지를 냉정히 거절해서는. 우리 아버지로 말할 것 같으면, 엄마와 결혼한 것도 죽기 살기로 쫓아다녀서다. 아무 가진 것도 없고 인물도 변변치 않은 남자라며 괄시받고 무시당했지만, 열 번 찍어서 안 넘어가는 나무 없다는 신념 하나로 엄마와의 결혼에 골인하셨다. 이런 아버지를 보며 남들은 배알이 없네, 의지의 사나이네 뭐네 하며 비웃었단다. 하지만 지금은 그런 사람들을 되레 비웃으며 아버지의 천상천하 유아독존의 시대를 영유하고 계신다. 지난날의 아픈 기억 때문인지 아버지는 누군가에게 차였다는 소리를 못 참아하신다.

언제였던가, 내가 어릴 적에 좋아하던 남자애한테 놀림을 받고 온 적이 있었다. 마침 그 애가 아버지 도장에 다니고 있었는데, 그 사실을 안 아버지가 하루 종일 그 애한테 일명 뺑뺑이를 돌리신 거다. 아무것도 모르던 그 애는 쪼르르 제 엄마한테 일렀지만, 우리 아버지는 뻔뻔하시게도 아이의 근력을 키워준 거라고 하셨다. 그 말에 그 아이 엄마는 감사하다며 더욱 근력을 키워달라고 하셨고, 그 아인 아버지를 공포 어린 눈으로 바라봐야만 했다. 그런 아버지 앞에서 차였다는 소리를 하다니, 정말 내가 정신이 나갔나 보다.

아버지의 벌겋게 변해 버린 눈이 빠르게 움직이더니 마당 한 곳에 놓여 있는 빗자루에 멈춰 버렸다. 아버지는 다리에 매달린 나를 먼지를 떼어내듯이 가볍게 털어버리시더니 빗자루가 있는 곳으로 성큼성큼 다가가시는 거다.

"여, 여보!"

빗자루를 든 아버지의 손이 부들부들 떨리는 것이 보인다. 분명 화를 주체하지 못하시는 것이다. 성인이 된 후론 맞아본 적이 없지만 혹시라도 저 빗자루가 언제 나에게 날아올까 두려워 온몸이 긴장이 된다.

"차여? 어떤 놈한테?"

헉! 아버지의 낮은 목소리가 내 귓가에 울려 퍼진다. 정신을 가다듬어야지 이대로 있다간 큰일나게 생겼다. 아버지 성격대로라면 분명 태진에게 쫓아가 행패를 부릴지도 모른다. 암, 그렇고말고.

"말해! 어떤 놈이냐?"

"그, 그냥 이름도 몰라요."

내 대답에 아버지의 안광에서 순간 번쩍 빛이 뿜어져 나온다. 그리곤 마치 범인을 취조하는 수사관처럼 내 주위를 돌며 아버지가 심문하기 시작했다.

"이름도 모른다?"

“네? ……네.”

“그래? 그럼 뭐 하는 놈인데?”

“그, 그것도 잘…….”

“뭐 하는 놈인지도 모른다?”

아버지의 집요한 눈길을 피하며 고개를 끄덕였다.

“네.”

“좋아, 그렇다고 해두지. 그럼 어디서 본 거냐? 어디서 봤으니까 네가 좋다고 쫓아다녔겠지.”

“그냥 오다가다…….”

우물쭈물 답하는 내게 불같은 화가 떨어졌다.

“뭐? 지금 이 아비랑 농담을 하자는 게냐?”

“그, 그게 아니라, 진짜 몰라요.”

“그럼 근본도 모르는 그런 놈을 좋아했다는 거냐? 당신 얼른 대문 잠가!”

“여보!”

“아버지!”

“얼른 대문 못 잠가? 어디서 남자를 쫓아다니다가 차이고서 들어와? 내가 너를 그렇게 가르쳤냐? 그러라고 내가 금이야, 옥이야 하며 고이고이 키운 줄 알아?”

혁! 우리 아버지, 입술에 침도 안 바르고 거짓말도 잘한다. 어떻게 고이고이 길렀다고 할 수가! 우리 집엔 왕과 무수리들밖에 없다. 그 옛날, 그렇게 엄마를 쫓아다녀 결혼에 성공한 아버지는 결혼과 동시에 본색을 드러내셨다. 아버지의 불같은 성격에 마음 여린 엄마는 그저 숨죽인 채로 자식들과 남편 뒷바라지를 하며 평생을 보내셨고, 그런 엄마의 영향으로 딸들도 아버지 앞에서는 설설 기며 살아가고 있다. 그런데 금이야, 옥이야라니! 순간 눈에서 반항의 빛이 쏟아져 나올 뻔했지만, 현실을 직시하며 꾹 참았다.

"아, 아니요."

"그럼 빨리 말해! 누구며, 무엇을 하는 놈이며, 어떻게 만났는지 얼른 이실직고 못해?"

"아버지, 진짜 사실대로 말한 거예요. 만약 거짓말이라면 제가 염명혜가 아니에요."

내가 이런 거짓말까지 해야 하다니. 갑자기 서러움에 눈물이 복받친다. 어젯밤 광경이 새삼 떠오르고, 이렇게 무릎 꿇고 빌어야 하는 상황이 서럽다. 한 방울 두 방울씩 떨어지던 눈물이 이제는 봇물 터지듯 흘러나오고 있다.

"며, 명혜야!"

놀란 얼굴로 엄마가 다가와 나를 품에 끌어안고 다독이자 너무나 따스한 느낌에 더욱 눈물이 치솟는다.

"여보, 그만 좀 해요! 속상한 애한테 꼭 이래야겠어요? 정말 내가 못살아. 이십 년 넘게 내가 미안하다고 하면서 속죄했잖아요. 그러면 됐지, 그걸 두고두고 가슴에 새겨놓고, 잊을 만하면 꺼내서 사람 복장 터지게 하고. 이제는 자식들한테까지 그래야겠어요? 에휴, 내 팔자야.”

“흐흠, 내가 뭐랬다고.”

헛기침을 하며 아버지가 등을 돌리자 그 모습이 야속해 더 크
게 울어버렸다.

“엉엉!”

그런 내 모습에 아버지가 움찔 놀란 표정으로 서둘러 집 안으
로 들어가신다. 염씨 가문의 차녀로 태어나 온갖 핍박에도 웬만
해서는 눈물 한 방울 흘리지 않던 내가 대성통곡을 하고 있으니
놀랄 만도 하겠지.

“얼른 들어가서 씻어. 아침 먹었어?”

그러고 보니 어제저녁부터 아무것도 먹지 못했다. 잊고 있던
공복감이 느껴지자 또다시 슬퍼진다.

“끅끅, 안 먹었어. 아무것도 안 먹었어. 엉엉.”

“울지 마. 엄마가 얼른 국 데워서 밥 줄 테니까 씻고 방에 가
있어. 엄마가 차려서 갖다 줄게.”

어린아이처럼 고개를 크게 끄덕이고 욕실로 향했다. 거울 안
에 비치는 내 모습이 처량맞다. 꼬박 밤을 새워 초췌한 모습에
통통 부은 눈이 나를 더욱 초라해 보이게 한다. 이런 모습이 진
정 실연한 여자의 모습이겠지.

이렇게 눈물짓는 것은 이것으로 끝낼 거다. 그리고 그를 생각
하는 것도 더 이상 하지 않겠다는 다짐을 하며 찬물로 얼굴을
씻어냈다.

하지만 다짐과는 다르게 씻어내고 씻어내도 눈물 자국은 지워지지 않고 더 선명해질 뿐이었다.

✳

"손님, 카푸치노 나왔습니다."

이상하다. 그녀가 이상하다. 며칠 전, 파리한 얼굴로 나타난 후로 무언가 달라졌다. 무슨 일이 있었던 건가?

"네."

항상 햇살 같은 미소를 보이던 그녀였는데 요 며칠은 어두운 얼굴이다. 하지만 그녀에게 물어볼 수도 없는 처지라 찜찜한 마음을 안고 등을 돌렸다.

"감사합니다. 안녕히 가세요."

저 인사. 매일매일 색다르게 인사하던 그녀였는데 이제는 남자 알바생처럼 평범한 인사를 건넨다. 분명, 그녀의 신상에 무슨 일이 생겼음이 틀림없다. 짧아진 머리칼도 궁금증을 일으키게 만든다. 사실 나는 개인적으로 지금의 짧아진 스타일이 더 마음에 들지만. 뭔가 더 청순하고 소녀 같은 이미지라고 할까?

그런데 도대체 무엇이 그녀를 힘들게 하는 걸까? 혹시 집안에 무슨 문제가 있는 건가? 그녀가 이렇게 일 년—내가 본 것만 일 년 반이다—이 넘도록 카페에서 아르바이트를 하는 것을 보면 집안이 어려운 것인지도 모른다. 혹시 소녀 가장인가? 그래서 동생들을 뒷바라지하면서 근근이 생활을 유지하는 건가? 차라리 그런 이유라면 다행이라고 생각한다. 그러면, 내가 그녀를 도울 수 있을 테니까. 하지만 만약 그것이 아니라면?

내 머리엔 또 다른 그림이 펼쳐진다. 혹시 그녀를 괴롭히는 놈이 있는 것은 아닐까? 그녀의 청순한 외모를 보고 쫓아다니는 놈이 있을지도 모른다. 만약 그렇다면……!

"앗! 뜨거!"

나도 모르게 손에 힘을 줬나 보다. 컵이 찌그러지고 연한 갈색의 액체가 넘쳐흘렀다. 한참을 서서 찌그러진 컵을 바라보았다. 흘러넘치는 커피처럼 내 머릿속엔 오만 가지 상상이 흘러나오고 있었다. 그리고 그 상상이 더해질수록 내 마음은 날카로운 비수가 박힌 듯 아파온다.

오피스텔 현관에 들어서며 채 마시지 않은 커피를 쓰레기통에 버렸더니 경비 아저씨가 바람처럼 나타나 화난 얼굴로 다그친다. 꼭 내가 실수라도 하길 바란 얼굴이다. 요놈 잘 걸렸다, 그런 얼굴.

"어허, 이봐요. 이걸 이렇게 버리면 어쩝니까? 음식물 쓰레기는 따로 버리는 거 몰라요? 그리고 여긴 캔 음료라고 쓰여 있는 거 안 보여요? 이건 공중도덕의 기본이구먼. 사람 그렇게 안 봤는데 아주 안 되겠구먼."

사람들의 시선이 나에게 쏟아졌다. 꼭 강력범죄라도 저지른 심정이다. 뜨거워진 얼굴로 아저씨께 사과했다.

"아, 죄송합니다. 제가 실수로……."

"실수? 하! 이게 실수라고 하면 끝나는 일이요? 이거 이렇게 내팽개치면 그냥 끝인 줄 알았어요? 이미 쏟아진 커피라 주워 담을 수도 없구먼. 사람이나 커피나 한 번 엎질러지면 주워 담을 수 없다, 이 말입니다."

이런 사소한 일로 이렇게 다그칠 분이 아닌데. 아저씨도 집안에 안 좋은 일이 있는 모양이다.

"제가 치우겠습니다."

"그래야지. 퉤."

걸쭉한 가래침을 뱉고 아저씨가 뒤돌아선다. 아저씨, 여태까지 공중도덕 운운하셨던 분이 이러면 씁니까, 라고 말하고 싶지만…… 두렵다. 아직도 사람들의 시선은 나를 향하고 있다. 아마 저놈이 저거 치우나 감시하고 있을 것이다.

후우, 되는 일이 하나도 없다. 이놈의 커피는 죄다 흘러 엉망이니. 정말 아저씨가 화가 났을 만도 하다. 이 안에 손을 넣어 일일이 병을 끄집어내야 하는 것은 아저씨일 테니까 말이다. 화장실에서 휴지를 갖다가 빨아들였다. 마치 스펀지로 빨아들이듯이 하얀색이었던 부분은 보이지 않을 정도로 금세 갈색으로 변해 버렸다. 빠르게 변해가는 갈색 얼룩들을 보다가 문득 그녀가 떠올랐다.

내 마음을 잠식한 그녀. 이제 그 마음이 깊어져 주체할 수 없다. 그리고 이런 내가 겁쟁이처럼 느껴져 한숨이 흘러나온다.

"뭐 하냐?"

뒤돌아보니 상헌이 영진과 함께 서 있었다. 이제야 오늘 집에서 한잔하자고 했던 것이 생각난다.

"잠깐만. 거의 다 됐어."

"선배, 청소해요?"

"응, 그렇게 됐어."

"네가 왜? 여기 청소하는 사람이 있을 거 아니야? 관리비는 그래서 내는 거 아닌가?"

상헌의 음색엔 짜증이 배어 있다. 자식, 하여간에 바늘 하나 들어갈 틈도 없도 놈이라니까.

"내가 뭘 좀 실수해서 그래. 자, 들어가자."

못마땅한 기색이 역력한 상헌을 끌고, 역시 못마땅한 얼굴로 나를 보는 경비 아저씨에게 인사를 한 후 엘리베이터에 올라섰다.

"네가 자꾸 실없이 웃으니까 사람들이 너를 우습게 보는 거야."

학창 시절부터 녀석은 내 표정에 대해 불만을 토로했었다. 사람들에게 무작정 편하게 해주지 말라고 귀에 못이 박히도록 설교도 들었지만, 어디 천성을 바꿀 수 있겠는가 말이다. 때론 편하다는 이유로 함부로 대하는 사람도 있었지만, 대부분 내가 편하게 대해주는 만큼 그들도 나에게 틈을 보이는 건데.

"알았어, 인마."

“선배가 안 웃으면 전 오히려 이상할 것 같아요.”

“역시 영진이가 알아주는구나. 너밖에 없다.”

영진의 어깨를 감싸 안자, 상헌의 얼굴에 미세한 찡그림이 지나갔다.

자식, 신경은 쓰이나 보군.

녀석이나 나나 사랑이란 것이 참으로 어렵구나 싶다. 물론 한 사람만을 십 년 가까이 지켜본 영진에게도 말이다.

나에게 있어서 그녀는 이미 가벼운 무게를 넘어섰다. 설렘을 시작으로 걷잡을 수 없이 커진 이 마음이 점점 힘에 붙인다. 내가 나이가 많지 않았다면, 아니, 그녀가 조금만 더 나이를 먹었어도 용기를 낼 수 있을 텐데. 하루에도 몇 번씩 그녀와 나의 나이 차이를 가늠해 보지만 언제나 생각의 끝엔 한숨뿐이다. 차라리 마음을 돌릴 수라도 있다면 이렇게 힘들지는 않을 텐데 말이다. 정작 그녀에게는 제대로 된 말 한마디 못 붙여보고 혼자서 이렇게 벙어리 냉가슴 앓듯이 전전긍긍하는 내 자신이 초라해 보인다.

3... 사랑은 때론 고통을 동반한다

"**감**사합니다, 안녕히 가세요."

내 인사에 태진의 얼굴에 미약한 표정이 지나간다. 할 말이 있는 건가? 약간의 기대를 걸어보았지만, 이내 그는 등을 돌렸다.

마음을 다짐하고 또 다짐해도 왜 자꾸 그의 얼굴만 보면 아련함이 남는지 나 자신도 참 신기할 정도다. 짧아진 머리칼을 쓸어 넘기고 카운터를 정리했다.

그날 아버지한테 눈물을 보인 후 집에 간신히 들어섰건만, 다음날부터 아버지의 닦달이 시작되었다. 나를 실연당하게 한 사람이 누군지를 캐내고 싶어하셨으나, 이것저것 피해가며 대충 설명을 하고 그 자리를 모면했다. 그랬더니 우리 아버지, 이젠 선봐서 결혼이나 하란다. 아니, 그게 실연당한 딸한테 할 소리냐고! 그것도 겨우 스물한 살밖에 안 먹은 딸에게 말이다. 정말 해도 해도 너무하다. 이미 눈치챘겠지만, 내 성격이 지랄 같은 것도 다 아버지를 닮아서다.

말하다 보니 얘기가 다른 곳으로 흘렀다. 요즘 나는 태진의 얼굴을 보는 것이 고역이다. 그의 얼굴을 볼 때마다 느끼는 상반된 감정. 저 남자를 잊어야 한다는 것을 알면서도 그리워하는 마음. 하아, 이 얼마나 유행가 가사처럼 애절한지.

"무슨 일 있었어? 머리는 왜 잘랐어? 난 긴 머리가 더 예쁘던데."

저리 가라, 이 나쁜 놈! 네놈이 아무 말 없었으면 그런 의심은 하지 않았을 텐데. 그랬다면 나는 지금도 저 남자를 마음껏 그리워하면서 살고 있겠지. 그리고 전지현처럼 길고 윤기나는 머리칼을 찰랑거리며 그의 집 앞을 맴돌고 있었을 거다. 이 모든 것을 망쳐 버린 것이 바로 네놈이란 말이다. 이 사탄 같은 놈!

내가 무시하자 이놈이 간덩이가 부었는지 자꾸 깐죽거린다.

"에이~ 왜 그래? 응? 우리 염병해가 염병 안 하니까 정말 심심하다. 이 오빠한테 말해봐라. 엉?"

허허, 이놈 보게. 어디 어깨에 손을 얹어? 우리 태진 씨도 못 만져 본 어깬데. 썩을, 또 이 모양이다. 잊겠다고 하면서도 틈만 나면 왜 이러는 건지. 후우, 다 이놈 때문이다. 간신히 가라앉힌 생각을 또 끄집어내게 했으니.

뻑.

"윽!"

놈의 허리가 꺾인다. 그러게 왜 가만히 있는 사람 성질을 돋우냐고.

"야! 무쇠 주먹이냐? 누가 체육과 아니랄까 봐. 뭔 주먹이 이리 세?"

얼굴을 찌푸리며 놈이 배를 만지작거린다. 자식, 내 주먹이 맵긴 매울 거다. 내가 우리 아버지 도장 따라다니며 무술을 키워온 지 어언 이십 년이란 말이다.

"하여튼 저건 여자도 아니라니까? 저래놓고 김 사장님 앞에서는 요조숙녀인 척하니. 정말 네 본모습을 알까 두렵다."

조용히 몸을 돌려 놈을 지그시 쳐다봐 줬다. 나의 싸늘한 눈빛에 놈이 주춤 물러서며 딴청을 피운다.

"무슨 날씨가 이리도 더워? 점장님이 에어컨을 끄셨나? 아이스커피나 만들어 먹어야겠다. 명혜, 너도 마실 거지?"

하여간에 눈치 하나는 빠른 놈이라니까.

"따따블로 하나 타봐라."

구시렁거리며 놈이 주방으로 들어가는 모습을 보다 창밖으로 시선을 돌렸다. 저 멀리 태진이 보인다. 손을 뻗어보았다. 내 손바닥 안으로 태진이 들어온다. 이렇게 내 손 안에 그를 가두고 싶다.

그날, 그들의 모습을 보지 않았다면 난 내 감정이 이렇게 깊었는지도 몰랐을 것이다. 사랑이란 감정은 잃고 난 뒤에 더 많은 후회와 미련이 남는 것인지도 모른다. 그래서 이렇게 그를 잡고 싶은 마음인지도.

살그머니 손을 치웠다. 어느새 태진이 사라져 버리고 그 자리엔 낯선 사람들이 지나가고 있다. 어쩌면 내 마음을 온통 차지했던 그의 자리도 이렇게 시간이 흐르면 낯선 사람에게 내어줄지도 모르겠다.

그 생각이 들자 갑자기 온몸이 차갑게 식는 기분이다. 이렇게 내 맘을 그에게 알리지도 못한 채 잊어야 한다는 현실이 마음에 들지 않는다.

그래, 이건 아니야. 나 염명혜가 이렇게 쉽게 물러설 수는 없지.

그 순간, 이왕 당하는 실연이라면 그에게 고백이라도 해보자는 생각이 나를 잠식하기 시작했다. 그렇게 마음먹자마자 바로 자리를 박차고 달리기 시작했다.

"야! 너 어디 가?"

현우가 부르는 소리도 귓가에 흘려보냈다. 지금이 아니면 기회가 없을지도 모른다는 생각에 초조함이 더해졌다. 그래, 한 번은 도전해 봐야지.

타닥타닥, 발걸음 소리가 경쾌하게 들린다. 더운 바람마저도 시원하게 여겨진다. 무수히도 서성이던 그의 동네가 아득하게 느껴진다.

마침내 오피스텔 정문에 발을 들여놓는 순간, 내 눈에 또다시 그와 한 기사가 보였다. 주춤. 그의 팔에 감싸인 아줌마의 표정이 너무나 행복해 보여 더 이상 앞으로 나아갈 수 없다. 그리고 태진의 미소. 언제나 딱딱한 표정의 그가 저런 미소도 지을 수 있나 싶을 정도로 환한 미소였다. 가슴 깊이 충만했던 용기가 사라지고 이제 그 자리엔 허무함이 자리잡는다. 그래, 이거였는데. 이 모습이었는데 내가 또 잊었구나, 바보같이.

천천히 뒤돌아 걸었다. 가슴속의 무언가가 산산조각나는 듯 아릿해진다. 태진과 그 아줌마가 같이 밤을 지새웠던 날보다 지금이 나를 더 아프게 한다. 무언가 쐐기를 박은 느낌이라고 할까?

한참을 걸었던 것 같다. 멍하게 카페 주변을 돌며 하나둘씩 마음을 정리했다. 한 바퀴 돌며 처음 그가 건넸던 배려를, 두 바퀴 돌며 그를 향해 키워간 내 마음을, 세 바퀴 돌며 그에 대한 내 미련을 버리기로 결심했다. 가슴이 찢어지게 아프지만 시간이 약이라는 말을 스스로에게 되새기고 또 되새겼다.

참담한 얼굴로 카페에 들어서는 순간, 시원한 공기가 나를 감싼다.

"갑자기 뛰쳐나가서는 어디 갔다 와?"

현우의 퉁명스러운 얼굴을 멍하니 보며 젖은 이마를 훔쳤다.

"나…… 더웠었나 봐."

"더운지도 몰랐어? 여름이 덥지 춥냐? 아이스커피 갖다 줄 테니까 앉아 있어. 다행히 점장님이 안 계셨으니 망정이지."

현우에게서 냅킨을 받아 이마를 닦았다.

"그러게."

이렇게 화창한 이 여름을 쓸쓸하게 보낼 나와 다르게 한 기사 아줌마는 그와 함께 오붓하게 지내겠지. 그 생각을 하니, 다짐 했던 내 마음을 배반하고 또르르 눈물이 내 볼을 타고 떨어진 다.

"명혜야, 무슨 일 있어?"

어느새 현우가 얼음이 가득 들은 아이스커피를 들고 걱정 어 린 얼굴로 서 있었다. 자식, 이 누님의 눈물이 걱정이 되긴 하나 보구나.

눈가를 훔치며 고개를 흔들었다.

"아니, 무슨 일은."

"네가 눈물을 흘리는데 일이 없기는. 정말 왜 그래?"

"둘이 사귀나 봐."

"누구랑 누가?"

하여간에 말귀를 못 알아듣긴.

"내가 남이 연애하는데 왜 울겠냐?"

녀석은 이제야 깨달은 얼굴이다.

"그럼…… 정말 김 사장님하고 한 기사님하고 사귀는 거야? 그래서 그래?"

차가운 이슬이 맺힌 잔을 받아 들며 고개를 끄덕였다.

"그래."

"확실해?"

"응."

단호한 대답에 현우의 얼굴에 언뜻 미안함이 지나갔다. 그래, 미안해해라.

"괜히 말했나 보다. 미안하다."

이 자식, 진짜 왜 이래? 적응 안 되게시리.

"뭐가?"

"그냥, 뜬구름이라도 잡게 만들 걸. 에효, 내 입방정이지 뭐. 그래도 우리 명혜가 김 사장님 있을 때는 내숭 떠는 모습도 보고 좋았는데. 이젠 그 모습도 못 보겠다. 그치?"

그럼 그렇지.

딱!

"아야! 또 왜 때려?"

뒤통수를 만지작거리며 현우가 얼굴을 찡그렸다.

"뭐? 내숭 떠는 모습이 좋아? 이게 진짜 죽고 싶어서!"

"앗! 미안, 미안. 내가 실수했다. 미안."

커다란 덩치에 걸맞지 않게 비굴한 표정을 짓는 모습에 용서해 주기로 했다. 아, 이 얼마나 아량이 넓은가. 태진은 나중에 나처럼 퍼펙트한 여자를 놓쳐서 후회할 거다.

"알았어. 용서해 주마."

"오올, 역시 사랑은 사람을 성숙하게 만드나 보네?"

"뭐어?"

"아니아니, 정말 한결 성숙해 보여서 그래."

"흠, 그렇지?"

"으응."

"그런데 왜 얼굴은 벌레 씹은 표정이냐?"

나직하게 깔리는 내 목소리에 놈이 화들짝 놀라며 고개를 설레설레 흔든다.

짤랑.

"무, 무슨. 아니야. 어? 손님 오셨다."

서둘러 몸을 돌리는 현우를 따라 일어섰다. 하나둘씩 손님들이 밀어닥치고, 날은 어두워지기 시작한다. 소리없이 달이 뜨고, 별이 하늘을 메운다.

그렇게 세상은 나와는 상관없이 돌아가고 있다.

"오늘 나랑 술이라도 한잔할래? 아니다, 너 술 못하지?"

버스 정류장으로 향하다 뜬금없이 현우가 던진 말이다. 나를 놀리는 건가 싶어 현우의 얼굴을 들여다봤더니 의외로 진지한 모습이다.

술이라, 오늘 같은 날은 술이라도 마셔야 하는 건가?

"좋아. 가자."

"엥?"

말을 꺼내놓고 뒤늦게 후회라도 하는 건지, 녀석의 얼굴은 이내 찡그려졌다.

"뭐가 엥이야? 가자니까?"

"너 못 마시잖아?"

"오늘 같은 날은 한 잔 마셔줘도 되겠지."

찜찜한 얼굴로 나를 쳐다보는 녀석을 지나쳐 앞장서서 호프집에 들어섰다. 문을 열자마자 매캐한 담배 연기 하며 왁자지껄한 소음이 얼굴을 찡그리게 한다. 하지만 이 시끄러움에 내 슬픔이 묻어진다면야.

"네가 사는 거지?"

"으응."

"그럼 난 KGB 레몬 마실게. 이건 레몬주스 같다며?"

"레몬주스 같긴. 그래도 술인데."

걱정스러운 현우의 시선을 피하며 메뉴판을 넘겼다. 갖가지 색깔의 그림들이 맛깔스럽게 보인다.

"안주는 배가 출출하니까 골뱅이랑 과일 시키자. 좋아?"

"어? 어."

"왜 그래? 막상 사주려니까 후회되냐?"

"무슨. 알았어, 시켜."

주문하자마자 나온 맥주를 비틀어 따서 한 모금 마셨다. 상큼한 레몬 맛이 입 안을 상쾌하게 한다. 희숙이 말대로 정말 술 같지 않아서 좋다.

"이거 맛있다. 이런 거라면 열 병도 마시겠다."

"그래도 꽤 독한 거야. 천천히 마셔."

"알았어. 그런데 정말 술 같지가 않네."

여느 맥주처럼 누런 색도 아니고, 소주처럼 맑지도 않은 탁한 색깔에 거품까지 없다. 게다가 달짝지근한 것이 입에 착착 달라붙어 홀짝홀짝 마시다 보니 어느새 바닥이 났다. 그런데 아직도 말짱한 것을 보니 정말 맥주가 아니라 레몬주스를 마신 느낌이다.

"여기요. 이거 한 병 더 추가요."

지나가는 종업원한테 주문을 했더니 현우가 놀라며 말린다.

"그만 마셔."

"왜? 나 아무렇지도 않잖아. 오늘 술이 받나 보다."

"아무렇지도 않긴. 네 얼굴을 거울로 함 봐봐라. 선글라스 꼈냐?"

또 무슨 시답지 않은 말인가 싶어 거울을 꺼내 얼굴을 비춰 보았다. 어둑한 조명이라 그런지 별다른 징후가 보이지 않는다. 흠, 뉘 집 딸내미인지 예쁘기만 하네.

"별로 달라진 것도 없구만."

"그러니 네가 술에 취한 거지. 왜 안 보여? 눈가가 뻘겋구먼."

"아, 뭐 어때? 얼굴 보여주면서 술 마시냐? 그리고 누구 보여 줄 일도 없는데."

말하고 나니 심장이 따끔거린다. 현우 녀석이 뻘겋다고 한 눈가가 더욱 빨개지는 게 느껴진다. 정말 주책없이 이게 뭔 짓인지.

나의 이런 변화가 마음에 들지 않는지 현우가 퉁명스레 물었다.

"그렇게 좋냐? 그래서 그래?"

"아니야."

"그럼 왜 울어? 네가 그 사람이랑 제대로 말을 한번 해보길 했어? 아니면 그 사람에 대해 얼마나 자세히 알아? 그런데도 그렇게 좋던? 그렇게 슬프던?"

녀석의 힐난조의 어투에 속이 상하지만, 듣고 보니 수긍이 간다. 그래, 내가 그에 대해 아는 것이 뭐가 있을까? 일 년을 스토킹해서 알아낸 것이라곤 그의 집과 전화번호, 이름, 그리고 스케줄 정도다.

"그게 사랑이야? 여자들은 참 편하다. 피상적인 것만을 보고 사랑이란 걸 한다고 하고."

현우의 말이 맞는다고 생각되면서도 마음 한편으로는 마치 내 사랑이 부정되는 느낌에 거부감이 든다.

"왜? 모든 사람들이 속속들이 알아야만 사랑을 한다고 생각해? 난 아니라고 봐. 그 사람의 단점까지 다 알고 나서도 사랑을 시작하는 사람이 몇이나 될까? 사랑의 시작은 언제 어느 때 찾아오는지 알 수 없는 거야. 길을 지나다가 어느 날 갑자기 찾아올 수도 있고, 케케묵어 다 아는 상태에서도 찾아올 수 있어."

　세상 모든 사랑은 제 색을 띠고 있을 것이다. 그러니 내 사랑도 사랑이 분명하다. 그런데 말하고 보니 내가 말했지만 너무 멋지다. 현우 녀석도 나의 이 멋진 발언에 꽤나 놀랐는지 멍한 얼굴로 쳐다보고 있다. 그래, 자식. 이 누나가 간만에 철학적인 말을 해서 놀랐나 보구나.

　"그래서? 그래서 어쩔 건데? 계속해서 스토킹하러 다닐 거야?"

　메마른 녀석! 기대했던 반응이 아니라 순간 화가 밀려왔다. 하지만 태진을 떠올리자 이내 허탈해진다.

　"아니, 잊어야지."

　"잘 생각했다. 세상엔 남자도 많잖아. 거기다가 젊고 잘생긴 남자들이 얼마든지 있는데, 넌 상대를 너무 늙은 사람으로 잡았어."

　이 자식이! 아니, 우리 태진 씨가 어디가 늙었다고. 아무리 잊어야 할 사람이라지만 이건 분명 아니다.

　"뭐? 늙은 사람? 열 살 차이가 뭐 그렇게 많다고?"

　"하! 길 가는 사람을 붙잡고 물어봐라, 열 살 차이가 적은가. 요즘은 나이 차 많으면 세대 차이 나서 많이 깨진다더라. 내가 생각하기엔 동갑내기가 딱 좋은 것 같아."

　하여간에 잘나가다가 꼭 사람 복장 터뜨리는데 뭐 있는 녀석이다. 홧김에 새로 딴 맥주를 벌컥 들이마셨다.

　"너나 동갑내기를 만나. 참 내, 지는 여자 친구도 없는 주제에."

"왜 없어? 네가 있잖아? 여.자. 친.구."

"그래, 정정하마. 애.인."

"그러는 넌 있고?"

말문이 막힌다. 또다시 주먹을 써야 하나? 그런데 왜 주먹에 힘이 들어가지 않지? 눈이 스르르 감기고 고개가 내려가는 게 느껴진다.

"야! 염병해! 너 자냐?"

어렴풋이 현우의 목소리를 들으며 이렇게 생각했던 것 같다.

'이것도 술은 술이로구나!'

"으음."

부스스 눈을 떠보니 누군가 커튼을 젖혀놨는지 쏟아지는 햇살에 눈이 부신다. 아, 이 햇볕. 이게 바로 피부에 치명적인 건데. 그나저나 머리가 깨질 것처럼 아프다. 맞다, 어제 나 술 마셨지? 어째 어제는 평소보다 반응이 느리다 했더니, 아니나 다를까, 치사량보다 반 병 늘어나 그냥 쓰러져 버렸나 보다.

"으윽."

몸을 일으키려다 속이 울렁울렁, 온몸이 물에 젖은 솜처럼 무거워 다시 벌러덩 누웠다. 그 순간, 문이 열리며 누군가가 들어왔다.

"어이, 염병해. 아직 안 일어났냐?"

집 밖에서 놀림을 당하는 것으로 부족해 집 안에서드 나를 염

병해라고 부르는 인간이 있으니, 나와 위로 한 살 터울인 염명
주다. 나보다 10㎝나 큰 178㎝라는 어마어마한 키에 다브진 체
격을 가진 염명주는 나를 놀리는 것이 유일한 낙인 인간이다.
언니라는 인간이 나를 염병해라고 부를 때마다 이런 이름을 지
으신 부모님이 원망스러워진다.

"염병주, 시끄럽다."

"이게 죽으려고. 어디 언니한테 염병주래?"

"염명혜가 염병해 되면, 염명주는 염병주 안 되란 법 있나?"

"이게 어디서 꼬박꼬박 반말 짓거리야? 술 퍼먹고 남자한테
실려 들어온 주제에."

딱!

"아야!"

가뜩이나 머리가 아파 죽겠는데 저 커다란 키에 비례하는 파
워풀한 주먹으로 정수리를 강타하다니. 도저히 용서할 수가 없
다. 몸을 잽싸게 일으켜 침대 쪽으로 언니를 넘어뜨렸다.

"아침부터 왜 때리고 지랄이야?"

몸을 날려 제압하려는 순간, 숙취가 안 풀려서일까 바로 전세
가 역전되어 버리고 말았다. 그리고 그 기회를 살려 무식하게
힘만 센 인간이 내 어깨를 양다리로 짓누르며 내 머리통을 때리
기 시작했다.

"아쭈? 이게 언니한테 지랄? 지랄?"

따닥!

아주 연거푸 때린다.

"아씨, 아프단 말야! 왜 아침부터 때려! 엄마! 엄마!"

그 순간, 문이 벌컥 열렸다. 누워 있어서 자세히 보이진 않지만, 얼핏 보아도 상당히 긴 다리의 소유자와 아버지 것으로 보이는 짧고 퉁퉁한 다리가 보인다. 그런데 우리 집에서 염명주 말고 저렇게 커다란 인간이 있었나? 그렇게 궁금증에 사로잡혀 있을 때, 아버지가 소리치기 시작했다.

"아니, 명주, 너 얼른 일어나지 못해? 너는 언니가 돼서는 동생을 깨우라니까 거기서 괴롭히고 있어?"

"아, 알았어요."

아니, 우리 아버지가 언제부터 내 편을 들어주셨나? 참으로 불가사의한 일이다. 그래도 내 몸을 짓누르던 몸무게가 사라지고 나니 한결 숨 쉬기가 편해진다.

"명혜, 너도 얼른 일어나서 씻어라. 친구도 와 있는데 그렇게 누워만 있을 거냐?"

헉! 친구? 내 친구가 아침부터 여기에 왜 오지? 희숙인가 싶어 얼른 몸을 일으킨 순간, 아까 보았던 실루엣이 실체를 보이기 시작했다. 길쭉한 다리와 가슴을 지나 낯익은 얼굴이 보였다.

"며, 명혜야."

쭈뼛쭈뼛 현우 녀석이 아버지의 눈치를 살피며 서 있었다. 아마 녀석에게도 아버지가 힘든 상대임엔 분명하리라. 그런데 왜 네놈이 여기에 있는 거냐고!

"너, 너, 네가 여기에 왜 있어?"

"왜 있긴. 어제 정 군이 술에 취해서 뻗어 있는 너를 업고 왔길래 내가 여기서 자고 가라고 했다. 허험, 밤도 늦었고 하니."

헉! 이건 또 무슨 소리? 왜 갑자기 현우가 우리 집에서 잠을 자냐고! 우리 아버지 정말 이상한 거 아니야? 그리고 또 자라고 잔 놈은 무슨 경우래?

"아버지는 신문 좀 보고 있을 테니까 정 군이랑 얘기라도 하고 나와라."

살짝 방문을 열어놓고 나가시는 아버지를 보며 현우에게 소곤거렸다.

"이게 무슨 일이야?"

"에씨, 나는 어떻고? 괜히 너 바래다주려다가 이게 뭐야? 그런데 너네 아버지 왜 그러시냐?"

"뭐가 왜 그래?"

"내 얼굴 좀 봐라."

어라? 자세히 보니 현우의 눈가에 보랏빛 멍이 들어 있다. 게다가 입술에도 딱지가 앉아 있었다. 어제까진 없었는데 무슨 일이 있었나?

"너 얼굴이 왜 그래? 나 모르게 싸움났었냐?"

"하! 싸움?"

"흐흠!"

　방문 밖에서 아버지의 기침 소리가 들려온다. 그러자 현우가 주위를 살피며 더욱 낮은 목소리로 나에게 어젯밤의 일을 얘기하기 시작했다.

　"어제 네가 술에 뻗어 있어서 집 앞까지는 어떻게 데리고 왔는데 너를 그 상태로 데리고 들어갈 수는 없잖냐?"

　"그래서?"

　"그래서 집 앞 골목에 앉혀놓고 깨우고 있는데 갑자기 누가 내 멱살을 잡아 올리더니 팽개쳐 버리는 거야."

　그 누가 누군지는 말 안 해도 알겠다. 아, 미쳐! 하지만 그래도 핏줄이기에 먼저 변명부터 했다.

　"네가 치한인 줄 알았나 보지."

　"그러신 것 같더라고. 그런데 솔직히 이렇게 잘생긴 치한이 어딨냐?"

　"맞고 얘기할래, 그냥 얘기할래?"

　그래도 내 주먹이 무섭긴 무서운지 녀석이 금세 안색을 바꾸며 설명하기 시작했다.

　"하여간에 너희 아버지 딸 아니랄까 봐."

　"죽을래?"

　"내가 네가 술에 취해서 데리고 온 거라고 했더니. 다짜고짜 경찰서에 가자고 하시는 거야. 그래서 내가 너랑 같은 카페에서 아르바이트를 하고 있다, 만약 못 믿으시겠다면 가서 신원조회도 해드리겠다고 했지. 큰형이 서울 검찰청에 있다고."

“너희 형 검사야?”

“응, 내가 말 안 했냐? 하여튼 아버님이 몇 번이나 물으시더니 알겠다고 하시더라고.”

“그런데? 그런데 왜 여기서 잤어?”

“아니, 그리고 나선 가려는데 아버님이 내 팔을 잡으시는 거야. 너무 늦었으니까 자고 가라시면서 못 가게 잡으시는데 진짜 무서워서 뿌리치질 못했다니까? 막 가려고 하니까 인상을 쓰시면서 팔을 잡으시는데 정말 힘이 세시더라. 와, 악력이 장난이 아냐. 거기다가 눈빛도 어찌나 무섭던지. 아니, 산삼이라도 드셨냐? 네가 누굴 닮았나 했더니 너희 아버지를 닮았구나 싶더라니까.”

이 자식이! 하여간에 내가 제일 듣기 싫어하는 말만 골라서 한다. 그런데 왜 아버지가 현우를 못 가게 했을까? 그것도 사녀 녀석을 말이다. 80년대처럼 통금에 막혀 못 가는 것도 아니겠다, 차가 끊겼으면 택시비 좀 쥐어주고 보냈어도 되는데. 하지만 실마리는 의외로 가까이 있었다. 녀석의 얼굴을 보니 짐작이 간다. 저 얼굴에 난 상처와 현우의 큰형님이 걱정이 되셨겠지.

“너는 사내 녀석이 줏대가 없냐? 그래도 집엘 갔어야지. 외박하면 집에서 뭐라고 하지 않냐?”

“뭐, 나야 밥 먹듯이 외박을 하니까. 그런데 너희 집은 원래 이렇게 밤이 늦으면 못 가게 하나?”

“그런 건 아닌데. 혹시 너한테 뭐 안 물으시던?”

“안 물으시긴. 어젯밤에 잠을 한숨도 못 잤다. 나 아버님이랑 같이 잔 거 아냐? 그래도 아버님이 생각보다 자상하신 거 같더라. 집에 오자마자 얼굴도 손수 치료해 주시고, 밤새도록 얼굴 아프지 않냐, 괜찮으냐를 몇 번이나 물어보시더라고. 괜찮다고 한 스무 번도 더 말씀드린 거 같다. 그리고 나선 또 너랑 어떻게 알게 됐냐, 어디 사냐, 부모님은 뭘 하시냐 등등 아주 끊임없이 물어보시더라.”

쯧쯧, 순진한 녀석. 그러고 보니 현우의 안색이 장난이 아니다. 퀭한 눈에 창백한 얼굴 하며 아버지로 인해 생긴 상처가 도드라져 보여 마치 병자 같다. 녀석에게 이런 마음이 생길 줄은 몰랐는데 정말 미안한 마음뿐이다.

“미안하다. 얼른 씻고 나가자.”

“염병해한테 미안하단 말도 다 들어보고. 어제의 수고가 아깝지 않은데?”

“너 우리 집에서 먼지 나도록 맞고 싶은가 보지?”

“쳇, 누가 겁나는 줄 알고?”

말은 그렇게 하면서도 얼른 일어나 나가 버리는 현우다. 자식, 겁은 나면서. 그나저나 우리 아버지 때문에 내가 미친다. 애를 왜 저렇게 만들어놔서. 하여간에 나이가 쉰이 넘어서도 저러시니. 아니, 만날 뒷감당도 못하실 거면서 어떻게 일을 저렇게 저지르냐고! 현우이기에 망정이지, 정말 다른 사람이었으면 치료비 물어내라고 난리였을 거다.

휴우, 가뜩이나 실연당한 상처로 마음이 복잡한데, 주위에서 가만두질 않는다. 애고, 내 팔자야!

✻

"감사합니다. 안녕히 가세요."

그녀의 목소리를 들으며 몸을 돌렸다. 여전히 그녀는 어두운 얼굴이다. 후우, 정말 걱정이다. 그녀를 사로잡고 있는 문제가 도대체 무엇일까? 착잡한 마음으로 거리를 걸었다.

도시 곳곳엔 파릇한 나무들이 뜨거운 햇살 아래 제 색을 뽐내고 있었다. 그리고 그 아래에서 나는 유리창 너머로 분주히 움직이고 있는 그녀를 바라만 보고 있다.

젖살이 채 빠지지 않은 동그란 얼굴에 순수함으로 가득 찬 까만 눈동자. 그런 그녀를 바라볼 때마다 저절로 가슴이 두근거리는 나는 그녀 앞에서만은 바보가 되는 남자다. 쿵쿵, 가슴이 세차게 뛴다. 아쉬운 마음을 뒤로한 채 천천히 사무실로 향했다.

독립해서 건축설계회사를 차린 지도 어느새 이 년 가까이 되었다. 처음 일 년은 힘들었지만, 몇 달 전 TV에 협찬한 것이 방송을 타면서 고객도 많이 늘어갔다.

"사장님, 요즘 사랑에 빠지셨나 봐."

사무실 문을 열려는 순간, 안에서 들려온 소리다. 어떻게 알았지? 내가 그렇게 티를 냈나?

“자기가 어떻게 알아?”

“아니, 요즘 부쩍 여자들이 좋아하는 게 뭔지 물으시잖아.”

“크큭, 하긴 그렇긴 해. 그래도 만나는 사람은 없던데? 계속 퇴근하면 집이지?”

“그런 것 같더라. 뭐야? 그럼, 짝사랑? 푸하하하.”

박장대소하는 소리를 들으니 마음이 착잡하다. 이렇게 짝사랑이란 것은 농담거리밖에 되지 않는 건가?

“크큭. 참, 박 과장님 있잖아. 띠 동갑이랑 사귄다더라. 박 과장님이 지금 서른둘이니까 여자는 지금 스무 살인 거지. 진짜 대단하지 않냐? 남들이 보면 원조교제인 줄 알겠어.”

처음 듣는 소리다. 박 과장한테 그렇게 어린 애인이 있었나?

“와, 능력 좋은데? 난 그런 건 별로 상관 안 되더라. 요즘은 연하도 별거 아닌데 띠 동갑 차이가 별거라고? 외려 나는 능력만 있어 보인다 뭐.”

왠지 희망이 솟는다. 그래, 띠 동갑도 용서가 되는 판에 열 살 차이 정도면 양호한 거지.

“또 그러고 보니 그러네? 하긴 요즘 여자애들이 워낙 영악해서 능력있고, 학벌 되고, 재력있으면 열두 살이 뭐야, 스물네 살 차이라도 사귈 거다.”

“하여간에 삐뚤어지긴. 사랑은 사랑이지 뭐. 그렇게 생각하자고. 어? 벌써 시간이 이렇게 됐네? 회의 들어가자.”

그래, 사랑은 사랑인 거다. 나이 차이가 많이 난다고 해서 사랑이 아닌 건 아니지 않는가 말이다. 아니, 원조교제로 보려나?
그래도 희망적인 얘기를 들은 것 같아 기분이 좋아진다. 그런데
정말 그녀에게 다가가도 될까?

사무실에 들어서자, 책상 위에 놓여 있는 메모지가 눈에 들어
온다.

〈본가로 급히 전화 요망.〉

무슨 일이 난 건가 싶어 본가에 서둘러 전화했다. 잠시 신호
음이 들린 후, 걸걸한 할아버지의 음성이 들려온다.

[여보시오.]

"할아버지, 저 태진입니다. 그동안 별고없으셨지요?"

[누구신가? 나는 그런 사람 모르는디.]

다행이 별일은 아닌가 싶어 안심이 되는 한편, 생신 이후로
찾아뵙기는커녕 전화도 제대로 못 드려 화가 나셨을까 걱정이
된다.

"할아버지, 죄송해요. 요즘 바빠서 전화도 자주 못 드렸어
요."

[할아버지라니? 저는 그런 손자 둔 적 없수다.]

부모님이 교환교수로 미국에 계시기 때문에 혼자 사는 나를
할아버지는 언제나 안쓰럽게 생각하셨다.

"할아버지. 화 푸세요."

[흠흠, 니가 잘못한 건 아는 겨?]

"그럼요. 일이 바빠서 그랬어요."

[그럼 이번 주에 내려올 겨, 안 내려올 겨?]

"내려가야죠. 당연히. 그것 때문에 전화하신 거예요?"

[흐흠. 얼굴 까먹겠다. 이놈아.]

내일이 주말이니 오늘 회의를 마치면 바로 출발해도 될 것이다.

"오늘 저녁에 내려갈게요."

[알았구먼. 그럼 이따가 보면 되겠구먼.]

"하, 할아……."

[띠띠띠.]

이미 끊긴 전화기를 한참을 보다 피식 웃었다. 여전하시구나. 여전하다란 말, 늘 똑같다는 말이 참으로 가슴을 따뜻하게 한다고 생각하며 서둘러 회의장으로 향했다.

'걸렸구나.'

할아버지를 따라 읍내에 있는 다방에 들어온 순간, 처음 든 생각이다. 다 늦은 저녁에 갑자기 양복을 굳이 입고 나가자고 했을 때부터 알아봤어야 했는데. 지금 이 순간이 너무나 갑갑하고 부담스럽다.

"이 간호원, 아니, 요즘은 간호사라고 하지. 아주 참하고, 친절해서 내가 손자며느릿감으로 삼고 싶었다 이 말이지."

"어머, 할아버님도 참."

앞에 앉아 있는 여자는 할아버지의 말씀대로 수더분해 보인다. 동그란 얼굴에 쌍꺼풀 없는 눈과 둥근 코, 그리고 통통한 입술. 어른들 표현을 빌리자면, 정말 맏며느릿감이다. 하지만 내 마음속에 자리잡고 있는 그녀가 있는데 어떤 여자가 눈에 들어올까? 그리고 이런 인위적인 만남은 싫다. 정말 고역스럽다.

불편한 마음에 실내를 둘러보았다. 제법 넓은 공간에 십여 년은 됨 직한 낡은 테이블과 솜이 삐져 나온 의자가 다방 안을 채우고 있었다. 빠른 트로트의 음악을 들으며 그녀가 일하는 아담하고 깔끔한 카페를 떠올렸다. 정말 그녀가 보고 싶다. 지금 내 앞에 앉아 있는 사람이 그녀였으면 좋겠다.

한동안 할아버지의 여자에 대한 칭찬이 이어졌다. 요점은, 여자는 서울에서 일하다가 요즘 사람답지 않게 변두리 시골 보건소로 자원 봉사를 왔다는 것이다. 보건소에 갈 때마다 친절하고 상냥하게 환자들을 대해줘 할아버지는 그런 그녀를 일 년 동안 유심히 지켜보게 됐고, 손자며느릿감으로 점찍으셨단다. 그리고 어제 전화로 오늘의 약속까지 급하게 잡으셨단 얘기다.

"그럼 나는 박 영감 좀 만나러 갈 테니께 니는 간호사 아가씨랑 야기하다가 저녁 먹고 오면 되겠구먼. 아니, 같이 밥을 먹으면 깨진다고 박 영감이 그러더만. 그럼 오늘은 얘기만 하고 오니라."

얼른 자리를 뜨시는 할아버지를 원망스럽게 쳐다보다가 눈앞의 여자에게 고개를 돌렸다. 뭐라고 말을 해야 할까 고민을 하다가 조심스럽게 입을 열었다.

"흐흠, 저……."

"순영이예요, 이순영."

"네, 저기 순영 씨."

"네."

"실은……. 제가 오늘 이런 자리인지 아무것도 모르고 나왔습니다."

참으로 설명하기 난감하다. 학창 시절에는 몇 번의 미팅을 하기도 했었지만, 할아버지가 소개해 주는 선과는 차원이 달라 말을 꺼내기가 어렵다.

이해한다는 얼굴로 여자가 고개를 끄덕이며 말했다.

"부담되시죠?"

여자도 상당히 난감한 기색이다. 생각해 보면 이 여자도 할아버지한테 끌려 나왔을 텐데.

"부담보다는 아직은 결혼을 할 생각이 없어서 말입니다."

"네. 할아버님의 부탁 때문에 나왔지만, 저도 실은 이런 자리가 불편하네요. 그럼 일어설까요?"

여자도 나와 같은 생각인 듯해 마음이 가벼워진다. 그리고 할아버지로 인해 이런 상황에 빠뜨리게 된 것 같아 갑자기 미안해진다. 그러고 보니 벌써 저녁 시간이다.

"저녁 안 드셨죠?"

"그렇긴 하지만……."

어차피 오늘 이후엔 만날 사람이 아니지만, 그것이 예의일 것 같아 제안했다.

"그럼 저녁 드시고 가시죠."

다방을 나서 읍내에서 제일 좋다는 레스토랑으로 향했다. 좁은 마을이라 그를 모르는 사람도, 그가 모르는 사람도 없었다. 때문에 길 가는 내내 인사하느라 바쁠 지경이었다. 그런데 웬걸, 이 여자도 나만큼이나 마을 사람과 친분이 있나 보다.

"안녕하세요, 강영수 할아버님. 약주 드시면 안 되는 거 아시죠?"

"아이고, 우리 이 간호사한테 들켜 버렸네?"

등 뒤로 막걸리 병을 숨기며 계면쩍게 웃는 팔순이 넘는 동네 어른이시다. 어릴 적에는 이분한테 많이 혼나기도 했었다. 이 어른의 손자이자, 나의 죽마고우인 상렬이하고 친 장난 때문에 한두 번 회초리를 맞은 게 아니었다.

"안녕하셨습니까?"

"아니, 김 영감네 손자 아녀?"

"네, 할아버님. 태진입니다."

인사하자마자, 반가운 얼굴로 내 손을 잡아주시는 강 영감님이다. 막걸리 병이 드러나는 것을 까맣게 잊고서 말이다.

"이게 을매 만인감? 네 할아비한테는 종종 야기를 들었구먼. 서울서 사업한다며? 언제 내려온 거?"

"어제 내려왔습니다."

"상렬이 이 자슥은 온다고 하고선 만날 바쁘다고 공갈 약속만 하고."

"상렬이도 잘 지내지요?"

"갸가 이번에 박사 땄잖여. 그 소식은 들었재? 어릴 땐 니들이 하도 장난을 쳐대싸서 야들이 크면 뭐가 될까 했는디 이렇게 다 잘됐구먼."

강 영감님 얼굴은 손자에 대한 자부심으로 빛이 났다.

"네. 톡톡히 한 턱 얻어먹었습니다."

"그랴? 잘했구먼. 그런데 왜 이 간호사랑 같이 있는 겨? 혹시 김 영감이 손자며느리 삼으려고 수 쓰는 거 아녀?"

갑자기 의심 가득 찬 눈초리로 쳐다보는 강 영감님 때문에 뭐라고 말을 해야 할지 난감하다. 정색해서 부정하자니 옆에 있는 순영 씨에게 무례인 것도 같고, 그렇다고 괜히 오해 살 만한 말을 해서 마을에 소문이 퍼지는 것도 싫다.

"네? 그게 아니라……."

"어머! 할아버님도. 그게 아니라 태진 씨가 할아버님 심부름 때문에 나오셨다가 저하고 우연히 마주친 거예요. 지난번에 보건소에서 김 영감님 소개로 인사 나눴거든요."

순영 씨가 적당히 말을 돌려주어서 다행이다. 내가 당황한 것을 알고 분명 도와준 것이리라. 이런 여자가 약간은 달라 보인다.

“그랴? 내가 먼저 손자며느릿감으로 찜한 거 알지? 태진이한
테 마음 주면 안 돼. 이놈이 서울서 사장도 하고 그런다고 하는
디, 우리 손자 놈도 거시기 뭐냐, 박사라니까?”

“오호호호. 네, 알겠습니다. 그러니 오늘 약주 안 드시기로 약
속하세요.”

“허허허. 알았구먼.”

한참을 그들은 서로의 안부에 대해 이야기했다. 처음의 반색
이 무색할 정도로 이제 나는 안중에도 없는 눈치다. 때문에 그
들이 인사를 나누는 때까지도 겸연쩍어 멀뚱히 서 있었다. 예전
부터 알고 지냈던 마을 사람들이 나보다 여자한테 더 친근하게
행동해서 왠지 소외감이 느껴졌다. 그런데 이 여자, 할아버지
칭찬대로 어른들한테 공경 잘하고 친절하다. 이래서 너나 할 것
없이 며느릿감으로 생각하나 보다.

식사하는 동안에도, 할아버지가 어떤 점에서 이 여자를 마음
에 들어했는지 수긍이 갔다. 상냥한 말투, 그리고 끊임없이 상
대를 배려하는 행동들이 편안하게 만들어주고 있었다.

“할아버님이 참 외로우신가 봐요. 그래서인지 매일이다시피
보건소에 찾아오세요. 그렇다고 특별이 편찮으신 데가 있는 것
도 아닌데.”

“그렇군요.”

“자주 찾아뵙고 그러세요. 어머! 제가 너무 주제넘었죠?”

민망해서 어쩔 줄 몰라 하는 여자에게 손을 저으며 말했다.

“아닙니다. 순영 씨 말대로 자주 찾아뵙지 못한 건 제 불찰입니다.”

생각해 보면, 할아버지께 항상 미안한 마음이다. 어릴 적부터 다른 손자들보다 유난히 나를 예뻐해 주셨던 할아버진데 나이가 들고 바쁘다는 핑계로 잘 찾아뵙지도 못했다. 게다가 부모님이 미국에 가신 후론 더 더욱 나를 챙겨주셨는데. 새삼 여자의 지적이 고마워진다.

저녁을 먹고 순영을 집 앞까지 바래다주고 나니 벌써 하늘이 까맣게 변해 버렸다. 이런 날, 그녀는 무엇을 할까? 토요일이니 오늘은 친구라도 만났을까? 그녀는 주말엔 저녁 근무를 하지 않으니 말이다.

답답한 마음에 차창을 열었다. 달리는 차 안으로 시원한 공기와 함께 풀벌레들의 울음소리가 묻어온다. 이곳에 그녀와 함께 있다면 낮엔 풍성한 시골의 풍경을 보여주고 밤엔 까만 하늘에 총총히 박혀 있는 별들을 보여줄 텐데.

오늘따라 유독 그녀가 그립다.

4... 짝사랑에도 법칙이 있다

짤랑.

"안녕하세요. 반갑습니다."

꾸벅 숙인 고개를 들고 보니 나를 일주일 내내 지옥에 빠뜨리게 한 한 기사 아줌마다. 쳇! 오늘은 왜 저렇게 웃는 거야? 뭐 좋은 일이 있나?

"오, 오셨어요?"

내 눈치를 보면서 현우 놈이 인사한다. 요즘 현우는 이 아줌마한테 예전처럼 살살거리진 않는다. 그런 걸 보면 녀석에게도 의리란 게 있나 보다.

"머리 잘랐네요? 더 예쁘다."

흥! 예쁜 건 또 알아가지고.

"네."

쌀쌀하게 고개를 끄덕이며 딴청을 부렸다. 다른 때 같았으면 이런 내 모습에 현우가 눈치를 줬겠지만 오늘은 내 심정을 이해하는지 가만히 있는다.

"모카라떼 한 잔 부탁해요."

왜 오늘은 모카라떼 한 잔이야? 참, 그러고 보니 매일 모카라떼와 에스프레소 마끼아또를 한 잔씩 사갔더랬지. 어라? 태진은 항상 카푸치노만 마시는데. 무언가 머릿속이 확 맑아지려다 그날의 기억이 떠올라 다시 어두워진다.

툴툴거리는 목소리로 한 기사에게 슬쩍 물었다.

"오늘은 모카라떼만 사가시네요."

"네? 아, ……네, 오늘은 그 사람이 먼저 퇴근을 해서요."

"매일 두 잔씩 사가시던데, 에스프레소 마끼아또는 다른 분이 드시나 보죠?"

"……네."

참 내, 자기 남자나 잘 챙길 것이지. 생각해 보면 카푸치노를 사가는 꼴을 못 봤다. 내가 태진의 여자 친구라면 매일매일 사다 나르는 것도 부족해 카푸치노 기계를 하나 들여놓겠다. 정말 그 남자는 복을 걷어찬 거라고!

"김 사장님은 카푸치노를 좋아하시나 보던데. 매일 카푸치노를 사가시거든요."

비꼬듯이 한 말에 아줌마의 눈이 동그래진다.

"그런가요?"

어라? 무슨 여자 친구가 저래? 그런데 이상하다. 뭔가 가닥이 잘못 풀려가는 느낌? 현우 놈의 눈도 가늘어진다.

"하긴 그 선배는 부드러운 걸 좋아하죠. 아, 생각난다. 저번에 카푸치노 시켰었죠?"

정말 금시초문이란 얼굴. 남자 친구의 취향을 저리도 모른다는 게 말이 될까? 뭐지? 뭘까?

"……네."

생각에 잠겨 멍하니 고개를 끄덕이는 내 귓가에 현우 놈의 목소리가 들려온다.

"선배요? 그럼, 김 사장님하고 선후배세요?"

"응. 우리 제법 같이 온 거 같았는데 몰랐구나. 학교 선배야."

"전 너무 가까워 보여서. 그런지도 모르고 연인인 줄 알았어요."

그래, 잘한다. 내가 못 물어보는 것을 현우가 아주 시원하게 물어보고 있다. 자식, 키운 보람이 있구나.

"훗, 연인? 선배하고 나하고? 후후, 말도 안 돼."

헉! 진짜 아무 사이가 아닌 거였어?

"아니에요?"

현우 놈이 이게 무슨 뜻이냐는 얼굴로 나를 보고 있다. 멍청한 얼굴로 고개를 설레설레 흔들며 생각에 잠겼다. 그럼 그날 밤에 있었던 일은 뭐야? 나 혼자 삽질을 하고 있었단 말인가? 아니아니, 말도 안 돼. 그날 밤, 그렇게 다정하게 술을 마시고 껴안다시피 그의 집으로 들어간 건 또 뭐야? 단순한 선후배 사이가 그렇게 밤을 꼬박 한집에서 보낼 수가 있는 거냐고! 아니면 그 정도는 별것 아니란 소린가? 아악! 머리야!

"그런데 '연인'이란 말 참 좋다. 대부분 그저 애인이나 남자친구냐고 묻잖아. 현우 씨, 은근히 분위기있네."

현우 놈의 얼굴이 슬며시 발개진다. 하여간에 좀 띄워주면 저런다니까. 아니, 저 아줌마 혹시 현우한테 작업 거는 거 아니야? 저 스산해 보이는 얼굴도 어쩌면 작업의 일종일지도 몰라. 왠지 우수 어린 눈초리로 말하면서 남자의 보호본능을 자극하는 거지. 그래, 차라리 저 자식한테 작업을 걸어라. 태진이 아니라면 누구한테 작업을 걸어도 상관없지. 그렇지. 암, 그렇고말고. 그런데 정말 단순한 후배인가? 하아, 기대감으로 가슴이 두근거린다.

"그렇구나. 그래도 굉장히 친하신가 봐요."

"글쎄, 후후. 친하긴 한데, 거의 술친구야. 한 번 마시면, 밤새도록 같이 술을 마시거든."

그럼, 정말 아무것도 아니란 소리? 머릿속에 드리워진 뿌연 안개가 사르르 사라진다. 아아, 갑자기 세상이 왜 분홍빛으로 보일까? 그래, 그럼 그렇지. 그 남자가 누군데? 바로 내가, 이 염명혜가 찍은 남잔데. 푸하하하, 갑자기 춤이라도 덩실덩실 추고 싶어진다.

"호호호, 그러시구나. 저도 현우처럼 김 사장님과 연인이신 줄 알았거든요. 헤헤, 그럼 그렇지."

갑자기 끼어들어 호호거리고 웃는 내 모습을 현우는 물론 아줌마, 아니, 한 기사님도 뜨악한 얼굴로 쳐다보고 있었다. 하긴 방금 전까지만 해도 찬바람이 쌩쌩 날 정도로 쌀쌀맞게 대했었는데 갑자기 헤헤거리며 웃으니 황당하기도 하겠지.

"네?"

"호호, 아니에요. 날이 너어어무 덥죠?"

흠흠, 부끄럽게시리. 다들 표정 관리 좀 하라고. 이렇게 말하는 나도 사실 창피하니까.

"네? 아, 네."

어이없다는 얼굴로 현우 놈이 얼른 커피를 포장해서 내민다.

"모카라떼 나왔습니다."

"고마워요."

커피를 받아 드는 한 기사님에게 허리를 90도로 접으며 싹싹하게 인사했다.

"감사합니다. 오늘 하루 좋은 일만 가득하세요!"

어리둥절한 표정으로 나가는 한 기사님의 등을 바라보고 있으려니 뒤통수가 따끔해진다.

"뭐? 한 기사님하고 사귄다고? 염병해, 진짜 누가 염병해 아니랄까 봐 혼자 염병을 떨었구나."

그래, 지껄여라. 오늘은 용서해 줄 의향이 있으니까.

"하여튼 간에 혼자 북 치고 장구 치고 아주 생쇼를 해라."

그래, 그래. 나 혼자 생쇼를 했다. 어쩔래? 키킥, 옆에서 현우 놈이 뭐라고 하든 그래도 날아갈 것만 같은 이 마음!

아아, 세상은 여전히 아름답구나!

아름다운 세상을 유지하기 위해 희숙이를 초빙했다. 희숙이로 말할 것 같으면 평범한 외모에 통통한 몸매임에도 불구하고 지난 삼 년 동안 일곱 명의 남자를 갈아치운 전적이 있는 선수 중에 선수다. 그런 희숙이가 나에게 충고를 늘어놓기 시작했다.

"너는 기본이 안 된 거야."

"기본?"

어리둥절한 얼굴로 묻는 나에게 희숙이는 당연하다는 듯이 고개를 끄덕인다.

"그래, 기.본. 기본적으로 사랑을 쟁취하기 위해선 필수적으로 거쳐야 할 항목이 있는 거야. 특히, 짝사랑을 하는 경우에는 더 더욱."

참 내, 내가 연애를 못해본 것도 아니고, 여태까지 무슨 항목 따져 가며 연애해 본 적은 없다. 괜히 불렀나 싶어 후회감이 드는 찰나 희숙이가 던진 말은 나를 흔들어놓기 시작했다.

"미국의 심리학자 칼 A. 메닝거에 의하면 말이야."

헉, 내가 또 약한 게 '누구의 말에 의하면' 이란 소리다. 왠지 믿음직해 보이지 않은가?

"응!"

내 대답이 만족스러운지 희숙이는 고개를 살짝 끄덕이며 도도하게 설명했다.

"사람은 변화가 생기면 그 변화에 적응하려는 노력이 자발적으로 생기는데, 갈등과 같은 대립 상황이 발생했을 때도 마찬가지로 타협을 거쳐 적응하려는 본능이 일어난다고 해. 이때 감정이 상하지 않을 정도인 약간의 오해와 갈등이라면 타협을 하면서 두 사람의 관계는 더 호전된다는 거지."

너무 어렵다.

"휴우, 그러니까. 생각을 해봐. 드라마나 영화를 보면 자기한테 한없이 좋다고 하는 사람보다 약간의 트러블을 일으키는 사람한테 호감을 느끼잖아."

생각해 보니 그렇다. 언제나 처음부터 좋다고 하는 사람은 조연들이고 싫다고 난리를 치다가도 연결되는 사람들은 주연들이다.

"그러니까 그 사람한테 만날 하트만 날리지 말고 약간은 도도하게, 트러블을 일으키란 말이야."

"아하!"

역시! 초빙한 보람이 있다. 정말 내 친구지만 대단해 보인다.

"뭐, 이것도 네가 그 사람과 어느 정도 대화라도 가능할 때 얘기지만. 우선은 너는 지금 내가 말하는 단계를 거칠 필요가 있어.”

“단계?”

“그렇지. 받아 적어. 괜히 나중에 또 물어보지 말고. 첫쩨, 그의 주변을 맴돌며 정보를 모을 것.”

아니, 여태까지 모은 걸로도 부족해 또 모아? 내가 이의를 제기하려는 순간, 희숙이가 손을 번쩍 들며 내 말을 가로막는다.

“No! No! 넌 여태 정보를 모은 게 아니라 그냥 스토킹을 한 거야. 너 그 사람이 어떤 영화를 좋아하고, 어떤 음식을 즐겨 먹는지 알아?”

예리한 년! 할 말이 없다. 백 번 공감하며 그제야 주섬주섬 희숙이가 한 말을 적기 시작했다.

“둘째, 모은 정보를 토대로 우연한 만남을 가장한 체 마주치기. 사실, 이건 짝사랑의 포인트야. 드러내 놓고 내가 당신을 따라왔소, 하고 밝힐 일 있어? 우연히, 정말 우연한 것처럼 마주치는 요령이 필요해.”

하는 말마다 청산유수다. 이러니 찍은 남자마다 백발백중으로 넘어왔겠지.

“셋째, 이건 두 번째랑 연계된 건데, 정말 관심이 없는 것인 양 자연스러운 관계를 형성해야 해. 그리고 아까 말한 트러블도 지금 단계에서 써먹어야겠지.”

열심히 받아 적으면서 어떻게 자연스러운 관계를 어떻게 만들지 생각했다.

“이 부분은 나중에 알려줄 테니까 딴생각하지 말고 얼른 적어. 꼭 공부 못하는 것들이 수업 시간에 선생님 말씀 안 듣고 딴생각하지.”

“어? 어, 알았어.”

“넷째, 그 관계를 토대로 친분을 쌓으면서 네 매력을 보여줘야 해. 그런데 이게 문제네. 네 매력이 영…….”

찌릿. 아무리 내가 지금 도움을 받고 있는 처지라지만 해도 해도 너무한다.

“영이라니? 솔직히 나야말로 굳이 찾으려 하지 않아도 매력이 철철 넘치는 여자 아니겠어?”

“그래서? 현우한테 하는 것처럼 만날 주먹 휘두르게? 그게 네 매력이야? 어떻게 보면 네가 말한 그 남자가 참 대단하긴 해. 너를 이렇게 내숭덩어리로 만들어놓고.”

“이게 진짜?”

주먹을 들어올렸더니, 지지배가 벌떡 일어서서 갈 준비를 한다.

“왜? 다섯째는 듣기 싫은가 보지?”

저것도 친구라고! 하지만 궁한 쪽은 내 쪽이니.

“알았어. 말해.”

주먹 쥔 손을 얌전하게 무릎 위에 내려놓자, 희숙이는 새침하게 눈을 흘기더니 자리에 앉아 다시 강의하기 시작했다. 얄미운 년!

"다섯째, 이젠 그를 사로잡아 네 옆에 둘 일만 남은 거지. 결론은 유혹하는 거야."

"유, 유혹?"

헉, 단어가 어째 멜랑콜리하다. 화르르 얼굴이 달아오르면서 온갖 상상이 시작되려는 찰나, 희숙이의 혀 차는 소리가 들려온다.

"쯧쯧, 하여간에 밝히기는 무진장 밝혀요. 얼굴은 왜 빨개지는 건데?"

저 지지배가 정말 내림굿이라도 받았나? 어떻게 말하는 족족 내 속을 맞춘다.

"무, 무슨."

"덮치는 게 아니라 유혹이라고 했다. 상대방이 먼저 다가오도록 유도를 하는 거지. 은은한 달빛, 살짝 내리뜬 눈, 그리고 촉촉한 입술. 이 삼박자가 다 갖춰줘야 해. 여기다가 약간의 알코올도 있으면 좋겠지만 너는 술만 마시면 바로 잠들어 버리니까. 음, 어쩜 그게 더 효과가 있으려나?"

저것이! 흠, 정말 그게 더 효과가 있을까? 아니지, 내가 무슨 생각을. 아무리 사랑에 목이 말랐어도 그건 아니다.

"그런데 솔직히 이 정도는 말 안 해도 알지 않냐? 네가 한두 살 먹은 어린애도 아니고."

"내가 연애는 했어도 먼저 유혹한 적은 없지 않냐."

연애하면서 녀석들과 손도 잡아보고 키스도 해봤지만, 내가 먼저 손을 내민 적은 단 한 번도 없었다.

"그렇긴 하지…… 가 아니라 솔직히 네가 한 연애가 정상적인 연애는 아니지."

"뭐?"

"네가 한번 잘 생각해 봐. 네가 사귀었던 정민이랑 희철이. 그게 정상적인 연애니?"

정상적이지 않다니! 아무리 헤어졌다고 해도 그래도 내가 한때 좋아하던 녀석들인데.

"그게 연애가 아니면 뭐라는 거야?"

"이제야 말이지만 정민이랑 희철이 모두 너를 쫓아다녔지? 정민이는 네가 내숭 떨지 않는다고 해서 좋다고 했지. 그러면서 네 엽기적인 행동들을 모두 받아주다가 정작엔 내숭 떠는 여자한테 가버렸지. 희철이는 어떻고? 대학 신입생 환영회 날, 네가 양아치 한 명 때려잡는 거 보고 반해서 쫓아다녔다가 어떻게 됐어? 개도 결국엔 그 여시 같은 거랑 바람나서 양다리 걸친 거 아니야?"

듣고 보니 비참하다. 결국엔 내 성격을 못 버티고 다른 여자들에게 가버렸다는 게 아닌가.

"그러니 이번엔 정말 잘해. 네 성격이 다 틀렸다는 것은 아니야. 남자들이 내숭 떠는 여자 싫다고 하지? 그거 다 뻥이다. 남자들이 내숭 떠는 여자들한테 얼마나 녹녹한지 모르지? 그러니까 지금처럼, 여태까지 해왔던 것처럼 그 남자한테는 그렇게 간간이 내숭도 떨어주라는 거야, 이 맹추야."

생각해 보면 그 녀석들에게선 태진에게처럼 설레는 감정보단 편안함을 느꼈던 것 같다. 하지만 태진에게는 누가 말하지 않아도 스스로 내숭을 떨게 된다. 그러니 잘할 수 있을 것이다.

"알았어."

"그래, 이번엔 제발 좀 잘해라. 또 차이지 말고."

하여간에 저건 잘나가다가 꼭 삼천포로 빠진다. 아무리 내가 차인 꼴이 되었다지만, 그래도 그렇지 꼭 저렇게 말해야 할까?

"알았다니까."

"흐흠, 마지막 단계는 고백이야."

"고백?"

아, 가슴이 떨리는 말이다.

"우선 고백하기 좋은 장소로는 물가가 최고지. 이것드 어디서 들은 말인데, 흐르는 물을 보면 사람은 본능적으로 양수에서 느낀 편안한 기억이 살아나서 극도의 안정 상태를 찾게 된대. 그런데 이 상태가 오래되면 감정이 가라앉아 왠지 슬퍼지고 참을 수 없는 외로움에 빠져 누군가와 함께 있고자 하는 욕구가 커지게 된다는 거야. 흐르는 강물이나 흐르는 눈물, 흐르는 빗물을 볼 때도 같은 효과가 있는데, 이런 것들을 보면서 상대방의 외로움이 극도로 커졌을 때 '당신과 함께 있고 싶다' 는 고백을 한다면, 아무리 감정이 메마른 사람이라도 거절하지 못하고 상대방에게 이끌리게 된다는 거지. 솔직히 이건 내가 제일 많이 쓰는 방법이기도 하고. 너도 알다시피 90% 이상 효과를 발휘했던 비법이지."

와! 정말 대단하다. 공부는 지지리도 못하는 것이 어쩜 저리도 박식할까. 놀라움의 연속이다.

"하여튼 이 정도까지 했는데도 안 넘어오면 물 건너간 거라고 생각해. 그런데 언제부터 시작할 거야?"

이제 더 이상 지체할 시간이 없다. 또다시 그의 주변에 여자가 생겨 전전긍긍하느니 희숙이의 말대로 실행해 보는 것이 낫겠지. 이제 여름방학도 했겠다, 거칠 것이 없다.

궁금한 얼굴로 쳐다보는 희숙이에게 떨리는 가슴으로 결연히 대답했다.

"내일부터!"

✳

"안녕하세요! 반갑습니다!"

그녀가 환하게 인사한다. 오늘은 좋은 일이 있는지, 그동안의 어두운 얼굴과는 대조적이다. 다행히 안 좋은 일은 다 해결이 난 모양이다. 나도 모르게 안도의 한숨이 나온다.

"카푸치노 한 잔 드릴까요?"

먹구름이 드리웠던 며칠과는 사뭇 다른 그녀의 밝은 어조에 기분이 붕 떠오른다. 입가에 떠오르는 미소를 억지로 가라앉히고 고개를 끄덕였다.

"네."

커피를 뽑기 위해 돌아선 그녀의 짧아진 머리칼 아래로 하얀 목덜미가 눈길을 끈다.

"오늘 날씨가 좋았죠? 하늘이 맑아서 여행하기 좋은 날 같더라구요."

뜨끔. 순진한 눈망울로 묻는 그녀를 보자 부끄럽고 창피해서 얼굴이 저절로 굳어졌다. 음흉한 내가 변태같이 느껴진다.

"흠흠, 네."

젠장. 오랜만에 말을 걸어준 그녀 앞에서 뭐라도 말을 하고 싶은데, 왜 그녀 앞에선 바보처럼 말을 못할까?

짤랑.

"안녕하세요. 반갑습……."

명랑하게 인사하던 그녀의 얼굴이 유령이라도 본 듯 갑자기 하얗게 질려갔다. 그녀의 시선을 따라가 보니 중년의 남자가 보인다. 땅딸막하지만 다부진 체격에 우락부락한 얼굴의 남자는 보기만 해도 위압감이 풍겨온다. 누굴까?

남자가 다가올수록, 그녀의 표정은 더욱 안 좋아졌다. 게다가 나와 눈이 마주치자 소스라치게 놀라면서 남자에게 서둘러 다가간다. 뭔가 떳떳하지 못한 사이인가? 수상쩍다.

"여긴 어떻게……?"

"어떻게는. 왜? 내가 못 올 데를 온 거냐?"

“아, 아니에요.”

그녀가 서둘러 고개를 흔들며 남자를 끌고 구석으로 가서 앉혔다. 도대체 무슨 일일까? 혹시, 아버지? 아니, 아버지라면 저렇게 하얗게 질릴 리가 없지. 게다가 그러기엔 외모도 너무 다르다. 어디 한 군데라 닮은 구석이 있어야지. 그럼, 빚쟁이? 그럴 수도 있겠다 싶었다. 남자의 목에 걸려 있는 순금 목걸이와 손가락에 끼워진 굵직한 반지를 보니 어쩌면 사채업자일 수도 있겠다는 생각도 든다. 더욱이 며칠간 그녀의 얼굴에 드리워졌던 그림자를 생각해 보면 말이다. 정말 돈이 궁했던 걸까? 그럼 내가 도와줄 수 있는데. 어쩌다가 저렇게 무서운 놈한테 걸려서 저리도 공포 어린 얼굴로 떨고 있을까? 이런, 가슴이 아프다. 여린 그녀가 저런 조폭같이 생긴 놈한테 혹시라도 협박을 당하고 있는 것은 아닌지.

“카푸치노 나왔습니다.”

생각에 잠긴 나에게 현우가 커피를 내민다. 흠, 어쩐다? 그녀에게 혹시나 무슨 일이 생길까 봐 그냥 가지를 못하겠다. 테이블을 훑어보니 그녀와 상당히 떨어진 곳밖에 자리가 없다. 커피를 받아 들고 테이블에 가서 앉았다. 그러나 간간이 들려오는 목소리로만은 상황을 파악하기가 힘들다.

“……며칠 전…… 용돈을…… 만날래?”

“싫어요.”

이게 무슨 소리지? 그냥 돈이 아니라 용돈? 만나? 그녀의 얼굴이 굳어지며 목소리가 단호해진다. 빚쟁이라면 용돈이라고 하지 않겠지.

용돈이라. 추리를 하던 내게 섬광같이 떠오르는 것이 있었다. 혹시 그녀에게 원조교제를 하자고 청하는 사람? 어려운 환경에서 일하는 그녀에게 돈을 내밀며 유혹하는 그런 파렴치한? 얼굴을 보니 정말 그렇게 생겼다.

"그럼…… 더……."

분명 돈을 더 준다는 거겠지. 나쁜 놈! 그녀의 얼굴에 망설이는 기색이 역력하다. 그런 그녀를 보는 남자의 얼굴에 회심의 미소가 걸쳐진다. 그리고 남자의 미소가 짙어질수록 내 심장은 더 오그라들고 있다. 젠장! 나도 모르게 주먹이 쥐어진다.

하지만 그녀는 또다시 고개를 흔든다. 그럼 그렇지, 누구한테 집적이야?

"흠, 차를……?"

차? 차를 사준다고? 이번엔 좀 더 고민하는 눈치. 만약 그녀가 고개를 끄덕인다면 정말 다시는 그녀를 좋아하지 못하리라. 어쩌면 나는 어린 그녀에게 힘든 삶이지만 순수하고 강단있는 모습을 기대하고 있는지도 모른다. 삶이 그렇게 녹록하지 않다는 것을 스스로도 서른이 넘어서야 깨달은 주제에 말이다.

그런 나의 눈길을 느꼈는지 주위를 두리번거리던 그녀가 나와 눈이 마주쳤다. 그녀의 눈빛에 절박함이 담겨 있다. 내가 나서야 하는 걸까? 나에게 도와달라는 신호만 주면 나는 언제든

달려갈 준비가 되어 있는데. 하지만 그것도 그녀의 선택에 맡겨야겠지.

결국, 그녀는 남자에게 단호한 거부의 몸짓을 보였다. 그러자 남자도 화가 나는지 몸을 돌리고 나가 버린다. 후우, 다행이다. 그녀가 올바른 선택을 해줘서. 내가 사랑하는 그녀는 이런 여자다. 가슴속에 뿌듯함이 밀려온다. 그러다 아까의 남자를 떠올리자 몸서리가 쳐졌다. 외모도 외모지만 남자가 갖고 있던 그 카리스마. 사실 나이야 내가 젊지만 남자의 분위기로 봐선 정말 한가락할 것만 같아 나도 모르게 마음 졸이고 있었나 보다.

이런 나를 두고 남자가 용기가 없네, 씩씩하지 못하네 하는 사람이 있을 거다. 모든 남자가 항상 용감할 것이라고 생각하는 사람들이 있다면, 그건 정말 남자에 대한 환상이다. 겁이 나지만 그것을 드러내지 못할 뿐.

그녀는 여전히 남자가 떠난 자리를 바라보며 우울한 얼굴이다. 후우, 어떻게든지 도와주고 싶은데 어떻게 도와줘야 할지 막막하다. 그녀의 힘든 모습에 내 가슴은 먹먹해진다.

그녀를 뒤로한 채 조용히 커피숍을 나와 길을 걸었다. 도로 곳곳엔 하루가 다르게 진한 색으로 변해가는 나뭇잎들로 인해 마치 도시 전체가 초록 물감을 뿌린 듯 싱그러워 보인다. 그런데 이 풍요로운 계절에 나는 왜 이렇게 외로운 걸까?

벌써 일 년이다. 작년 이맘때 그녀에게 반한 이후로는 어떤 여자에게도 마음이 가질 않는다. 이젠 잠을 자도 꿈속에서 그녀가 찾아올 지경이고, 길가 어디를 가도 그녀의 모습이 내 눈에 선하다. 또 왜 그렇게 자주 마주치는지. 어쩌면 내 안에 그녀를 향한 탐지기라도 숨어 있나 보다. '염명혜 탐지기' 가.

이젠 무언가 결단을 내려야 할 것 같다.

✻

어제 희숙이에게 큰소리를 빵빵 쳐놓았지만, 막상 그에 대해 알아낼 생각을 하니 참 난감하다. 문제는 어떻게 알아내느냐다. 내가 아는 것은 기껏해야 그의 집, 회사, 퇴근 후의 스케줄 정도가 전분데. 하아, 한숨이 나온다. 일 년 동안 나는 무엇을 한 걸까? 스토킹하는 동안 그가 먹는 음식이라도 유심히 볼 것을. 항상 그의 주변에 여자가 있나 없나 만을 살피느라 정작 중요한 것은 놓치고 말았다.

"무슨 생각을 그렇게 해?"

현우에게 대꾸를 하려는 순간, 창가에 익숙한 얼굴이 비친다.

"응? 아니……. 어?"

그다. 태진이 들어온다. 바람결에 살짝 흐트러진 머리칼이 빈틈없는 그의 모습을 한결 편안해 보이게 한다.

"안녕하세요. 반갑습……."

싹싹하게 인사하자 얼핏 그의 입가에 미소가 지나간다. 아싸! 오늘 태진의 미소도 보았으니 뭔가 좋은 일이 일어날 것만 같다.

"카푸치노 한 잔 드릴까요?"

"네."

하아! 에스프레소보다 더 진한 향기가 있는 그의 목소리. 캬아, 나 정말 너무 분위기있는 거 아냐? 하여튼 난 태진의 저음이 정말 좋다.

그와 잠시나마 대화를 나누고 싶어 현우 놈에게 커피를 뽑으라고 눈치를 줬건만 이 자식이 본체만체다. 저, 저 자식이! 나중에 두고 보자는 의미로 주먹을 살포시 쥐고 뒤돌아섰다. 하지만 신경은 온통 태진에게 가 있다.

이놈의 커피는 왜 이렇게 빨리 안 내려지는지. 그의 얼굴을 보고 싶은 마음에 뒤돌아서다 그와 눈이 딱 마주쳤다. 아, 갑자기 머릿속이 하얗게 비어버리는 것만 같다. 뭔가 말을 해야 할 것만 같은데, 딱히 떠오르는 것이 없다.

"오늘 날씨가 좋았죠? 하늘이 맑아서 여행하기 좋은 날 같더라구요."

생각나는 것이 날씨뿐이라니! 게다가 뜬금없이 웬 여행? 아, 미쳐! 게다가 창밖을 보니 아까까지 맑았던 하늘에 구름이 껴 흐릿하다.

"흠흠, 네."

짤랑.

"안녕하세요. 반갑습……."

차라리 잘됐다 싶어 고개를 돌린 순간, 아버지가 눈에 들어왔다.

맙소사! 저 차림새는 뭐지? 평소엔 잘 입지도 않으시는 양복에 내가 가장 질색하는 저 목걸이와 반지. 으윽, 정말 내가 못산다. 그런데 여긴 또 왜 오신 걸까?

"여, 여긴 어떻게……?"

"어떻게는. 왜? 내가 못 올 데를 온 거냐?"

말씀하시면서도 아버지는 주위를 훑어보신다. 혹시, 아버지의 병이 발동한 걸까? 지난 시간들은 정말 고통 그 자체였다. 내가 실연당했다고 한 다음날부터 아버지의 취조는 시작되었다. '뭐 하는 놈이냐' 로부터 '어떤 놈이 너를 싫다고 하더냐' 를 거쳐, '그놈을 알아내면 가만히 안 두겠다' 라는 협박까지. 아무리 어르고 구슬려도 꿈쩍하지 않는 나를 포기하신 줄 알았더니, 오늘은 기어이 탐색을 하러 오셨나 보다. 결정적으로 나는 아버지가 실행할 수 있다는 것을 너무나 잘 알고 있기에 두렵다. 게다가 지금은 그 누구도 아닌 태진의 앞이 아닌가 말이다.

서둘러 아버지를 구석 테이블로 끌고 갔다. 억지로 끌려오시면서도 아버지의 시선은 남자들 사이를 오가고 있다. 이제야 태진이 한 기사님과 아무 관계가 아니라는 것을 알게 되었는데, 아버지가 초를 칠까 무섭다.

"정 군은 어디 갔냐?"

현우는 왜 찾으시지? 그런데 어라? 방금 전까지 있던 녀석이 어디로 사라졌지? 하지만 이내 카운터 아래로 살짝 보이는 현우 녀석의 운동화를 보고 눈치를 챘다. 쯧쯧, 하긴 녀석이 얼마나 아버지에게 당했는가 말이다.

"잠깐 심부름 갔어요. 현우는 왜요?"

"아니다. 혹시…… 네가 좋다고 한 놈이 정 군이냐?"

아버지의 눈길이 현우를 찾아 헤매는 듯 문가를 맴돌고 있다. 이곳이 집이었다면, 아니, 태진이 이 자리에 없었더라면 아무리 무서운 아버지라도 대번 소리치고 말았을 것이다. 어떻게 저런 어벙한 녀석이랑 아버지 딸을 갖다 붙이시냐고 말이다. 하지만 다소곳하게 고개를 저으며 조용히 대답했다.

"아, 아니에요."

"그러면 혹시 저놈이냐?"

헉! 아버지의 눈빛이 매섭게 빛나고 있다. 먹이를 눈앞에 둔 사자의 눈빛이라고나 할까? 살 떨리게 무섭다. 혹시 아버지가 태진을 알아본 걸까? 그럴 리가 없다는 것을 알면서도 내 심장 은 콩알만해진다.

"네에?"

"저 깜장 멀대 놈이냐고?"

태진은 얼굴이 하얀 편이니 아버지가 말하는 사람은 다른 사 람인가 보다. 휴우, 다행이다.

"아, 아니에요."

"그래?"

아버지가 의심스런 눈으로 나와 그 남자를 번갈아 보신다.

"네."

"그럼 저놈?"

재빨리 아버지가 가리킨 쪽으로 시선을 돌렸다. 후우, 이번에도 다행히 태진을 비켜갔다. 아버지가 지목한 상대는 요즘 점장님을 따라다니는 남자다. 저 남자도 잘생기긴 하지만 그래도 우리 태진 씨에 비하면 어림도 없지.

"아버지, 아니에요."

또다시 아버지의 시선이 다른 곳을 찾아 헤맨다. 콩닥콩닥. 숨이 막힐 것만 시간이 흐르고 나서야 아버지가 겨우 나에게 시선을 돌렸다.

"흐흠, 며칠 전에 말한 선 자리 말이다. 박 관장 아들이 그렇게 괜찮은 놈이라더라. 네가 나가기만 하면 이번에 삭감한 용돈을 그대로 줄 테니까 한번 만날래?"

우리 집은 성인이 된 후론 등록금과 교통비를 제외하곤 일체의 용돈이 없다. 그나마 외박 사건 이후로 쥐꼬리만한 용돈도 삭감됐다. 아버지는 아르바이트도 때려치우라고 하시는데, 어림도 없지. 그런데 용돈이라, 조금 땡기긴 한다. 하지단 나의 사랑 태진이 저기에 있는데 다른 남자를 만날 수는 없지.

"싫어요."

아아, 이 얼마나 춘향이도 울고 갈 일편단심이란 갈인가. 내 자신이 너무 대견하다.

"아버지가 이번 한 번만 부탁하마. 그날 네가 그러고 들어오니까 아버지가 얼마나 화가 나던지. 내가 먼저 선 자리 알아봐 달라고 했는데 거절하기가 그렇구나. 허험, 좋다. 그럼 이번 한 번만 나가면 용돈을 더 올려주마."

혁, 이게 웬일인가? 부탁이란 말씀을 다 쓰시다니! 게다가 여태까지 고딩 애들보다 못한 수준으로 용돈을 주시던 분이 용돈 인상이라. 아, 갈등 때린다. 한 번만 만나고 용돈을 올려 받아? 정말 큰 유혹임에 틀림없지만, 참아내고 고개를 흔들었다.

"흠, 그럼 어제 네가 언니 차를 박아놓은 것도 눈감아주마. 명주한테는 말하지 않을 테니."

우리 아버지지만 진짜 치사하다. 친구를 만나러 나가면서 몰래 언니 차를 타고 나가다가 박았는데 글쎄, 보닛과 앞 범퍼가 완전히 찌그러진 것이다. 게다가 재수없게도 그걸 아버지한테 딱 걸려 버렸다. 출장 간 언니가 오늘 돌아오는데 큰일이다. 완전 범죄를 꿈꿨었는데, 어떻게 그 자리에 아버지가 서 있었난 말이다. 수리비가 얼마나 나올까? 하아, 미치겠네!

답답한 마음에 주위를 둘러보다 태진과 눈이 마주쳤다. 다른 어느 때보다도 강렬한 저 눈빛! 그래, 차라리 이 한 몸 뼈가 으스러지는 한이 있더라도 열심히 벌어 갚자. 저 남자를 두고 다른 놈 앞에 가서 미소 지을 수는 없지. 그래, 그렇게 하자.

"싫어요. 그냥 아버지가 거절해 주세요."

"그놈 때문이냐? 그럼 그놈이 누군가를 아버지한테 말하란 말이다. 그럼 아버지가 선보란 소리도 안 할 테니.”

그럼 그렇지. 내 이럴 줄 알았다. 분명 아버지는 나를 찼단 사람에 대한 복수심을 불태우고 있었을 거다. 처음엔 선으로 회유를 하시다가 나중엔 그 사람이 누군가를 밝혀낼 생각이셨겠지.

“그런 거 아니에요. 그리고 저 차인 거 아니라니까요. 혼자 좋아하다가 오해한 거예요.”

“그러게 왜 혼자 좋아하냔 말이다. 네가 얼굴이 떨어지냐? 학벌이 떨어지냐? 너 좋다는 놈들도 허다한데 왜 너 싫다는 놈한테 마음을 줘?”

“저 싫다고 한 거 아니라니까요? 그냥 그 사람 마음은 몰라요. 저를 좋아하는지, 싫어하는지.”

“그게 그거지. 그런 놈이 뭐가 좋다고.”

마음에 안 든다는 얼굴로 아버지가 갑자기 벌떡 일어나시더니,

“한 달 기한을 준다. 그놈이 아니다 싶으면 선보는 거다.”

라고 말씀을 하시면서 급히 나가 버리시는 거다.

“아버지.”

소리 죽여 아버지를 불러보았지만 이미 아버지는 사라지셨다. 정말 내가 미쳐! 갑자기 아르바이트하는 곳엘 찾아오셔서 이게 무슨 핵폭탄이냐고!

게다가 한 달 기한이라니! 누구 맘대로? 하아, 아버지 마음대로겠지. 우울하다. 아버지는 한번 고집을 부리시면 누구도 꺾지

못한다. 그건 내가 알고 하늘이 알고 땅이 안다. 그리고 아버지가 기한을 주신다면, 정말 그 기한 안에 해내야 한다. 이런 썩을!

정말 이젠 시간이 없다.

5... 하늘은 스스로 돕는 자를 돕는다

‘하늘은 스스로 돕는 자를 돕는다’ 라는 속담은 나를 두고 한 소린가 보다.

며칠 전, 출장에서 돌아온 언니한테 비 오는 날 먼지 나도록 맞았다. 평소 같았으면 맞장이라도 떴겠지만, 지은 죄가 있어서 한 번 덤벼보지도 못하고 고스란히 맞아야 했다. 그리고 결국, 자동차 수리비를 물어주기로 합의를 봤다. 그런데 서러운 건, 내가 그렇게 맞는 동안 정말 우리 아버지가 나를 한 번도 거들떠보지 않았다는 것이다. 너무나 서운해서 또 한 차례 눈물이 날 것 같았지만 꾹 참았다.

때문에 우선은 아르바이트를 하나 더 찾아야만 했다. 지금 받는 아르바이트 비는 내 용돈으로 다 나가니 말이다. 그래서 찾은 것이 심야 아르바이트! 다행히 전공과목을 살려 피트니스 클럽에 매일 밤 두 시간씩 출근하기로 했다. 그것도 태진이 잘 가는 볼링장이 속해 있는 곳으로 말이다. 물론 내가 제일 처음으로 알아본 곳이기도 하지만 이렇게 나에게 기회가 생기다니. 이건 분명 태진과 내가 운명이란 하늘의 계시다. 더불어 희숙이의 조언과도 일맥상통한다.

희숙이는 '땀 냄새를 풍겨라' 고 했다. 갑자기 왜 추접하게 땀 냄새를 풍겨야 하냐고 물었을 때, 희숙이는 혀를 차며 이렇게 말했다.

"쯧쯧, 어쩜 이렇게 처음부터 끝까지 설명해 줘야 하니? 당연히 페로몬을 분비시켜야지! 페로몬으로 말할 것 같으면, 곤충류나 포유류에서 분비되는 성호르몬이라고 할 수 있지. 이 페로몬은 에스트로겐과 테스토스테론의 분비를 촉진시켜 이성을 매료시키는 데 최고의 효과가 있다고 해. 그런데 페로몬 향이 가장 많은 곳이 바로 땀이라는 거야. 이 땀에는 여섯 가지나 되는 페로몬 성분이 있어서, 이성을 끌어들이는 강한 힘을 발휘한다는 거지."

그 순간, 희숙이가 얼마나 위대해 보이던지. 전문 용어를 팍팍 써가면서 막힘없이 줄줄 말하는 폼이 마치 TV에서나 볼 수 있는 전문가 같았다. 그런데 그런 페로몬을 분비시키는 곳에서 그와 잘하면 마주칠 수도 있다는 것이 아닌가 말이다. 하아, 정말 모든 것이 내 계획대로만 된다면 한 달 안에 그를 내 것으로 만들 수 있을지도 모른다.

그건 그렇고, 왜 이렇게 다들 쳐다보는 거야? 가볍게 스트레칭을 하며 몸을 푸는 동안 힐끔힐끔 쳐다보는 시선들이 느껴진다. 하여간에 이놈의 인기는 사그라질 줄을 모른다니까. 피트니스 클럽에 오면 멋진 남자들을 구경이라도 할 수 있을 줄 알았더니 이건 순 비계 덩어리들 아니면 삐쩍 마른 남자들밖에 없다. 하긴 이런 사람들이야말로 열심히 운동을 해야겠지.

그나저나 오늘이 태진이 볼링을 치러 오는 날인데 아직까진 나의 레이더에 잡히질 않고 있다. 그가 다니는 볼링장은 피트니스 클럽을 거쳐서 들어간다. 그러니까 태진이 볼링장을 왕래할 때는 이쪽을 꼭 지나쳐 갈 것이라는 말이다. 마침 그가 볼링을 치고 나올 시간이라 투명한 입구 쪽을 몇 번이고 쳐다보았지만, 태진은 보이지 않는다. 내가 못 본 사이에 간 걸까?

"저…… 강사님, 저 좀 봐주시겠습니까? 오늘 처음 왔는데요. 저기, 배에 왕(王) 자를 만들고 싶은데 어떤 기구를 사용하는 것이 좋을지."

열의를 가진 모습은 좋은데, 한숨이 절로 나온다. 170㎝가 될까 말까 한 키에 몸무게도 대략 80㎏은 넘을 것 같다. 한마디로 정말 답이 안 나오는 몸매다. 하지만 이게 내 일이니.

"따라오시죠. 일단, 운동을 시작하실 때는 스트레칭을 먼저 해주셔야 해요. 스트레칭만 열심히 해도 몸이 상당히 달라질 수 있거든요?"

시범을 보이며 설명하는 동안 하나둘씩 남자들이 모여든다. 썩을! 아니, 운동하러 왔으면 운동이나 할 것이지.

"안녕하세요."

헉! 꿈에도 그리던 목소리다. 혹시 환청인가? 후다닥 몸을 돌려보니 정말 내가 기다리던 태진이다. 이 볼품없는 사람들 속에서 유독 빛나는 저 멋진 몸매! 그의 뒤로 후광이 비치는 듯 강한 빛이 쏟아지는 것만 같다. 하아, 이러니 내가 반할 수밖에. 정말 하늘이 나를 돕고 있나 보다.

"아, 안녕하세요. 반갑……."

썩을! 여기서도 카페에서처럼 인사할 뻔했다.

"여긴 어떻게……."

"운동하러 왔어요. 여기서 일해요?"

내가 빼먹은 정보가 있었나? 그가 이곳에 들렀던 적은 한 번도 없었는데.

"네."

"저도 부탁해도 되겠습니까? 오늘 처음 왔는데."

아니, 그럼 이젠 여기서 그를 매일 볼 수 있단 얘기? 어쩌면 이렇게 손발이 딱딱 맞을 수가. 정말 우리는 천생연분인가 봐.

하아, 가슴속에 환희의 물결이 밀려온다.

✻

"사장님, 시원하게 맥주 한잔하고 가요."

박 과장의 제안에 고개를 끄덕이고 직원들을 따라나섰다. 볼링공과 신발을 챙겨 들고 헬스장 앞을 지나가는 순간, 수군대는 소리가 들려왔다.

"이번에 새로 들어온 강사가 그렇게 예쁘다며?"

"아주 영계더만. 여기 물이 갑자기 좋아졌어."

스치듯 지나가며 그들이 찬탄하는 여자를 찾아 투명한 벽 너머를 곁눈질했다. 그런데…… 이럴 수가! 그녀다! 그것도 남자들에게 둘러싸인 채로. 놀란 마음에 걸음을 멈추고 열심히 스트레칭을 하고 있는 그녀를 지켜봤다. 운동하러 온 건가? 그녀가 뽀얀 팔을 쭉 뻗으며 움직일 때마다 짧아진 머리칼이 그녀의 어깨 위에 넘실거린다.

"어디? 어디? 저기 단발머리 여자?"

단발머리? 맙소사! 아무리 주위를 둘러봐도 단발머리 여자는 그녀 하나뿐이다. 혹시 그녀가 새로 들어왔다는 그 강사? 공부를 해야 할 학생이 심야 아르바이트까지 하다니. 이런, 정말 금전적인 여유가 없나 보다. 후우, 가슴이 찢어질 듯이 아프다. 그건 그렇고 아니, 시커먼 놈들이 왜 저렇게 그녀를 둘러싸고 있는 거지? 마음에 들지 않는다. 그래, 내가 그녀를 금전적으로 도와주지는 못하더라도 저런 녀석들로부터 보호해 줄 수는 있겠지. 가슴속에서 투지가 불끈 솟아올랐다.

"사장님, 뭐 하세요?"

갑자기 멈춰 선 채 다른 곳에 정신이 팔려 있는 나를 이상한 눈으로 보며 박 과장이 물었다.

"어? 오늘은 먼저 갈래? 나는 어디 들를 데가 있어서."

"네? 아, 네."

"미안, 다음에 마시자고."

여전히 이상한 눈으로 쳐다보는 박 과장과 직원들에게 손을 휘젓고 서둘러 안으로 들어가 피트니스 회원권을 끊었다. 운동이라고는 볼링밖에 하지 않던 내가, 그것도 직원들과의 회합 때문에 마지못해 가던 내가 스스로 회원권을 끊다니! 상헌이가 알면 놀라겠군.

한 발자국씩 그녀에게 다가갈 때마다 심장이 제 주인을 알아보는 것인지 더욱 세차게 뛴다. 남자들 틈에서 열심히 설명하고 있는 그녀의 모습이 너무나 아름답다. 어쩜 목소리마저 저렇게 또랑또랑한지. 흐뭇한 얼굴로 쳐다보고 있는 내 시선에 그녀를 황홀한 눈으로 바라보며 침 흘리고 있는 늑대들이 잡힌다. 이런, 젠장! 음흉한 시선들이라니.

심호흡을 하고 그녀의 뒤에 섰다.

"안녕하세요."

깜짝 놀란 얼굴로 뒤돌아서는 그녀의 모습에 잠깐 주춤했다. 하지만 그것도 잠시, 못마땅한 눈으로 바라보는 늑대들로부터 그녀를 지켜야겠다는 수컷으로서의 본능이 나를 차분히 가라앉했다.

"아, 안녕하세요. 반갑……."

그녀는 카페에서처럼 인사할 뻔했나 보다. 그것만으로도 나는 뿌듯한 기분이다. 그녀가 그동안 나를 인지하고 있었다는 것 같아서 가슴이 설렌다.

"여긴 어떻게……."

"운동하러 왔어요. 여기서 일해요?"

"네."

"저도 부탁해도 되겠습니까? 오늘 처음 왔는데."

마치 그녀에게 데이트 신청을 하는 것 같아 긴장이 된다. 그녀의 대답을 기다리는 몇 초간이 마치 몇 시간은 되는 듯 길게 느껴진다.

"그럼요. 이리로 따라오세요."

싱긋 웃으며 나를 안내하는 그녀다. 날씬한 뒷모습에 저도 모르게 황홀해진다. 이런, 그런데 저렇게 몸매를 드러내도 되는 건가? 눈살을 찌푸리면서도 내 눈은 짧은 반바지 아래로 쭉 뻗은 다리에 머무른다. 매끄럽고 늘씬한 다리의 선을 따라 시선이 이동하는 순간, 온몸의 피가 한곳으로 쏠리는 것만 같다. 재빨리 머리를 흔들고 심호흡을 했다. 그리고 이런 자신을 스스로 자책하면서 시선을 떼어 주위를 둘러보았다. 혹시나 누군가 그녀에 대한 나의 흑심을 간파한 것은 아닐까 걱정하면서. 그런데 젠장! 온 남자들의 시선이 그녀에게 쏠리고 있다. 어떤 놈은 아예 노골적으로 그녀의 위아래를 훑어본다. 그녀를 이런 치한들에게 보이고 싶지 않다. 나만을 위한 주머니가 있다면 그곳에 그녀를 꼭꼭 숨겨둘 텐데.

변태 같은 자식들로부터 그녀를 보호하기 위해 눈을 부라리며 주위 시선들에게 위협을 가하는 순간, 그녀가 뒤를 돌아보다 흠칫 놀란다.

"흐흠, 늦게까지 카페에서 아르바이트하고 여기서 또 일하면 힘들지 않아요?"

괜히 겸연쩍어 여태까지 해보지 못했던 사적인 질문을 처음으로 던져 보았다.

"힘들긴 한데 어쩔 수 없죠."

어깨를 으쓱 들어올리는 그녀의 얼굴 위로 씁쓸한 기색이 지나간다. 이런! 힘들어하는 그녀에게 더 자각시키는 꼴이 되고 말았다.

어쩔 줄 몰라 가만히 서 있는 내게 그녀가 생긋 웃어준다.

"하지만 운동도 하고 좋지요 뭐."

힘들면서도 내가 무안할까 변명해 주기까지 하다니. 정말 착한 여자다. 나는 또다시 이런 그녀가 너무 예뻐 가슴이 벅차오른다.

"사장님은, 아니, 회원님은……."

"김태진입니다."

"네?"

아마 내 이름을 듣는 것은 처음이겠지. 휘둥그레진 눈으로 나를 쳐다보는 그녀에게 다시 한 번 내 이름을 소개했다.

"김태진입니다."

"아, 네. 저, 전 염명혜예요."

이미 들어 알고 있었지만 귀여운 이름이다. 정말 그녀에게 꼭 어울리는 그런 이름이다.

"흠, 왠지 익숙해서인지 강사님이라고 부르기 쉽지 않군요. 명혜 씨도 그럴 것 같은데. 그렇다고 여기서 사장님이란 소리는 더 이상할 거 같고. 우리 그냥 이름 부르는 것이 어떻습니까?"

서로 이름을 부르면 옆에서 알짱거리는 놈들도 쉽게 그녀에게 다가서지 못하겠지.

"조, 좋아요."

살짝 얼굴을 붉히는 그녀를 보니 또다시 화르르 심장이 타오른다. 그녀가 이곳에서 일하게 된 것은 운명일지도 모른다. 어쩌면 그동안 애태웠던 나에게 신이 주신 선물일지도. 기분 좋은 설렘이 나를 채우고 있다.

"저, 그럼 태, 태진 씨는……."

그녀가 부르는 내 이름이란! 이 순간, 이 기분을 어떻게 말로 표현해야 할지. 얼마나 바라왔던 순간이란 말인가? 태진 씨라니!

"태진 씨는 목표가 뭔가요?"

목표라, 내 목표는 당신인데.

“이곳엔 살을 빼러 오신 분들도 계시는데, 태진 씨는 그건 아닐 거 같고. 몸을 탄탄히 만들고 싶으신 거죠?”

흐흠, 그 목표구나. 괜히 무안해진다.

“네? 네.”

“그럼 일단 스트레칭부터 하죠. 자, 따라 해보세요.”

보기엔 그리 힘들어 보이지 않는데 생각보다 동작을 따라 하는 것이 힘들다. 벌써 이마에선 땀이 송골송골 맺히고 있다. 하지만 남자답게 미소를 지으며 열심히 따라 했다. 십여 분을 하고 나니 온몸이 유연해지는 것 같기도 하다. 그런데 이번엔 유산소 운동을 하란다.

“유산소 운동을 하고 기구 운동을 하시는 게 더 효과적이죠. 폐활량도 늘리고, 근력에도 좋으니 일단 러닝머신에서 삼십 분 정도 뛰세요.”

이런, 내가 제일 싫어하는 달리기까지 해야 한단 말인가? 하지만 어쩌랴, 그녀 앞인 걸. 옆에서 쳐다보고 있는 그녀를 보며 묵묵히 러닝머신에 올랐다.

처음 오 분 동안은 다행히 걷는 것이어서 그다지 힘들지 않았지만, 다음이 문제였다. 점점 올라가는 속도에 숨이 차 오르고, 머릿속이 하얗게 비어가고 있다. 주위를 둘러보았다. 그녀가 멀리 떨어져 있다면 슬그머니 내리기라도 하겠는데 너무 가까이 있다. 아니나 다를까, 나와 눈이 마주친 그녀가 다가온다.

“힘드신가요?”

당연히 힘들다. 하지만 여기서 약한 모습을 보일 수는 없지 않겠는가.

"헉헉. 아, 아닙니다. 허헉. 괘, 괜찮습니다."

"처음 맞으세요? 정말 잘 따라 하시네요?"

내가 잘하고 있긴 한가 보다. 다행이다. 슬쩍 기계 판을 보니 오 분이나 남았다. 아직도 말이다. 이 시간이 정말 지옥 같다. 그리고 마침내…….

"자, 이젠 기구 운동을 하셔야 하는데. 이쪽으로 오세요."

쉬, 쉬고 싶다. 그러나 나의 그녀는 정말 나를 과대평가하는지 쉴 틈을 주지 않는다. 죽을상을 하고 그녀를 따라갔다. 즐비한 운동기구들을 보니 숨이 탁 막힌다. 하지만 호기롭게 웃어 보이며 그녀가 가리키는 곳으로 가서 앉았다.

"기구 운동을 하실 때에는 호흡이 중요하거든요? 이렇게 팔을 들어올릴 때에는 숨을 들이쉬고, 팔을 펼 때에는 숨을 내쉬는 거예요. 하나, 둘, 하나, 둘. 이렇게요."

"네."

"그럼 한번 해보세요. 무게를 별로 안 달았으니 괜찮으실 거예요."

고개를 끄덕이며 그녀의 설명대로 몸을 움직였다. 헙! 팔이 부들부들 떨린다. 그녀 앞에서 힘들다는 내색을 할 수도 없어 아무렇지 않은 척 팔에 온 힘을 집중했다.

"하나아아, 두우우울."

으윽, 이러다가 그녀와의 사랑을 이루기도 전에 제명에 못 죽을 것 같다.

"하나아아아아, 두우우우우울!"

*

후텁지근한 바람에 샤워한 몸이 금세 끈적거린다. 하지만 가슴속엔 그 어느 때보다 상쾌한 기운이 감돌고 있다. 나는 조금 있으면 나올 태진을 기다리며 아까의 기억을 되살리고 있다.

그를 안내하던 중, 뜻밖의 장면을 보게 되었다. 나를 훑어보는 남자들을 날카로운 눈빛으로 뚫어지게 쳐다보던 그를 말이다. 또한 그의 눈빛을 슬금슬금 피하던 남자들까지! 눈빛만으로도 제압하는 사람이 있다는 것은 예전부터 알고 있었지만, 실제로 그런 사람을 보니 새로웠다. 우리 아버지 이후로 처음 보는 최고의 눈빛이랄까? 아버지는 살아 있는 눈을 가진 남자를 만나라고 누누이 충고하셨다. 그리고 나는 태진이야말로 아버지가 말한 살아 있는 눈을 가진 남자라고 확신이 든다.

나는 또다시 일 년 전 일을 떠올린다. 모르는 척 그가 '냅킨 바구니'를 내밀었던 일을 말이다. 잔잔한 감동이 내 가슴을 메우고, 내가 생각했던 그의 모습이 다르지 않다는 사실에 안도했다.

사실 일 년을 그를 그리면서 때론 내가 갖고 있는 이 감정이 선생님을 흠모하는 십대 소녀 같은 감정은 아닌지, 어쩌면 내가 알고 있는 그는 다른 모습이 아닐까 걱정했더랬다. 그런데 오늘 또다시 나는 그에 대한 감정, 그의 모습이 확고하게 느껴졌다. 이런 그를 어떻게 사랑하지 않을까?

게다가 그의 멋진 몸매! 내가 짐작했던 것보다는 조금 마른 듯하지만 그래도 그곳에서 유독 돋보이는 황금비율! 물결치는 근육들을 볼 때마다 느껴지는 그 황홀함! 영화 속에 나오는 남자 주인공처럼 땀으로 번들거리는 그의 근육을 보며 얼마나 침을 삼켰던지.

이제 나는 머릿속으로 온갖 시나리오를 쓴다. 그가 나오면 우연인 것처럼 마주쳐야지. 어쩌면 친절한 그는 밤늦은 시간에 퇴근하는 나를 염려해 에스코트해 줄지도 모른다. 집에 가는 동안 그에게 나의 매력을 보여주는 거야. 그럼 그는 나에게 폭 빠져들고 말겠지? 하아, 그러면 얼마나 좋을까? 상상만 해도 흥분이 된다.

그렇지 못하다고 해도 오늘의 수확은 컸다. 태진 씨의 이름을 부를 수 있다니! 여태까지 태진을 태진이라 부르지 못하고 보낸 세월이 얼마냔 말이다. 그가 그 낮은 음성으로 '명혜 씨'라고 부를 때마다 온몸에 느껴지던 전율이란!

"태진 씨! 태진 씨? 태진 씨이. 크큭."

그의 이름을 불러보고 있는 내게 낯익은 음성이 들려왔다.

"염병해. 혼자서 뭐라고 중얼거리고 있냐?"

“앗! 깜짝이야!”

이놈은 또 왜 여기에 있는 거야? 오토바이에 기대서 있는 현우를 본 순간, 좋지 않은 예감과 함께 머리엔 비상벨이 울렸다. 만약 현우와 같이 있다면 나의 가상 시나리오는 물거품이 되고 말 것이다. 재수없으면 내가 한 기사님과 태진 사이를 오해한 것처럼 그 또한 나와 현우를 오해할지도 모른다. 그러기 전엔 빨리 저 녀석을 치워야 한다.

“너, 너, 너 여기 왜 왔어?”

“더듬기는. 이 오빠가 와서 또 감동했구나?”

감동은 무슨 얼어죽을! 뒤를 힐끔힐끔 보면서 현우에게 낮은 목소리로 물었다.

“딴소리하지 말고, 너 여기 왜 왔냐고!”

“네가 또 안 하던 일까지 한다는데 이 오빠가 가만히 있을 수 있나? 집까지 데려다 주려고 내 애마를 끌고 왔지. 고맙지?”

아니, 저 녀석이 왜 안 하던 짓을? 그리고 저 오토바이는 또 뭐야? 매일같이 버스 타고 다니던 녀석에게 저런 물건이 있는지는 오늘 처음 알았다. 그나저나 조금 있으면 태진이 나올 텐데.

“됐으니까 너나 집에 일찍 들어가라. 엉?”

“되긴. 아, 혹시 오토바이를 무서워하는 건 아니지? 에이, 염병해가 그럴 일은 없지. 그치?”

“알았으니까…… 헉!”

뒤를 돌아다보니 태진이 걸어오고 있다. 이런 썩을!

“에씨, 야! 빨리 타, 빨리!”

이런 모습을 보일 바엔 차라리 이 녀석과 출발하는 게 낫겠다. 잽싸게 오토바이에 올라타 헬멧을 눌러썼다. 이러면 그가 나를 알아보지는 못하겠지.

“어? 응.”

얼떨결에 올라타 시동을 거는 현우의 등을 노려보며 다시 한 번 소리쳤다.

“빨리 안 가? 가자며? 아씨, 죽을래?”

“알았다, 알았어. 자, 렛츠 고!”

출발과 함께 몸이 뒤로 넘어가자 얼른 현우의 등을 잡았다. 뒤로 살짝 고개를 돌리는 순간, 이쪽을 바라보고 있는 태진이 보인다. 젠장! 정말 되는 일이 하나도 없다. 나를 봤으면 어쩌지?

바람을 가르고 도로 위를 달리는 동안에도 걱정이 산처럼 쌓여간다. 때문에 속도감이나 그로 인한 해방감을 느낄 수도 없다. 남들은 도로 위를 질주하는 것만으로도 기분이 뻥 뚫린다던데 나는 오히려 끈적거리는 땀이 더해가는 게 느껴진다. 게다가 내 앞에서 아무렇지 않게 운전하고 있는 현우의 넓은 등을 보니 울화가 치민다. 이유는 말할 것도 없이 이 녀석 때문이다. 왜 갑자기 안 하던 짓은 해가지고 나를 이렇게 화나게 하느냔 말이다. 녀석의 뒤통수를 보자 화가 더 치솟는다. 얄미운 놈!

내 손아래에 있는 녀석의 옆구리를 세게 꼬집었다.

“아야!”

빠방!

오토바이가 휘청거리다 옆 차선으로 급작스레 끼어들었다. 그 바람에 달리던 차와 부딪칠 뻔했다. 한순간의 일이었지만 심장이 뚝 떨어지는 것 같은 기분이었다. 그제야 갑자기 겁이 나 나도 모르게 녀석의 등에 찰싹 달라붙었다. 다행히 금세 균형을 찾았지만 아직도 옆에선 클랙슨이 울리고 있었다. 휴우, 정말 큰일날 뻔했다. 한시름 놓는 순간, 오토바이가 천천히 도로 가장자리에 멈춰 섰다.

현우가 시동을 끄자마자 옆구리를 만지작거리며 버럭 소리질렀다.

“아씨, 왜 꼬집어? 사고날 뻔했잖아!”

현우 말대로 사고날 뻔한 순간이 떠오르자 미안한 표정을 지으며 변명했다.

“꽉 잡으려다 그런 거야. 미안.”

“그래도 그렇지 그렇게 비틀어? 너 나한테 무슨 감정 있냐? 솔직히 말해.”

웬만해선 화를 안 내던 녀석이 이렇게 따지는 걸 보니 화가 단단히 난 모양이다. 자식, 쪼잔하긴. 내가 잘못을 하긴 했지만 그래도 이렇게 화를 내냐. 이 상황에서 태진 때문에 그랬다고 하면 더 삐치겠지? 쪼잔한 녀석이 삐치면 정말 대책 없다.

“감정은 무슨. 내가 오토바이 타는 게 조금 겁이 나서, 그래서 꽉 잡는다는 게 그렇게 된 거야."

"진짜야?"

녀석이 의심 가득한 눈으로 쳐다본다. 아니, 저 녀석이 진짜! 주먹이 불끈 쥐어지지만 일단 잘못한 것은 나니 참는다.

"그렇다니까? 아, 진짜 미안하다, 됐지? 빨리 가자. 더워 죽겠다."

그제야 녀석이 툴툴거리며 다시 시동을 건다.

"하여튼 염병해 아니랄까 봐 아주 염병을 떨어요."

"뭐? 이게 진짜 보자 보자 하니까!"

주먹을 들어올리는 순간, 녀석이 액셀러레이터를 밟는 통에 몸이 젖혀졌다. 그 바람에 얼른 다시 현우의 허리춤을 잡았다.

자식, 하여간에 얄미울 정도로 눈치가 빠르다니까.

한참을 내달리던 오토바이가 어느새 천천히 움직이고 있었다. 주위를 둘러보니 어느덧 낯익은 동네가 눈에 들어왔다. 자정이 넘은 시각이라 동네는 고요하기조차 해, 오토바이 소리가 더욱 크게 들린다. 톡톡. 현우의 등을 손가락으로 건드리자 서서히 멈춰 선다.

현우가 헬멧을 벗으며 물었다.

"왜?"

"여기서 세워달라고."

"조금만 가면 너희 집 앞인데 그냥 가지?"

"아냐, 괜히 동네 사람들 깨울 필요 없어."

“얼마나 소리가 크다고 그래? 그냥 가자.”

“아버지가 나와서 기다리실지도 모르고.”

그제야 녀석이 화들짝 놀란 표정으로 고개를 끄덕인다.

“어, 그래? 그럼 얼른 내려.”

“오늘 고마웠다. 내일부턴 안 와도 돼.”

“누가 매일 올 줄 알고? 걱정 마. 오늘은 시간이 나서 간 거야.”

“알았다. 조심히 가.”

고개를 끄덕이면서 현우가 시동을 걸었다. 부릉부릉, 큰 소음에 저절로 미간이 찌푸려진다. 시끄러운 오토바이가 동네를 빠져나가는 것을 보고서야 몸을 돌렸다.

그때, 어둠 속에서 시커먼 그림자가 툭 튀어나왔다.

“이제 오냐?”

헉! 깜짝이야!

“아, 아버지!”

오늘은 왜 이렇게 나를 놀라게 하는 사람이 많은 거야?

“이 시간에 왜 여기에…….”

“왜긴. 딸내미가 아직 들어오지 않았는데 어떤 아비가 발 뻗고 자겠냐? 거기다 외박까지 한 전적이 있는데.”

“아, 아버진. 이젠 정말 안 그런다니까요?”

“정 군이 데려다 준 거냐?”

혹시 현우랑 같이 온 걸 보셨나? 아버지의 시선이 현우가 사라진 쪽을 헤매고 있다.

"네. 현우 보셨어요?"

"그런데 정말 정 군이 아니냐? 그, 네가 좋다는 놈."

"아, 진짜 아니라니까요? 어떻게 그런 애랑."

"흠, 내가 보기엔 괜찮던데."

"아버지!"

아니, 우리 아버지 눈이 이렇게 낮으셨나? 어떻게 현우 녀석이 괜찮다는 거지?

"아이고, 귀청 따가워라. 정 군이라면 내가 선을 취소해 주려고 했는데."

선이고 뭐고 다 필요 없다. 현우라니! 말도 안 된다.

"그래도 현우는 진짜 아니거든요?"

"그래? 그럼 하는 수 없지. 삼 주 남았나?"

헉! 삼 주? 벌써 일주일이란 시간이 흘렀나? 맙소사!

"아버지, 진짜 그 사람은 잊었으니까 제발 취소해 주세요."

"잊었으면 선을 봐도 되지 않겠나?"

"아버지, 제 나이 이제 스물하나예요. 대학 졸업도 하지 못했다고요. 그러니……."

애처로운 얼굴로 말했건만, 아버지는 뒤도 안 돌아보고 앞장서 가시며 딱 잘라 이러시는 거다.

"삼 주 남았다. 가자."

"아, 넵!"

　현우 자식 때문에 되는 일이 하나도 없다. 내일 그 녀석을 보면 정말 가만두지 않으리라 다짐 또 다짐을 하며 아버지의 뒤를 서둘러 쫓았다.

일주일 넘게 그녀가 일하는 곳으로 매일 운동하러 갔다. 처음 며칠은 정말 죽을 것처럼 힘이 들었다. 사지가 당기지 않는 곳이 없고, 온몸이 후들후들 떨렸다. 하지만 역시 사랑의 힘은 위대한가 보다. 그렇게 운동을 질색했던 내가 죽을힘을 다해 쫓아다니는 걸 보면. 고생 끝에 낙이 온다는 말처럼 온몸이 찢어질 것처럼 아파도 그녀의 얼굴을 보면 기운이 샘솟는다.

그녀는 정말 친절한 선생님이다. 어쩌면 그렇게 상냥하게 설명을 해주는지. 매일매일 그녀를 만나면서 나는 조금씩 그녀에 대해 알아가는 중이다. 그중 하나는 그녀는 친절하지만 선을 분명히 긋는 타입인 것 같다. 나에게 이름을 부르는 그녀를 보고 자신들에게도 그렇게 대해달라던 늑대들에게 그녀는 명백하게 거절한 것이다. 때문에 처음엔 그녀를 둘러싸고 침을 흘리던 늑대들도 하나둘씩 떨어져 나갔다.

그녀 입장에서는 일 년 넘게 스위트 미팅의 고객인 내가 친숙해서 그런 것이겠지만, 나에게는 다른 어떤 것보다 힘이 나게 하고 더불어 불청객들을 소탕까지 해주니 더 바랄 것이 없다.

하지만 그런 우리에게 찬물을 끼얹는 존재가 있으니 퇴근할 시간만 되면 나타나는 현우 놈이다. 정말 무슨 관계일까? 녀석을 보면 왠지 내 자신이 초라해 보이고 주눅이 든다. 현우 녀석은 그림으로 보면 그녀와 정말 잘 어울리는 데다가 특히 나이대도 비슷하니 말이다. 후우, 나와는 다르게 정말 어리고 풋풋한 놈이지. 아니, 속단하긴 이르다. 그녀와 가까이 할 기회가 이제야 간신히 생겼는데 벌써부터 포기할 수는 없다.

시계를 보니 이제 두 시간 후면 그녀를 만날 시간이다. 내 눈앞에서 홀짝홀짝 술을 마시고 있는 상헌이 녀석만 집으로 간다면 말이다.

"뭘 그렇게 히죽히죽 웃고 있냐?"

상헌이 나를 보며 눈썹을 치켜올린다. 웃는 얼굴에 침을 못 뱉는다는데, 도대체 뭐가 그리도 못마땅한지 퇴근하자마자 집에 쳐들어와서는 저렇게 계속 저기압이다.

"그냥. 너는 왜 그렇게 기분이 나쁜데?"

"나쁘긴. 그런데 정말 오늘 술 안 마실 거냐?"

상헌이 술잔을 빙그르르 돌리면서 나를 쳐다본다. 좋아하는 술을 단호하게 거부하며 참고 있는 내가 안되어 보이지도 않은 지 상헌은 계속해서 유혹하고 있다. 황금빛 액체가 출렁일 때마 다 마음이 흔들리지만, 그녀의 얼굴을 생각하며 고개를 저었다.

"응. 이따가 운동하러 가야 해서."

"요즘 왜 그래? 좋아하는 술을 마다하질 않나, 그렇게 싫어하 던 운동까지 하러 다니고. 혹시 거기 피트니스 클럽에 예쁜 여 자라도 다니냐?"

무심한 듯 보이다가도 어쩔 때 보면 참 예리한 놈이다.

"내 나이가 몇인데 예쁜 여자 보려고 운동하러 다닐까? 나이 도 있고 한데 몸 관리 좀 해야 되지 않나 싶어서."

"잘 생각했다. 그렇게 말해도 안 듣더니. 그럼 이왕 시작한 김 에 골프도 한번 배워봐. 골프도 의외로 운동이 많이 되니."

산 넘어 산이라고, 그렇게 싫어하던 운동을 지금 시작했는데 골프까지 배우라고?

"골프는 나중에 배우마. 아직까진 이것도 벅차니까."

"그래."

"그건 그렇고, 정말 무슨 일 없어?"

"실은…… 현경이가 왔었어. 생각보다 힘든가 보더라."

상헌의 저런 모습이 전처인 현경 때문이라는 걸 깨닫자 화가 치민다. 저 좋자고 이혼한 주제에 왜 힘들다고 전남편한테 연락 하는지 도통 이해할 수 없다.

"그래서? 힘들면 어쩔 건데? 이혼했으면 그걸로 끝인 거지, 왜 자꾸 연락하는 건데? 그리고 넌 이혼한 전처 뒤치다꺼리만 하다가 시간 다 보낼 거냐? 한 기사, 아니, 영진인 어쩌려고 그래? 정말 영진이한테 마음이 없는 거야?"

"영진이…… 너야말로 정말 영진이한테 마음이 없는 거야?"

화가 난다. 십 년 넘게 상헌만 바라봤던 영진이를 저렇게 쉽게 다른 사람에게 넘겨 버리는 녀석에게 화가 치민다. 오늘은 아무래도 이 녀석과 그동안 하지 못했던 얘기를 해야 할 시점인 것 같아 상헌이 마시던 잔을 빼앗아 벌컥 들이마셨다. 이렇게 술을 마시면 운동을 할 수 없다는 것을 알지만 말이다.

탁, 유리잔을 내려놓고 상헌에게 진지한 얼굴로 물었다.

"알면서 모르는 척하는 거냐, 아니면 정말 모르는 거냐? 너 하나만 십 년 넘게 바라본 그 애 감정을 조금이라도 안다면 너 정말 이러는 거 아니다."

"그래, 그러는 거 아니지. 하지만 영진이는 더 좋은 사람 만나야지. 나 같은 이혼남 말고."

"그건 네가 판단할 문제가 아니야. 네 마음만 얘기하란 말이다. 영진이를 마음에 조금이라도 두고 있는지, 그렇지 않은지를. 정말 아니라고 생각한다면 깨끗하게 선을 긋고, 그것이 아니라면 영진이 마음을 받아들여."

하지만 상헌은 더 이상 아무 말도 하지 않았다. 다만 조용히 술만 들이킬 뿐이었다. 고집 센 녀석! 단호한 얼굴엔 더 이상의 언급은 사양한다는 기색이 역력해 보인다. 그런 상헌의 옆에서 나도 홀짝홀짝 마시다 보니 어느새 시간이 제법 흘렀다.

"비가 오나 보군."

상헌의 말에 창문을 열고 밖을 내다보니 제법 많은 비가 내리고 있다.

쏴아아.

내리는 빗소리가 답답한 마음을 조금은 뚫어준다. 오늘 밖에 있었다면 비를 뒤집어썼을 것이다. 실내에 있는 것이 다행이라고 생각하다가 불현듯 그녀가 떠올랐다. 그녀도 우산을 준비하지 못했을 텐데, 그 가녀린 몸으로 이렇게 많은 비를 맞으면 큰일인데 걱정이다. 그 생각이 들자 마음이 급해져 벌떡 일어서서 현관으로 가 우산을 찾았다. 제길, 우산이 하나밖에 없다. 하지만 이거라도 전해주고 오자는 생각에 나갈 차비를 했다.

내 부산스러운 행동에 상헌이 얼굴을 찌푸렸다.

"술 마시다 뭐 하냐?"

"나 잠깐 나갔다가 올게."

"비도 오는데 어딜?"

"갔다 와서 얘기해 줄게. 한숨 자고 있어."

뒤에서 상헌이 뭐라고 하는 소리가 들렸지만 조급하게 집을 나섰다. 피트니스 클럽은 집에서 얼마 떨어지지 않은 곳이지만 내 맘은 갈 길이 바쁘다.

떨어지는 빗줄기가 거세지는 것만큼 그녀를 향한 내 발걸음도 빨라진다.

✳

　태진이 오지 않은 피트니스 클럽을 다소 쓸쓸한 마음으로 나섰다. 밖은 한창 비가 내리고 있었다. 비가 오는 밤거리는 왠지 우울해진다. 그를 보지 못해서일까? 많은 대화를 나누진 못했지만, 조금씩 그를 알아가고 있는 느낌이었는데. 단 하루 그를 보지 못한 것으로 마음이 이렇게 스산하다니. 하아, 정말 내가 내 자신을 알 수가 없다.

　우산을 가져오지 못한 통에 건물 입구에 서서 가만히 빗줄기가 가늘어지기를 기다리고 있는데, 전혀 줄어들 기미가 보이지 않는다. 차라리 그냥 비를 맞고 갈까 생각하다가도 왠지 발길이 떨어지질 않는다. 한낮의 열기는 어디로 사라졌는지, 비 오는 여름밤은 쌀쌀하기까지 하다. 이 비를 맞으면 차가움이 뼛속까지 파고들어 내 외로움이 더할 것 같다.

　차라리 오늘은 현우라도 와줬으면 하는 바람이 든다. 그동안 운동을 끝나고도 태진과 어떻게든 마주칠까 서성거릴 때면, 여지없이 현우가 나타났다. 내가 처음 일하던 날부터 쭈욱 말이다. 그날, 나에게 꼬집힌 이유가 태진 때문이란 걸 안 현우는 길길이 날뛰었다. 그러더니 내가 아무리 구박을 하고 얼러도 꿋꿋하게 매일 와서 훼방을 놓았다. 그러던 녀석이 오늘은 코빼기도 보이지 않는다. 하여간 약에 쓸래도 쓸 수가 없는 녀석이다.

하아, 그나저나 정말 비가 멈추기는커녕 점점 빗줄기가 굵어지고 있다. 이러다간 밤을 새도 못 갈 것 같다.

'하나, 둘, 셋!'

마음속으로 신호를 보내며 까만 빗속으로 뛰어들었다. 차가운 비를 맞을 생각에 어깨를 한껏 움츠렸는데, 어라? 왜 차갑지가 않지?

"헉헉, 늦었나 했는데 다행이네요."

태진이다. 그가 내 앞에 아니, 내 머리 위에 우산을 받친 채 숨을 몰아쉬며 서 있다.

"우산 안 가져왔죠?"

그의 목소리도 맞는데. 정말 나한테 한 말인가?

"명혜 씨?"

내 이름을 부르는 걸 보니 나한테 한 소리가 맞나 보다. 헉! 정말 태진이 나를 찾아온 거란 말인가?

"네? 아, 네. 오늘 왜 운동하러 안 오셨어요?"

"친구랑 술 마시느라 운동도 못 갔어요."

그러고 보니 옅은 술 냄새가 코끝에 스친다. 술을 못 마시기에 술 냄새를 너무나 싫어하는 난데, 왜 이 남자의 술 냄새는 역하지 않고 달콤하게만 느껴지는 것일까? 하긴 운동할 때도 그의 땀 냄새는 싫지 않았다. 아니, 오히려 남성적인 매력이 느껴져서 좋았다. 희숙이가 말했던 대로 페로몬 때문일까? 생각해 보니 희숙이의 연애학 강의 중에 여태까지 내가 한 것은 달랑 정보 수집과 우연을 가장한 마주치기, 그리고 페로몬 배출밖에 없다. 이래 가지곤 한 달 이내에 그를 남자 친구로 만드는 것은 허황된 꿈일지도 모르겠다.

"기다렸어요?"

농담일까? 어둠 속이라 그의 표정이 잘 드러나 보이지 않는다. 언제나 과묵했던 그도 술을 마시면 이런 농담을 하는 걸까? 나는 또다시 그에 대해 알고 싶어진다.

"그, 그냥. 그런데 여긴 어쩐 일로……."

"창밖을 보니 비가 내려서요."

"네?"

비가 오는데 여길 왜? 설마 나에게 우산을 씌워주기 위해 온 것일까?

"명혜 씨가 우산이 없을 것 같아서. 낮엔 날씨가 좋았잖아요."

맙소사! 이건 정녕 꿈인 거야. 정말 그가 나를 위해, 내가 비를 맞을까 이 밤에 이렇게 뛰어왔다니! 하아, 지금 죽어도 여한이 없다. 할렐루야!

"제 트레이너 선생님이신데 감기라도 들면 큰일이죠."

썩을! 그럼 그렇지. 헛물켤 뻔했다. 난 감기 따윈 들지 않는데. 갖고 있는 건 힘과 체력, 그리고 미모뿐이라고요! 갑자기 심장에서 산소가 빠져나가는 듯한 기분이다. 기운이 쏙 빠지고 또

다시 우울감이 해일처럼 밀려든다.

“네…….”

“이거 쓰고 가요.”

태진이 들고 있던 우산을 내민다. 그런데 그의 손엔 다른 우산이 보이지 않는다. 내가 이걸 쓰고 가면 그가 비를 흠뻑 맞게 될 텐데 그럴 수는 없지.

“아니에요. 제가 이걸 쓰고 가면 태진 씨는 젖잖아요.”

“전 여기서 집이 가까우니까 괜찮아요.”

아무리 가깝다 해도 여기서 걸어서 십 분은 족히 떨어진 곳이다. 이럴 때 보면 내 스토킹도 쓸모가 있구나.

“그래도 지금처럼 비가 내리면 금방 젖잖아요.”

“그럼 이렇게 하죠. 명혜 씨만 괜찮다면 내가 집까지 데려다 줄게요. 내가 술을 마셔서 운전은 못하니까 같이 택시 타요. 괜찮겠어요?”

당연히 괜찮고말고! 두말하면 잔소리지. 그와 단둘이 있는 것을 얼마나 상상해 왔는데. 이 기회를 놓칠 순 없다. 그래도 한 번쯤은 사양해 주는 센스도 보여줘야겠지?

“저 때문에 괜히 태진 씨만 번거로우실 것 같아서…….”

“혹시…… 불편해요?”

그의 망설이는 얼굴을 보니 덜컥 가슴이 내려앉는다.

“어머! 아니에요. 저야 감사하죠. 호호호.”

휴우, 큰일날 뻔했네. 그 앞에선 사양의 미덕을 보여서는 안 되겠다. 그나저나 이렇게 한 우산을 쓰고 있으니 정말 데이트라도 하는 기분이다. 좁은 우산 속에서 그와 어깨를 부딪치며 걷고 있으니 파르르 가슴이 떨려오고, 그에게 나는 그만의 향기를 맡고 있으려니 정신이 혼미해진다. 두근두근. 고개를 살짝 들어 올려 그를 훔쳐봤다. 어스름한 가로등 불빛에 태진의 선이 굵은 얼굴이 살짝 비친다.

"타죠."

"네?"

아니, 언제 택시가 섰대? 길가에 서 있는 저 많은 사람들을 내버려 두고 왜 하필 여기에 서는 건데!

"명혜 씨?"

"아…… 네, 타요."

택시에 오르며 운전사 아저씨의 뒤통수를 노려보았다. 그와의 데이트를 방해한 장본인인 것 같아서 말이다. 내 눈길을 알아차렸는지 나와 눈이 마주친 아저씨가 흠칫 놀란다.

"집이 어디죠?"

집이 멀었으면 좋았을 텐데. 그러면 그와 더 시간을 보낼 수 있을 텐데 아쉽다. 그나마 다행인 건 비가 오는 터라 차가 막힌다는 것이다.

"대치동이요. 대치역에서 얼마 안 머니까 근처에서 세워주시면 돼요."

대답을 마치고 나니 딱히 할 말이 없다. 차라리 라디오라도 틀어져 있으면 좋으련만 택시 안은 적막감 그 자체다. 그에게 무슨 말을 할까, 어떤 화제가 적당할까 생각해 봐도 머릿속이 텅 빈 듯 아무 생각도 나지 않는다. 어색함에 고개를 돌려 창밖을 보니 앞이 보이지 않을 정도로 비가 퍼붓는다.

"흠흠. 비가……."

헛기침을 하면서 입을 막 떼었을 때 익숙한 핸드폰 벨소리가 들린다. 발신자 표시를 보니 현우 녀석이다. 하여간에 도움이 되지 않는 놈이다.

"전화 왔나 보네요."

"네."

무시하고 집어넣으려고 했더니 옆에서 지켜보고 있는 태진 때문에 그럴 수도 없었다.

"여보세요."

[야! 너 어디야?]

목소리는 왜 그렇게 큰지. 태진에게까지 들릴까 왠지 가슴이 조마조마하다.

"어디긴. 택시 타고 가고 있지."

[진짜 의리없게 그냥 갔냐? 내가 우산까지 갖고 왔는데?]

"그랬어?"

[그래. 오늘은 형한테 말해서 차까지 빌려왔는데.]

누가 그래 달랬냐고! 평소 같았으면 소리라도 대번 질렀을 텐데. 정말 성질 죽이는 것도 쉬운 건 아닌가 보다. 이렇게 가슴속에서 불길이 치솟는 걸 보면.

그래도 옆에서 태진이 지켜보는데 함부로 말할 수는 없어, 차마 입에서 떨어지지 않는 소리라 이를 악물고 말했다.

"미, 미안."

[미안? 지금 미안하다고 했어?]

이 자식은 내가 미안하다고 할 때마다 경악을 한다. 도대체 내가 저한테 뭐를 어떻게 했다고. 이러니 더욱 정이 안 가지.

"어? 어. 그래, 미안하다니까."

[…….]

"그럼, 난 이만 끊을게."

[옆에 누가 있구만?]

눈치 빠른 녀석. 알면 제발 좀 끊어라, 이 자식아!

"으응."

[혹시…… 아니 설마, 김 사장이랑 같이 있는 건 아니지?]

"왜 아니겠니? 그럼 내일 보자."

[……그래, 알았다. 내일 보자.]

생각보다 싱겁게 끊긴 전화를 보니 왠지 불길한 느낌이 든다. 이렇게 조용히 끊을 녀석이 아닌데. 내일부터 더 더욱 나를 괴롭히는 건 아니겠지? 뭐, 괴롭힌다고 당할 나도 아니지만, 요 며칠처럼 그와 나 사이를 방해하는 일은 더 이상 용서치 않으리라.

생각에 잠긴 내게 태진이 조심스런 목소리로 물어왔다.

“남자 친구예요?”

“네에? 무슨 그런 말도 안 되는 소리를! 어떻게 현우 자…….”

헉! 큰일날 뻔했다. 소리친 것은 둘째 치고 그의 앞에서 평상시 쓰는 말투가 그대로 나올 뻔했다.

“아니, 현우 같은 애랑…….”

썩을! 수습이 안 된다. 말을 하면 할수록 말리고 있다. 제발 누가 나 좀 말려줬으면 좋겠다.

“그게 아니라, 현우는 물론 좋은 친구지만, 남자 친구라니 정말 말도 안 돼요. 호호호.”

“그렇군요. 나는 또 매일 그 친구가 데리러 와서 남자 친구인 줄 알았죠.”

“어머! 저 남자 친구 없는걸요? 그리고 현우는 남자인 친구, 딱 거기까지예요. 현우가 들으면 아마 화내겠어요. 호호호.”

억지로 웃자니 얼굴에 경련이 일어날 것만 같다. 내일 현우 자식을 보면 가만두지 않겠다고 이를 갈며 맹세했다.

“하하, 그런가요? 내가 실수했군요.”

태진의 묵직한 목소리를 들으니 긴장이 조금 풀어진다. 휴우, 정말 말도 안 되는 소리지. 암, 그렇고말고.

“그런데 명혜 씨가 남자 친구도 없다는 게 의외네요. 당연히 있을 것 같았는데.”

이거 분명 좋은 소리 맞지? 태진이 보기에 남자 친구가 당연히 있을 만큼 매력적으로 보인단 소리지?

"저, 정말로 없어요."

"그렇군요."

그렇고말고요. 당신에게 마음을 뺏긴 세월이 얼만데 무슨 그런 섭섭한 말을. 그런데 당신이야말로 어떤가요?

나는 가만히 고개를 끄덕이는 그에게 소리없는 질문을 끊임없이 던지고 있다.

'당신은, 당신은 어떤가요? 정말 한 기사님과 아무 사이가 아닌가요? 아니면 다른 만나는 여자가 있는 건가요? 혹시 마음에 두고 있는 사람이 있나요?'

돌아오지 않는 대답을 기다리며 나는 계속해서 묻고 또 묻는다.

'아니라면, 나는…… 나는 어떤가요?'

*

그녀에게 향하는 발걸음이 가볍다. 도로 곳곳에 난 작은 물웅덩이와 젖은 나뭇잎들만이 밤새 내린 비의 흔적을 보여준다. 어제의 여파로 기온이 조금 떨어진 것을 제외하면 하늘은 마치 아무 일 없었냐는 듯 따가운 열기를 내뿜고 있었다.

그리고 나는 뜨거운 날씨도 잊을 만큼 그렇게 두근거리는 마음으로 그녀에게 가고 있다.

그녀의 초대.

“저…… 내, 내일 시간있으세요?”

어제 그녀의 집 앞에 다다랐을 때, 어둠 속에서도 눈에 띌 정도로 발간 얼굴을 하고 그녀가 한 말이다. 꼭 데이트를 신청하는 얼굴로 묻는 그녀를 보며 숨이 턱 막혔었다. 좁디좁은 우산 속에서 그녀와 내가 얼굴을 마주 보고 서 있는 그때에, 그래서 유독 반짝이는 그녀의 입술에 눈이 가는 그때에 그녀가 수줍어하는 얼굴로 그렇게 물었던 것이다.

“흠흠, 이, 있습니다.”

“그, 그럼…… 내일 가게에 오시면 제가 카푸치노 대접할게요. 오, 오늘 너무 감사해서…….”

“아…… 네.”

사실 기운이 조금 빠지는 말이었지만 그녀의 제의가 고맙기만 하다. 손님과 종업원이 아닌 정말 나만을 위한 커피라고 생각하니 천만금을 얻는 것처럼 가슴이 뿌듯해진다. 게다가 오늘은 토요일이 아닌가? 마치 주말에 데이트하는 연인처럼 그렇게 나는 그녀와 함께하는 커피를 기대하며 카페 문을 열었다.

짤랑.

경쾌한 종소리를 귓가에 흘려보내며 카페 안으로 들어섰다. 그런데 시간을 잘못 맞췄는지 오늘따라 카페 안은 사람들로 북적거렸다. 실내는 사람들의 열기로 뜨겁게 달아올라 있다. 그리고 그 안에서 그녀는 부지런히 몸을 움직이고 있었다. 열심히 손님들에게 미소를 지으며 커피를 건네기도 하고, 가끔 가다 더운지 손부채질을 하기도 한다. 그런 그녀의 모습이 나는 안쓰럽고 안타깝다. 저 작고 가냘픈 몸으로 학교에 다니랴, 이곳에서 아르바이트를 하랴, 이젠 밤에 피트니스 클럽 아르바이트까지. 몸이 열 개라도 모자랄 정도로 일을 하는 모습에 가슴이 아프다. 게다가 원조교제를 청하던 그런 파렴치한 놈한테까지 시달려야 했으니. 그녀의 삶이 얼마나 힘들고 고단할까 생각하자 갑자기 가슴이 아파온다.

그런 그녀에게 고작 해줄 수 있는 게 어젯밤처럼 비 오는 날에 우산을 가져다 주는 것뿐이라니. 나의 무능함에 한숨을 흘리며 등을 돌렸다. 바쁜 그녀에게 나까지 힘들게 하고 싶지 않아서, 나 때문에 혹시나 주위의 눈치를 받을까 두려워서.

"태, 태진 씨, 잠깐만요!"

뒤돌아보니 그녀가 사람들 틈을 비집고 나온다. 그녀가 서 있던 자리는 이제 현우 녀석이 대신하고 있다. 생각해 보면 항상 저 멀대 놈보다 그녀가 바쁘게 움직였던 거 같다. 매너없는 자식. 내 생각을 알아차린 건지 녀석이 나를 흘깃 쳐다본다. 그런데 그 눈길이 심상치 않다. 본능적으로 느껴진다. 저 녀석이 나를 경계하고 있다는 것을. 하긴 그녀처럼 예쁘고 사랑스러운 여자한테 반하지 않을 놈이 없겠지. 하물며 매일이다시피 보는 사이인데 그녀의 매력에 폭 빠져들고도 남을 것이다. 맙소사! 나보다 유리하잖아? 녀석은 젊기까지 한데 모든 상황이 유리하기까지 하니. 가슴 한구석이 답답해진다.

내 앞으로 다가온 그녀가 땀에 젖은 머리칼을 귀 뒤로 쓸어
넘기며 물었다.

"왜 그냥 가세요?"

"바빠 보여서요."

"조금만 앉아서 기다리실래요? 어?"

주위를 둘러보던 그녀의 얼굴에 살짝 찡그림이 지나갔다. 주
말이라 테이블이 꽉 차 있어서 앉아 있을 자리가 없었다.

"자리가 없네요. 어쩌지?"

어쩔 줄 몰라 하는 그녀를 보니 내가 더 미안해진다.

"신경 쓰지 말아요, 괜찮으니까. 내가 나중에 다시 올게요."

"그렇지만…… 후우, 네……."

여전히 미안한 얼굴로 대답하는 그녀를 두고 몸을 돌렸다. 내
가 있으면 그녀가 더욱 난처해할까 봐. 나한테는 사소한 일이지
만, 착한 그녀는 신경 쓰일지도 모르니까 말이다.

등을 돌려 카페 문을 잡는 순간, 그녀가 다급하게 물었다.

"아니, 그러지 말고 오, 오늘 저녁 시간있으세요? 제가, 제가
저녁 살게요."

"네? 괜찮……."

괜찮지가 않지. 그녀와의 저녁식사라. 이게 어떤 기회인데 박
차겠는가. 그녀의 주머니 사정은 나중에 생각하자며 양심의 소
리를 무시하고 고개를 끄덕였다.

"그래요, 그럼."

"그, 그럼 이따가 일곱 시에 여, 여기서 봬요."

서둘러 뒤돌아가는 그녀의 뒷모습을 보다 또다시 현우 자식과 눈이 마주쳤다. 녀석의 눈길에선 비난하는 기색이 비쳐진다. 그래, 나이도 많은 내가 그녀 주변을 맴도는 것이 눈에 거슬리겠지. 그렇지만 데이트(?)를 신청한 사람은 그녀라고! 유치한 발상이지만 이것만으로도 나는 힘이 난다.

아무렇지 않은 듯 미소를 지어주며 현우에게 손을 흔들어줬다. 녀석의 얼굴엔 벌레 씹은 표정이 지나갔지만 금세 고개를 숙인다. 아마 녀석도 짝사랑 중인가 보다. 만약 그녀에게 고백했다면 저렇게 감정을 숨기진 않을 테니.

녀석에게 동료 의식 비슷한 감정을 느끼며 몸을 돌렸다. 하지만 그 감정은 쉽게 털어내 버렸다. 누구보다 그녀를 원하는 것은 나니까 말이다.

그녀와의 약속 시간을 기다리며 거리를 천천히 걷는다. 조금은 떨리는 마음으로, 그보다는 좀 더 설레는 마음으로.

7... 스위트 미팅!

그에게 데이트 신청을 하다니! 그것도 아무렇지 않은 척 말이다. 약간의 더듬거림은 있었지만 뭐 그 정도야 나한테는 양반이지. 그나저나 시간은 왜 이렇게 안 가는지. 아직도 이십 분이나 남았다.

손에 쥔 거울을 들어올려 다시 얼굴을 꼼꼼히 비추어 본다. 뽀얀 얼굴에 마스카라로 포인트를 준 눈 하며 투명한 립글로스로 반짝이는 입술. 흠, 내가 봐도 완벽하구나.

"나 어때? 괜찮지?"

거울을 내려놓고 현우에게 빙그르르 몸을 돌리자, 꽃잎처럼 치마가 화사하게 펼쳐진다. 그와의 데이트 약속을 하자마자 희숙이한테 닦달해서 갖고 오게 한 원피스다. 희숙의 말에 의하면 보라색은 성숙하면서도 신비감을 준다나? 하여간 어려 보이는 내게 딱이라는 말이다. 발끝을 조이는 하이힐만 아니라면 더 좋았을 텐데.

"뭐야? 진짜 그치랑 데이트라도 하기로 한 거야?"

이게 요즘 봐줬더니 눈에 보이는 게 없나 보다. 우리 태진 씨한테 그치라니! 얼굴을 잔뜩 찡그리고 있는 현우의 머리를 주먹으로 콕 쥐어박았다.

딱!

"아야! 왜 때려?"

"죽을래? 이게 어디서 자꾸 우리 태진 씨한테!"

"아, 알았어. 그러니까 김 사장…… 님이랑 데이트하기로 한 거냐고!"

"그래, 크크크."

"돌았어!"

아니, 이 자식이 왜 이렇게 오늘따라 초를 치지? 얼마 전까지만 해도 잘해보라고 등을 떠밀던 녀석이 도대체 무슨 심술인지 오늘은 하루 종일 툴툴거린다. 어제 저를 두고 먼저 간 것 때문에 저러나?

"너 도대체 왜 그래? 뭐가 불만이야?"

"아, 됐어. 근데 정말 그 꼴로 나갈 거야?"

녀석의 눈길엔 기가 막히다는 기색이 역력하다. 희숙이는 예쁘다고 했는데.

"왜? 이상해?"

거울을 보며 이리저리 살피는 내게 현우가 내뱉듯이 말했다.

"노티나."

처음 나도 희숙이가 준 옷을 입고 현우처럼 말했었다. 항상 힙합 스타일의 옷만 입었던 까닭에 이런 스타일의 원피스는 왠지 너무 나이 들어 보였던 것이다.

그런데 그때 희숙이는 혀를 차며 이렇게 말했다.

"어쩜, 너는! 네 그 남자, 나이가 많다며? 서른? 서른하나? 하여간에 그 정도 되는 사람이 너 같은 어린애를 만나봐라. 뭐라고 생각하겠니? 원조교제? 잘 봐줘야 삼촌과 조카 사이밖에 더 되겠어? 그냥 봐도 넌 고삐리로밖에 안 보이는데 어느 정도는 그 사람 나이에 맞게 입어줘야 예의지."

여태까지 생각해 보지 못한 문제였다. 그와 나의 나이 차는 나 혼자만의 생각이었고, 또 그 나이 차가 나한테는 문제가 되지 않았으니까 말이다. 뭐, 혼자만의 짝사랑에 나이 차를 따진다는 것 자체가 우습기도 하고.

"일부러 그런 거야."

어깨를 으쓱이며 당연하다는 듯이 한 말에 현우가 또다시 찬물을 끼얹었다.

"걸음걸이가 오리 같아."

"즐이거든?"

“즐 반사!”

좋은 날, 그것도 그와 만나기로 한 시간이 십 분도 남지 않은 이때에 녀석은 자꾸 나를 시험한다. 손이 또다시 뻗어나가려는 것을 알았는지 현우가 잽싸게 몸을 피했다.

“얼른 나가기나 해! 정신 산란하게 하지 말고.”

그래, 이 자식을 때리다가 우리 태진 씨한테 나의 본색을 들킬 필요는 없겠지. 주먹 쥐었던 손을 펴 손가락으로 동그란 원을 만들었다.

“오케이.”

역시 희숙이가 챙겨온 앙증맞은 비즈 백을 들고 되도록 사뿐히 걸으려고 애쓰며 문으로 향했다.

문을 여는 순간, 등 뒤에서 현우가 물었다.

“좋냐?”

좋냐고? 당근 좋지! 그걸 말이라고 묻나? 여태까지 나를 몇 달 동안 봐왔으면서. 몸을 돌리고 씨익 웃으며 간단명료하게 말해주었다.

“응!”

고개를 설레설레 흔드는 녀석에게 활짝 웃어주고 당당하게 문을 나섰다. 후끈 달아오른 공기가 가슴 깊숙이 스며온다. 이대로라면 그와 만나기도 전에 땀에 흠뻑 젖을 것만 같다. 하지만 그런 생각도 잠시, 멀리서 다가오는 태진이 보이자 온몸에서 활기가 솟구친다. 베이지 색 면바지에 짧은 팔의 감색 폴로셔츠를 입은 그는 정말 멋지다. 그가 한 발짝 한 발짝 다가올 때마다 심장이 마치 거센 파도를 만난 것마냥 물결친다. 하아, 이러다가 나 심장병 걸리는 게 아닌가 몰라.

나를 발견한 그가 더욱 빠르게 걸어온다.

"많이 기다렸어요? 일찍 나온다고 나온 건데."

시계를 보니 아직 오 분 전이다. 매너있는 그는 역시 다르다.

"아니에요. 저도 방금 나왔어요. 생각보다 조금 빨리 끝나서……."

사실 점장님한테 부탁해 한 시간 전에 일을 마쳤다. 그리고 그 시간을 희숙이와 함께 옷을 입어보고, 화장을 하느라 소비했다.

"그랬군요."

조용히 고개를 끄덕이는 그에게서 나는 또다시 매력을 느낀다. 예의 바르고 반듯하지만, 거리감있게 느껴지지 않는 남자. 조용한 편이지만, 그 조용함이 무겁지 않은 남자. 내가 알아가는 그는 이런 남자다.

"저, 양식 괜찮으세요?"

"아무거나 잘 먹으니까 신경 쓰지 말고 가요."

천천히 그와 함께 어스름한 저녁 길을 걷는 이 기분은 말할 수도 없을 정도다. 구름 위를 걷는 것 같다고나 할까? 비록 비에 젖어 뒹구는 나뭇잎들로 인해 길이 지저분하지만, 그에게 예쁘게 보이기 위해 입은 원피스가 땀에 젖어가지만 말이다.

태진과 나란히 길을 걸으며 오늘 기필코 그에 대한 모든 것을 파악하기로 다짐, 또 다짐했다.

현우 녀석에게 왕창 뜯겼던 레스토랑으로 그를 안내했다. 어두운 조명 아래 은근한 촛불이 하얀 테이블을 비추고 부드러운 선율이 레스토랑을 채우고 있다. 곳곳에 놓여 있는 화사한 꽃들이 이곳을 더욱 로맨틱하게 만든다. 까만 제복을 입은 웨이터의 안내로 자리에 앉자 마주한 그의 모습이 더욱 선명하게 들어왔다. 그에 따라 내 가슴은 쉴 새 없이 뛰고 있다. 그래, 내가 원하던 첫 데이트의 모습이 이런 거였지. 역시 어떤 사람과 오느냐에 따라 분위기가 다르게 느껴지나 보다. 현우와 왔을 때는 주머니에서 돈이 나가는 것만 생각하느라 비싼 곳이라는 것만 알았지 분위기가 어땠는가는 생각해 보지도 못했는데. 새삼 오늘 희숙이에게 옷을 빌린 게 잘한 일 같아 흐뭇해진다.

그런데 태진은 아닌가 보다. 주위를 둘러보던 그가 걱정스런 얼굴로 말했다.

"여긴 비쌀 텐데."

"괜찮아요. 오늘 월급 탔거든요."

물론, 언니한테 갚아야 할 돈의 상환 기간을 좀 늘려야 할 것 같긴 하지만 그건 그때 가서 생각해 봐야지. 그래도 첫 데이트인데 좋은 곳에서 시작하고 싶다.

하지만 그의 얼굴엔 뭔가 설명하기 애매한 표정이 지나간다. 난감해하는 듯하면서도 미안해하는 그런 표정. 부담스러운 걸까? 아니면 내가 너무 헤프게 돈을 쓰는 여자처럼 보이는 걸까? 그것도 아니면 단순히 이곳이 마음에 안 드는 걸까?

"마음에 안 드시면 나갈까요?"

불안한 마음으로 그를 바라보며 마른침을 삼켰다. 일 초, 이 초. 그의 대답을 기다리는 몇 초간이 마치 영원처럼 느껴지는 찰나, 그가 씩 웃으며 대답했다.

"명혜 씨가 좋으면 나도 좋아요."

하아, 이 얼마나 달콤한 말인가?

"명혜 씨가 좋으면 나도 좋아요."

"명혜 씨가 좋으면 나도 좋아요."

"명혜 씨가 좋으면 나도 좋아요……."

그의 말이 귓가에 메아리치며 내 심장을 두드린다. 나는 또다시 소리없는 질문을 그에게 던져 본다.

'그럼 내가 당신을 좋아한다면 당신도 나를 좋아해 줄 건가요?'

"명혜 씨?"

생각에 잠겨 있는 나에게 태진이 왼쪽 눈썹을 치켜올리며 묻는다. 그는 물어볼 때 왼쪽 눈썹을 치켜드는구나. 그에 대한 정보에 이것 또한 추가해야지.

"네? 뭐라고 하셨죠?"

"아르바이트를 두 개나 하면 힘들지 않냐고 물었어요."

"아, 그게, 원래 그렇게 해와서 괜찮아요. 아직 2학년이고."

“2학년이면…… 스물하나?”

2학년이란 말에 그는 놀란 눈치다. 새삼 오늘 이런 옷차림으로 나온 게 다행이란 생각이 든다.

“네, 스물하나예요.”

“그렇군요. 그랬었군요.”

네, 전 완벽한 성인이라고요! 우리 아버지 말대로라면 선볼 나이이기도 하고요! 그러니 나 좀 봐줘요, 제발!

“2학년이면 학교 다니기도 벅찰 텐데.”

“네, 실은 제가 체육교육학과에 다니거든요. 그래서 피트니스 아르바이트는 저한테도 도움이 돼요.”

“아…… 그렇군요.”

“네.”

“아르바이트하랴, 공부하랴 힘들겠군요.”

“힘들긴요. 단련이 돼서 괜찮아요.”

이십일 년을 이렇게 살아온 나에겐 그저 생활일 뿐이다. 아버지께 감사해야 할까? 아니, 지금 내가 이러고 있을 때가 아니지. 일단은 오늘 나의 목표는 달성해야지. 목표가 뭐냐고? 크크큭, 당근 그의 정보를 모으는 거지!

메뉴에만 관심이 있는 듯, 태진에게 슬쩍 물었다. 하지만 내 온 신경은 그에게만 쏠려 있다.

“흠흠, 태진 씨는 뭘 좋아하세요? 육류? 해물?”

그가 무엇을 좋아할까? 또 싫어하는 것은 뭘까? 너무 좋아하

는 티를 내도 남자들이 흥미를 잃는다는 희숙이의 말을 상기하
며 달싹거리는 입술을 차가운 물로 축였다. 하아, 좋아하는 티
를 안 내는 것도 쉬운 게 아니구나!

“다 잘 먹지만 해물을 좋아하는 편입니다. 명혜 씨는?”

물론, 고기라면 자다가도 벌떡 일어나는 나지만 그가 좋다면
야.

“호호호, 저도 해물을 더 좋아해요.”

“그럼 해물 스파게티를 시킬까요?”

“네?”

이, 이게 아닌데. 내가 그리는 그림엔 면을 돌돌 말고 있는 모
습이 아니라, 우아하게 스테이크를 썰며 와인을 마시는 로맨틱
한 모습이 들어 있었다.

“명혜 씨도 좋아요?”

자, 잠깐. 지금 내 단계가 어떤 단계지? 단순히 정보를 모아
야만 하는 단계인가? 아니면 약간의 트러블을 일으켜야 하는 단
계? 이런, 희숙이한테 물어볼 걸. 아, 헷갈린다. 그래, 너무 좋다
고만 하는 건 아니라고 했어.

“아뇨, 싫어요!”

아씨, 너무 크고 단호하게 말했다. 태진의 눈이 놀람으로 커
다래진다. 그리고 예의 바른 그답게 바로 미안해하며 어쩔 줄
몰라 한다.

“아! 미안해요. 내 맘대로 해서.”

이, 이러려고 한 게 아닌데.

"그럼 명혜 씬 어떤 걸 시킬래요?"

"저, 전……."

메뉴판을 슬쩍 보니 눈에 들어오는 해산물 요리가 있다.

"새우 크림 스파게티요!"

젠장! 크림 스파게티면 내가 제일 싫어하는 스파게티가 아닌가? 느끼함의 최강자인 크림소스를 내가 시키다니!

"명혜 씨는 크림소스를 좋아하는군요."

"네? 아, 네. 고소해서……."

고소하긴, 개뿔! 희숙이가 맛있다고 시킨 크림 스파게티를 한 번 맛보곤 그대로 화장실로 직행할 뻔했는데. 맙소사! 한 접시를 무슨 수로 다 먹을까?

하아, 정말 사랑의 길은 멀고도 험난하구나!

그녀와의 데이트!

그녀는 나처럼 해산물을 좋아하고, 내가 종종 먹곤 하는 크림 스파게티에 열광한다. 이럴 줄 알았으면 나도 아까 그녀와 같은 걸 시키는 건데. 한 가지 아쉬운 점은 그녀는 걱정이 될 정도로 양이 적다는 거다. 그 가냘픈 몸에 많은 양을 먹기도 무리겠지만, 너무 소식을 하는 것 같아 안쓰러웠다. 그 힘든 아르바이트를 하려면 영양가있는 음식을 많이 섭취해야 할 텐데. 그녀가 사는 것이 아니라면 스테이크라도 시켰을 텐데. 다음에는 꼭 그녀에게 영양가있는 음식을 사줘야지.

그런데 다음 기회가 올까? 아니, 아니지. 다음엔 내가 그녀의 저녁에 보답하겠다고 해야지. 그렇게 해서 그녀와의 자연스러운 만남을 유도할 수 있다면 얼마나 좋을까?

오피스텔 문을 열고 들어서니 경비 아저씨의 모습이 보인다. 여전히 나에게 안 좋은 감정이 남으셨는지 싸늘한 얼굴이다.

"안녕하세요?"

"허흠."

헛기침을 하면서 고개를 돌린 아저씨는 다가오는 다른 사람에게 반가운 표정을 짓는다.

"아이고, 오랜만일세."

아저씨의 냉랭한 반응도 오늘의 내 기분을 가라앉히진 못한다. 오늘 같은 날, 기분을 망칠 수 없지.

엘리베이터 앞으로 다가가 버튼을 누르고 기다린다. 경비 아저씨의 대화에 귀를 기울이면서.

"여기 관리하시기 힘드시죠?"

"힘들긴. 나야 그저 자리만 지키고 있는 건데."

"그래도 사람 상대하는 게 쉽기만은 하겠어요? 별 사람들이 다 있을 텐데."

"하긴 별의별 사람들이 다 있지. 쓰레기를 아무 데나 버리는 사람도 있고, 또⋯⋯.”

내 얘긴가 보다. 아직도 그때의 일이 마음에 남으셨나? 생각보다 속이 좁으시구나. 그렇게 사과를 드렸는데. 하긴 나 말고도 다른 사람들이 또 얼마나 아저씨를 힘들게 했을까? 이 많은 세대들 중에서 비단 나 혼자만의 문제는 아닐 거다. 다음부터는 정말 조심해야겠군.

“또?”

“허흠, 우리 오피스텔에 아주 제비 중에서 상 제비가 살잖아.”

제비? 귀가 솔깃해진다.

“네에? 요즘도 그런 놈이 있습니까?”

“하이고, 말도 말아. 아주 새파랗게 어린 여자애부터 시작해서 멀쩡한 아가씨에, 이번엔 또 아줌마까지 내가 본 여자만 해도 세 명이더라고.”

아니, 어떤 놈이길래 여자를 세 명이나 만나지? 정말 나쁜 자식이군. 아저씨가 저렇게 정색할 만하다.

“아주 몹쓸 놈이구만. 그놈은 뭐 하는 놈인데 그래요?”

“모르지. 뭐, 사업한다고 하는데 그걸 누가 알아? 또 사업을 한다고 해도 그렇지, 여자들을 그렇게 농락하는 놈인데.”

“하긴 돈이 많으면 또 뭘 하겠습니까? 그렇게 인간 같지 않은 놈인데.”

“내가 몸이 힘든 건 다 괜찮은데, 그런 놈들 볼 때는 아주 치가 떨려. 그런 자식들이 있으니 딸내미를 시집보내려고 생각하면 지레 겁부터 난다니까. 인물은 또 얼마나 뻰지르르한지.”

또다시 그녀에게 접근하던 파렴치한이 떠오른다. 나쁜 자식! 나이도 제 딸만한 여자한테 접근하고 싶었을까? 정말 그런 놈들 때문에 나처럼 순수한 마음을 가진 남자들이 고생을 하는 거다.

엘리베이터에 올라타서도 그 나쁜 제비 녀석을 생각했다. 나는 그녀의 마음을 얻고 싶어 일 년을 전전긍긍하며 보냈는데! 어떤 자식인지 알아내면 얼굴도 못 들고 다니게 망신을 줘야지.

띵.

엘리베이터에서 내리자 어디선가 본 듯한 여자가 다가온다. 누구지? 어디서 봤더라?

“태진 씨?”

어? 내 이름도 아네? 기억이 날 듯 말 듯 도통 감이 잡히지 않는다.

“저 순영이에요, 이순영.”

아, 맞다. 저번에 선본 그 여자구나. 머리 스타일이 바뀌어서인지 못 알아볼 뻔했다.

“아, 안녕하세요? 그런데 여긴 어쩐 일로…….”

진짜 여긴 무슨 일로 왔을까? 나를 기다린 건가?

“할아버님이 알려주셔서…….”

“할아버님이요?”

저절로 이마가 찡그려진다. 할아버님은 아직도 순영과 어떻게 되기를 바라시는 걸까?

"네. 저기…… 근데 전화번호를 몰라서 연락도 못 드리고 그냥 왔네요."

그러고 보니 이 더운 날 밖에서 한참을 기다렸는지 여자의 얼굴이 땀으로 번들거린다.

"일단 들어가서 시원한 물이라도 한 잔 하시죠. 더우실 텐데."

"아니, 괜찮은데……. 고맙습니다."

현관문을 열고 안으로 들어가자 더운 공기가 얼굴을 찌푸리게 한다. 서둘러 에어컨을 켜고 거실로 안내하자, 순영이 두리번거리며 집을 살펴본다.

"남자 혼자 사는 것치곤 집이 참 깨끗하네요."

"일주일에 한 번씩 도우미 아줌마가 오시거든요. 아이스커피라도 괜찮으시겠어요? 아니면 냉녹차로 드릴까요?"

"그냥 시원한 물 주세요."

서둘러 물을 따라 거실로 나갔더니 순영이 얼굴을 붉히며 쇼핑백을 내밀었다.

"감사합니다. 그리고 이거……."

받아도 되나 난감해하는데 여자가 설명한다.

"실은…… 제가 서울로 다시 발령이 나서 이 근처로 이사를 왔거든요. 오기 전에 할아버님께 인사를 드렸더니 이걸 부탁하시더라고요."

"아……."

할아버지께 단호하게 말씀드렸는데, 아직 이 여자에 대한 미련을 버리지 못하셨나 보다. 미안함에 얼굴이 달아오른다.

"죄송합니다. 제 할아버지 때문에……."

내 사과에 여자가 당황한 얼굴로 손을 저으며 다급하게 설명한다.

"아니에요. 저도 즐거운 기분으로 할아버님의 부탁에 응했는걸요. 돌아가신 제 할아버지와 왠지 비슷하셔서 제가 타향에서 내심 의지도 했고, 또 이곳에 와서는 알던 사람들이 다 뿔뿔이 흩어져서 아는 사람이 없어서인지 태진 씨가 꼭 친구처럼 생각이 되더라고요. 그래서 전 한편으론 할아버님의 부탁이 반가웠는데. 어머!"

그랬었구나. 내가 처음 서울에 왔을 때처럼 외로웠구나. 대학을 다니기 위해 서울에 온 처음 몇 달 동안은 텅 빈 집에 올 때마다 느끼는 허전함에 적응하기가 참으로 힘들었었다. 때문에 여자의 말에 공감이 간다.

새빨간 얼굴로 어쩔 줄 몰라 하는 여자에게 제의했다.

"그랬군요. 그럼 친구처럼 지낼까요, 우리?"

여자가 놀란 얼굴로 나를 쳐다본다.

"그, 그래도 될까요? 저야 물론 좋지만, 부담되시면 안 그러셔도 되는데."

지난번의 만남으로 봤을 때처럼 여자는 남에게 부담 주는 걸 싫어하는 타입인 것 같다. 이런 사람이라면 정말 친구를 해도 좋을 것이다.

"저도 친구가 생기면 좋죠."

망설이던 여자가 생긋 웃으며 고개를 끄덕인다.

"제가 귀찮게 굴지도 몰라요."

"하하하. 친구 사이에 귀찮고 자시고가 있나요? 아, 집이 어디시라고 했죠? 제가 바래다드리겠습니다."

"이 옆 건물이에요. 이사 오고 나서 보니까 이렇게 가깝더라고요."

이 넓은 서울에서 같은 동네로 이사 온 것만으로도 신기한데 바로 옆 건물이라니.

"와, 신기하네요. 정말 친구가 될 인연이었나 보군요."

"오호호, 그런가요?"

"그럼 자주 뵙겠군요."

"네, 잘 부탁드릴게요."

후덕한 인상을 보니 편안한 마음이 든다. 오늘은 정말 나에게 운이 좋은 하루인가 보다. 친구도 얻게 되고, 또 내 사랑에게 한 발짝 더 다가서게 되고 말이다.

"가실까요?"

"안 바라다 주셔도 돼요. 가까운데요 뭐."

하루 종일 그녀와 함께 한다는 생각에 설레고, 그녀에게 잘 보이고 싶어 긴장한 터라 사실 지금은 조금 쉬고 싶다. 그리고 그녀와의 만남의 여운을 혼자 만끽하고 싶다. 때문에 순영의 만류에 금세 고개를 끄덕였다.

"그럼 엘리베이터 앞까지 가죠."

"네, 그럼."

순영이 엘리베이터를 타는 것을 보고 집으로 다시 들어왔다. 테이블 위에 놓인 쇼핑백을 열어보니 집에서 보내온 마른반찬들이 가지런히 담겨 있다.

할아버지는 이 음식을 보내면서 무슨 생각을 하셨을까? 내가 순영과 연애라도 하시길 바라셨을까? 할아버지가 명혜 씨를 본다면 어떤 느낌이 드실까? 순영처럼 그렇게 손자며느릿감으로 생각하실까? 여러 가지 복잡한 생각이 내 머릿속을 헤집고 돌아다녔다.

분명 그녀를 보면 너무나 사랑스러워 나처럼 금세 반하고야 마실 거다. 빨리 할아버지께 그녀를 보여주고 싶다. 마음이 조급해지려는 것을 숨을 고르며 참는다. 오늘처럼 조금씩 다가가면 그날이 얼른 오겠지 생각하면서.

그런데 나의 그녀는 이 밤에 뭘 하고 있을까? 조금이라도 날 생각하고 있을까?

✱

태진과의 데이트! 친절한 그는 나를 집 앞까지 바래다주었다.

그러지 않아도 된다는데도 위험하다며 한사코 에스코트해 준 거다. 역시 나를 실망시키지 않는 태진이다. 솔직히 몇 번의 만류에 태진이 그냥 갔다면 그에 대한 인상이 조금 나빠졌을지도 모른다. 크크큭, 사실 이것이 여자의 마음 아니겠는가?

대문을 열고 들어가 가만히 볼을 꼬집어본다. 아악! 아프구나! 이 모든 것이 현실이란 말이지?

"다녀왔습니다."

거실 탁자를 닦던 행주를 내려놓으시며 엄마가 물어보신다.

"왜 이렇게 늦게 와? 저녁은 먹었어? 옷은 또 그게 뭐야? 너한테 이런 옷이 있었어?"

들어서자마자 아버지가 계신지 주위를 둘러보았다. 혹시라도 오늘 내 모습을 보신다면 또다시 추궁하실 테니까.

"아버진?"

"아직 안 오셨어."

휴우, 다행이다. 가슴을 쓸어내리며 불편한 구두를 얼른 벗었다.

"그런데 정말 너한테 이런 옷이 있었어? 이렇게 입으면 얼마나 좋아? 그렇게 말을 해도 안 듣더니 오늘은 무슨 바람이 불었대?"

엄마는 신기한 듯 나를 보고 또 보신다. 어릴 때부터 두 딸들을 공주처럼 키워보려 했으나 번번이 아버지의 파워에 밀린 엄마다. 어릴 적에 엄마가 예쁜 원피스를 입히려고 하시면, 아버지는 당장 트레이닝복으로 바꿔 입히라고 소리치시곤 하셨다. 너무 부산스러워 보인다면서. 그리고 그런 아버지의 영향 때문인지 두 딸들은 커가면서 치마보다는 바지를, 정장보다는 캐주얼을 선호했다.

"엄마, 나 일단 밥 좀 비벼줘. 옷 갈아입고 올 테니까 김치랑 고추장 팍팍 넣고 비벼줘."

"여태 밥도 못 먹었어?"

"아니, 먹긴 먹었는데 잘 못 먹었어."

으윽, 생각만 해도 속이 느글거린다. 제일 재수없다고 생각하는 일을 지금 내가 하고 있다니. 이건 순전히 그 '크림 스파게티' 때문이다. 절대 태진 앞이라고 내숭 떨며 안 먹은 게 아니다. 잠깐! 혹시 태진이 내가 내숭 떠는 걸로 생각하진 않았겠지? 그럼 곤란한데. 그냥 꾹 참고 먹을 걸 그랬나? 왜 하필이면 그때 희숙이의 '트러블론'이 생각났을까? 그 고비만 넘겼더라면 나도 맛있는 토마토소스 스파게티를 먹었을 텐데.

방에 들어서자마자 염명주의 커다란 목소리가 방문 밖에서 들려온다.

"다녀왔습니다!"

요즘은 언니의 얼굴을 보는 것이 고문이다. 약점이 잡힌 관계로 이젠 대들지도 못한다. 아씨, 분명 또 수리비 얘기를 할 텐데.

"어떻게 둘이 비슷하게 들어오네? 명혜도 지금 들어왔는데.

너는 저녁 먹었어?"

제발, 제발 염명주랑 같이 먹지 않기를.

"나도 못 먹었는데. 병해도 못 먹었대?"

썩을! 저건 꼭 내가 제일 싫어하는 짓만 골라서 한다.

"병해라고 부르지 말라니까. 명혜가 들으면 또 난리치겠다. 쟤가 싫어하는 거 빤히 알면서. 명혜는 비벼 먹는다는데 너도 같이 비벼줄까?"

"쟤 놀리는 맛으로 사는 거지. 엄마, 나도 팍팍 비벼줘요."

저 인간을 안 봐야 내 속이 편할 텐데. 하긴 안 볼래야 안 볼 수가 있나. 같은 방에 살고 있으니.

쓰윽, 문이 열리며 염명주가 들어왔다. 모르는 척 옷을 벗고 있으려니 내 주변을 맴돌며 아는 척을 한다.

"어이! 염병해! 데이트라도 하고 오셨나?"

헉! 저 인간이 또 왜 저러지? 뭘 봤나? 슬쩍 고개를 돌리니 얄미운 얼굴에 묘한 웃음이 걸려 있다. 마치 먹이를 두고 장난치는 고양이 같다고나 할까? 불길하다.

"뭐, 뭐? 무, 무슨 데이트?"

"왜 이렇게 말을 더듬으실까? 왜? 뭐 찔리는 거 있어?"

"찌, 찔리긴."

아니, 사실 내가 데이트를 했다고 찔릴 일은 아니지. 그게 뭐, 범죄도 아니고. 그리고 내가 데이트를 했는지, 뭘 했는지 저가 어떻게 알 거야?

“우리 염병해 옷 중에서 이렇게 야리꾸리한 옷이 있었나? 이거 혹시 산 거야?”

날카로운 눈으로 희숙이 옷을 들어올려 이리저리 탐색하고 있다. 분명 내가 수리비 할 돈으로 이 옷을 샀나 의심하고 있을 것이다.

“안 샀어. 희숙이 거야.”

“희숙이? 걔한테 이 옷이 맞아? 걔는 좀 통통하지 않아?”

“걔 언니 거야.”

“아하, 그래? 그런데 희숙이 언니 옷까지 빌려 입고 어딜 다녀왔을까?”

“알아서 뭐 하게?”

“뭐 하긴. 그냥 궁금해서지. 자, 내가 수수께끼를 하나 낼게. 잘 듣고 누군지 맞춰봐. 키는 대략 180㎝ 정도, 몸무게도 한 75kg, 짙은 눈썹에 쌍꺼풀 없는 눈, 그리고 매끄러운 턱과 날카로운 콧날. 캬아~ 정말 인물 하나 근사하겠지? 거기에 베이지 색 바지에 감색 셔츠. 어둡긴 해도 분명 맞을 거야. 와, 영화배우 같다, 그치?”

저, 저 인간이! 분명 태진을 봤음에 분명하다. 설마 우리 태진 씨한테 필이 꽂힌 건 아니겠지? 하여간에 눈만 높아서. 애고, 우리 태진 씨가 너무 잘생긴 게 죄지. 속상하다. 길 가다가도 태진에게 찬탄의 눈길을 보내는 여자들이 얼마나 많았는지. 다행히 그는 그런 여자들에게 눈길 한 번 주지 않았다. 그 모습이 또 얼마나 멋있던지. 사실 길거리를 지나며 예쁜 여자를 힐끔거리는 남자들이 얼마나 많은가 말이다. 크크큭, 그런데 태진 씨는 아니란 말이지. 마치 한 마리의 백조 같다고나 할까? 그 고매한 인격과 아름다운 자태!

염명주 너는 죽었다 깨도 우리 태진 씨 눈에 차지 않을걸?

"도대체 왜 그래? 뭘 알고 싶은 거야?"

"누구야? 남자 친구?"

남자 친구라고 하기도, 그렇지 않다고 하기도 참 애매하다. 그렇다고 짝사랑하는 사람이란 걸 알면 저 인간이 아버지를 빌미로 협박을 할 테고.

"그냥 아는 사람이야. 이 앞에서 우연히 마주친 거야."

"에이, 정말?"

"아, 그렇다니까?"

"흠, 그래? 그렇다고 해두지."

여전히 묘한 미소를 흘리며 염명주가 고개를 끄덕인다. 흠, 내 짐작이 틀렸나? 저 표정을 보니 뭔가를 알고 있음에 분명하다. 혹시 내가 짝사랑하는 남자라는 걸 알아차렸나? 하아, 손끝이 떨리고 가슴이 벌렁거린다. 아냐, 저가 뭘 어떻게 안다고! 그래, 당당하자. 염명혜!

"그렇다니까! 나 배고파. 괜히 흰소리 하지 말고 너도 배고프면 나와."

찜찜한 마음을 뒤로하고 서둘러 방을 나섰다. 분명 우리를 꽜을 거다. 하지만 그것 갖고 나를 협박할 수는 없지. 그런데 왜 이렇게 불안하지?

주방에 들어서니 엄마가 빨간 비빔밥이 가득 담겨 있는 커다란 양푼을 내 앞에 놓아줬다. 보기만 해도 먹음직스러워 입 안에 침이 가득 고인다.

"명주는?"

"나오겠지."

"그래, 얼른 먹어. 맵지 않으려나 몰라."

"잘 먹겠습니다!"

엄마가 비벼준 비빔밥을 허겁지겁 입에 집어넣었다. 얼큰한 이 맛! 후우, 이제야 살 것 같다. 그래, 이 맛이지. 어떻게 그런 느글거리는 것을 사람들은 좋다고 먹을까? 희숙이만 해도 '크림 스파게티'라면 사족을 못 쓴다. 느끼한 년! 하긴 그렇게 느끼한 것을 좋아하니 남자 친구한테 전화할 때도 그렇게 기름지게 말하지. 희숙이는 기본이 '아잉~', '자갸~'다. 그것도 코맹맹이 소리를 해대면서. 또다시 속이 거북해져 얼른 밥을 한 숟가락 먹었다.

잠시 후, 염명주가 들어와 열심히 먹고 있는 내게 또다시 염장을 지른다.

"너는 데이트…… 아, 맞다, 데이트가 아니라고 했지? 여태 이 시간까지 밥도 안 먹고 뭐 했냐?"

"먹긴 먹었어. 그냥 느끼한 거 먹었더니 얼큰한 게 땡겨서 그래."

"그래? 그런데 꼭 그림이 내숭 떠느라 조금 먹고 집에 들어와 한 솥 비벼 먹는 그런 그림이다. 그치?"

"나 내숭 떠느라 밥 안 먹은 거 아니거든?"

"그럼 데이트는 했다는 거네?"

아씨, 저 인간 때문에 밥맛이 싹 가신다. 도대체 뭘 믿고 저러는 건지. 내가 안 했다는데도 왜 자꾸 물고늘어지는지 모르겠다.

"어머! 명혜야, 너 데이트한 거야?"

덕분에 엄마까지 동그란 눈을 하시곤 반갑게 물어보신다. 엄마도 내가 아버지한테 시달리는 것을 보고 차라리 다른 남자를 만났으면 하셨다.

"아니, 그런……."

"진짜 데이트한 게냐?"

헉! 언제 들어오신 거지? 아버지가 어느새 주방 앞에 서 계신다. 어둑한 조명을 뒤로한 채 음침한 얼굴에 눈빛만이 번뜩이고 있는 그 모습이 마치 저승사자 같아 주방 안에 있던 우리 세 모녀는 순간 굳어버렸다.

"여, 여보, 언제 왔어요? 소리도 없이."

"아, 아버지 오셨어요?"

서둘러 정신을 차린 엄마와 언니가 부산하게 움직였지만, 아버지의 눈은 여전히 나에게 향해있다. 무섭다.

"진짜냐니까?"

"아, 아버진. 무슨 데이트를 해요. 언니가 요 앞에서 현우를 보고는 저렇게 놀리는 거예요."

현우를 팔아먹는 게 좀 미안하긴 하지만, 그래도 모르는 인물보다는 좀 낫겠지.

한참을 뚫어지게 쳐다보던 아버지가 그제야 풀린 얼굴로 고개를 끄덕이신다.

"그래? 난 또."

휴우, 살았다. 정말 염명주를 어떻게 해야 할지. 아니, 언니라는 인간이 꼭 남의 일에 재를 뿌리고 싶을까?

"식사는요? 안 했으면 차려 드려요?"

"아니, 먹었어. 너희들도 얼른 식사해라."

아버지가 등을 돌리자 안도의 한숨이 새어나온다. 긴장했던 얼굴도 조금씩 풀어지고 온몸에 감각이 돌아오기 시작했다. 그런데 그 순간, 아버지가 걸음을 멈추고 나에게 나직한 독소리로 말씀하신다.

"참, 명혜야."

무슨 말씀을 하시려는 걸까? 마른침을 꿀꺽 삼키며 떨리는 입술을 떼고 대답했다.

"네?"

"이 주 남았다."

여전히 등을 돌린 채로 아버지는 이 말씀을 던지고 엄마와 함께 유유히 안방으로 들어가셨다. 젠장! 이 주밖에 안 남았다니! 오늘의 성과가 무색할 정도로 좌절감이 밀려온다. 내가 이 주 안에 그의 마음을 사로잡을 수 있을까? 아니지, 그래도 이 주 동안 이뤄낸 걸 생각하면 가능성이 있다. 매일 같은 만남에 오늘은 데이트까지 했으니.

가만가만, 희숙이가 말한 단계를 생각해 보자. 내가 지금 어떤 단계에 해당되는 거지? 1단계인 정보 수집단계는 하루 이틀에 될 일이 아니다. 그럼 그건 패스. 2단계인 우연히 마주치기는 일단 달성됐다고 본다. 우린 매일 밤마다 보게 되어 있으니까. 그럼 이것도 패스. 3단계가 문제다. 매력을 보여주면서 트러블을 일으키란 말이지? 아까 비록 실패는 했지만, 내가 생각하기에도 매번 호호거리는 여자보단 나을 것 같다. 그래, 트러블을 일으키자. 내 매력을 어필하면서 약간은 도도한 모습을 보여주는 거야. 그러면 그는 나의 숨겨진 이면에 관심을 갖겠지?

"좋았어!"

"뭐 하냐, 밥 먹다 말고?"

아차! 염명주가 앞에 있었다는 걸 깜빡했다.

"어? 어, 뭐야? 다 먹었잖아?"

양푼을 보니 거의 다 비워졌다. 덩치 값을 하는지 한 톨도 남기지 않고 싹싹 긁어 먹는다. 정말 저걸 누가 데려갈까 걱정이다.

"그러게 누가 밥 먹다 딴 짓하래? 꺼억."

"드럽게 트림까지 하냐?"

"자연 현상이다. 너는 잠자면서 방귀도 뽕뽕 잘만 뀌더만."

진짜 생사람 잡는다. 저건 꼭 자기가 불리하면 나를 저처럼 저질로 만든다니까.

"내가 언제! 내가 넌 줄 알아?"

"언제긴. 방귀만 뀌냐? 아주 생쇼를 다 하더만. 태진 씨, 싸랑해요~ 태진 씨, 우린 아직 그러면 안 돼요. 우웁~"

염명주가 가슴 위로 손을 엑스 자로 만들며 입술을 쭉 내미는 모습을 지켜보았다. 설마, 내가 저랬을 리가 없다. 그런데 태진이란 이름은 어떻게 알았을까?

"거짓말이지?"

"거짓말이긴. 그런데 뭐? 현우? 내가 현우 얼굴도 모를까 봐? 아까도 그러더라? 태진 씨 즐거웠어요, 태진 씨 조심히 가세요. 목소리도 아주 간드러지더만."

야비한 웃음을 입가에 띠며 이죽거리는 저 얼굴! 하아, 정말 수리비고 뭐고 덤벼?

"야! 원하는 게 뭐야?"

"야? 너 지금 언니한테 '야'라고 했어? 이게 아직 상황 파악이 안 되나 보네? 아버지한테 말할까?"

협박까지 하다니! 우리가 함께 이 집에서 살아오는 동안 협박과 갈취의 인생을 살았다지만. 두고 보자! 내 꼭 너의 약점을 잡고야 말리라!

“알았으니까 말해. 원하는 게 뭐야?”

“현우 전화번호.”

“뭐어?”

저게 왜 현우 전화번호를 달라는 거지? 어라? 저 인간 얼굴이 조금씩 붉어진다. 설마!

“너, 설마!”

8... 트러블!

어제 하루 동안 그녀를 보지 못했는데도 너무 긴 시간이 흐른 듯 그녀가 보고프다. 이젠 그녀를 만나지 못하는 일요일을 제일 싫어할 것 같다. 퇴근길에 잠깐 스위트 미팅에서 짧은 만남을 가졌지만 성에 안 찬다. 정말 큰일이다. 이 마르지 않는 그녀에 대한 갈망!

아, 얼른 가야지. 탁자 위에 놓인 자동차 키까지 챙겨 나왔다. 혹시나 오늘 그녀를 바래다 줄 수 있을까 생각하면서.

엘리베이터를 타고 내려오자 쓰레기통을 치우는 경비 아저씨가 보인다.

"대졸자가 50%면 뭐 하냐고! 공중도덕의 기본도 못 배우는데!"

누군가 내가 했던 것처럼 분리수거를 하지 않은 모양이다. 쓰레기통 안에서 구겨진 캔을 꺼내어 비닐봉지에 담는 아저씨의 구부정한 모습이 안쓰럽다.

"수고하십니다."

이런! 괜히 인사한 것 같다. 나를 보면 그날의 기억이 떠올라 더욱 기분이 나빠지실 텐데. 아니나 다를까, 아저씨의 얼굴에 마땅찮은 표정이 지나간다.

"흐흠."

"하하, 그럼."

곱지 않은 눈으로 나를 보는 경비 아저씨의 시선을 느끼며 서둘러 정문을 나섰다. 밖은 시원한 실내와는 달리 숨이 턱 막히게 한다. 낮보다는 선선해졌지만 그래도 여전히 여름밤은 무덥기만 하다.

"태진 씨?"

바쁜 내 발걸음을 붙잡는 소리에 뒤를 돌아보니 순영이 서 있다. 무슨 일이지? 이 밤늦은 시간에? 차림새를 보니 편안한 복장이다. 뭐라도 사러 나왔나? 집이 가까우니 이렇게 마주치기도 하는구나.

"안녕하세요? 어디 가세요?"

"저녁 먹고 산책하러 나왔어요. 혹시 운동할 만한 곳이 있나 알아도 볼 겸. 태진 씨는요? 어디 가세요?"

운동? 하긴 요즘 아가씨들의 평균으로 보면 순영은 조금 통통한 편이다. 아니, 많이 통통한가?

"운동하러…… 아!"

맞다! 내가 할 일이 생각났다. 그녀가 일하는 곳으로 순영을 데려가 소개해 준다면 그녀에게 좋지 않을까? 혹시 나중에 보너스라도 받지 않을까? 분명 그녀에게 좋으면 좋았지 나쁘지는 않을 것이다. 내가 왜 이 생각을 못했지? 많은 사람을 소개시켜 주면 월급도 오를 텐데. 그렇게 되면 힘든 아르바이트를 하나만 해도 될 텐데. 그래, 그녀를 위해 순영을 소개시켜 줘야겠다. 또 누가 있지? 박 과장도 이 근처에 살지? 내일 회사에 가면 꼬드겨야지.

"네?"

"아니, 혹시 헬스 하실 생각이면 제가 다니는 곳으로 가시겠습니까?"

"네?"

"거기 강사님이 정말 잘 지도해 주시거든요."

"어머, 그래요?"

"그럼요. 지금 시간 괜찮으시면 오늘부터라도 다니시겠습니까?"

너무나 적극적인 나를 보며 순영은 어리둥절한 얼굴이다. 하지만 이내 고개를 끄덕였다.

"좋아요. 여기서 가깝나요?"

"네. 십 분도 안 걸립니다. 가죠."

순영에게 맞춰 천천히 걸었다. 하지만 어느새 나도 모르게 속
도를 내고 있었나 보다. 그녀와 걸을 때에는 속도에 신경 쓰지
않아도 나란히 걸을 수 있었는데. 하긴 170㎝ 정도 되는 그녀와
160㎝가 채 안 되는 순영을 똑같이 여기면 안 되겠지.

"조금만 더 가면 됩니다."

"네."

막무가내로 끌고 가나 싶어 약간은 미안한 마음도 들지만, 나
는 다른 사람을 챙겨줄 틈이 없다. 나의 그녀가 조금이라도 덜
힘들다면야. 들뜬 마음에 발걸음이 또다시 빨라진다.

피트니스 클럽에 들어가 카운터로 순영을 안내했다. 늦은 시
간임에도 사람들은 제법 북적거렸다. 투명한 유리벽 너머로 열
심히 가르치고 있는 그녀가 보인다. 항상 보던 그녀지만, 오늘
따라 더욱 아름다워 보여 저도 모르게 미소가 입가를 가득 메운
다.

"뭘 그리 보세요?"

신청서를 다 기입했는지 순영이 나를 보고 있다.

"아, 아닙니다. 여기 추천해 준 사람을 쓰셨나요? 안 쓰셨으
면 '염.명.혜' 라고 써주십시오. 제 강사님이시거든요."

순영의 얼굴에 의아한 기색이 스친다. 강사 이름을 추천인에
쓰라는 게 이상한가 보다.

"네? 아…… 네. 여자 분이신가 보죠?"

카운터에서 이쪽을 주시하는 게 느껴진다. 때문에 더욱 큰 소

리로 그녀의 이름을 말했다.

"네. '염.명.혜.' 강사님이라고."

"그, 그럼…… '염명혜' 라고 쓰면 되나요?"

"네."

순영이 또박또박 그녀의 이름을 쓰는 걸 지켜봤다. 혹시라도 잘못 쓸까 걱정이 되어.

"다 썼어요."

가입 신청서를 접수원에게 넘겼지만 그래도 마음이 놓이지 않는다.

"하하. '염.명.혜' 강사님이 워.낙. 잘 가르치셔서……."

말이 끝나는 순간 주변이 싸해진다. 그리고 카운터에 있던 사람들과 순영이 '그게 왜? 그래서?' 하는 눈빛으로 쳐다본다. 흐흠, 조금 당황스럽군. 하지만 어쩌랴. 그녀에게 도움이 된다면야.

"순영 씨, 다 끝났으면 옷을 갈아입고 저 안에서 만나죠. '염.명.혜' 강사님을 소개시켜 드릴 테니."

"……네."

서둘러 탈의실에 들어가 옷을 갈아입고 그녀에게 다가갔다. 기구 설명을 하던 그녀는 누군가를 찾는 듯 주위를 두리번거린다. 그러다 나를 보자 반가운 얼굴을 하다가 금세 무표정하게 변한다. 내가 무슨 실수라도 한 걸까?

그녀의 눈치를 보며 인사를 건넸다.

“안녕하세요?”

“안녕하세요.”

목소리마저 오늘은 차갑게 들린다. 정말 무슨 일이 있나? 아무리 생각해도 내가 실수한 적은 없는 것 같다. 토요일에 그녀를 바래다주었을 때만 해도 즐거운 얼굴이었는데. 아니면 그동안 다른 일이 있었던 걸까? 혹시라도 금전적인 일로 힘이 든 걸까? 만약 그렇다면, 오늘은 그녀를 힘들게 하지 말아야겠다.

“그럼.”

아쉬운 마음을 접고 담담히 뒤돌아섰다. 너무나 보고팠던 그녀지만 행여 오늘 같은 날 그녀의 신경을 건드려 좋을 건 하나도 없을 것 같다. 그나저나 순영은 어떻게 하지? 그래, 순영만 소개해 줘야겠다. 그녀에게 좋은 일이니.

때마침 순영이 이곳에서 나눠 준 티셔츠와 반바지를 입은 모습으로 걸어온다. 그런데 생각보다 순영이 많이 통통하군. 그녀와 똑같은 옷을 입었는데 여실히 차이가 난다.

“순영 씨, 이리 오세요. 이분이 강사님이십니다.”

순영은 나의 그녀를 보고는 상당히 놀란 눈치다. 겉으로 봐서는 스무 살도 채 되어 보이지 않으니 당황할 만하다.

“새, 생각보다 어려 보이시네요.”

“하하, 네. 강사님이 동안이시라. 명혜 씨, 이쪽은 이순영 씨라고 오늘부터 이곳에 다니기로 했어요. 제 친구니까 잘 부탁드립니다.”

마음 같아서는 그녀에게 당신 때문에 소개한 것이라고 말하고 싶지만, 남자가 너무 자기 공을 내세우는 것도 보기 좋지 않을 것 같아 그 말은 빼버렸다.

그런데 그녀의 표정이 더 굳어진다. 정말 많이 아픈가? 약이라도 사다 줘야 할까?

"아, 네. 그럼, 이쪽으로 따라오세요."

그녀가 순영을 데리고 가는 것을 보고 천천히 스트레칭을 시작했다. 하지만 내 눈은 거울 속에 비치는 그녀의 모습에서 떠날 줄을 모른다. 순영에게 설명하는 그녀의 표정이 평소와는 너무나 다르다. 그녀에게 치근덕대는 놈들을 상대할 때에도 미소를 잃지 않던 그녀였는데 오늘은 유달리 굳어 있다. 어쩌면 몸이 아픈 게 아닐지도 모른다. 혹시 돈 문제가 해결되지 않은 걸까? 그래서 그런 걸까?

"후우."

답답한 마음에 한숨만이 쏟아져 내린다. 그녀에게 무슨 일이 일어난 걸까?

✻

태진이 친구라고 소개한 이 아줌마를 도대체 뭐라고 판단해야 할지 생각하는 중이다. 하지만 잠시 후, 펑퍼짐한 몸매는 그렇다 치고 야밤에 떡칠하듯이 한 화장에 동네 아줌마의 전형적

인 파마 머리를 한 이 여자를 그의 표현대로 '친구'로 여기기로
했다. 더불어 내 경계대상에서도 제외시키고 말이다.

결론을 내리고 나니 이제 내가 해야 할 일이 보인다. 태진의
친구라면 나도 잘 보여야 하는 법! '트러블'을 위해 도도하게 지
었던 표정을 풀고 아줌마, 아니, '순영 씨'에게 상냥한 얼굴로
말했다.

"피트니스 센터는 처음이신가요?"

"네. 그런데…… 오호호호, 우리 태진 씨는 여기 오래 다녔나
봐요?"

아니, 이건 무슨 뒤통수 후려치는 소리? 뭐? '우리 태진 씨'?
저 괴기스럽게 웃는 얼굴로 어디 우리 태진 씨를 '우리 태진 씨'
라고 하는 거야!

"우리…… 태진 씨요?"

"오호호호, 네. 우리 태진 씨가 부쩍 몸이 좋아져서 저도 운동
을 하려고 피트니스 클럽을 소개해 달라 했거든요."

뭔가 이상하다. 여유로운 표정을 지으며 말하면서도 나를 관
찰하는 아줌마의 모습이 수상쩍다. 아니, 잠깐! 친구라면 그냥
이름을 부르지 저런 호칭 같은 건 쓰질 않는다. 그렇다면 저 여
자는 정말 친구가 아니란 소리? 태진에 대한 정보 어디에도 저
여자에 대한 것은 없었는데, 어디서 갑자기 튀어나왔던 거지?
내 기억력이 이상한 건가?

"태, 태진 씨와 잘 아시나 봐요?"

"오호호, 그럼요. 선본 사이거든요."

헉! 서, 선이라고? 갑자기 호흡이 거칠어지고, 심장이 요동을 친다. 귓가가 멍멍해지고 눈앞이 흐려지는 것만 같다. 아니지, 여기서 정신을 바짝 차려야 한다. 안 그러면 지난번 한 기사님 때처럼 오해를 할지도 모르니까.

심호흡을 한 후, 나오지 않는 목소리를 쥐어짜 물었다.

"서, 선이요?"

"오호호, 네. 태진 씨 할아버지께서 어찌나 저한테 태진 씨를 한 번만 봐달라고 하시던지. 오호호호, 뭐 저도 우리 태진 씨를 본 후엔 마음에 들었지만."

"그…… 래요?"

그렇단 말이지? 태진 씨가 마음에 들었단 말이지? 그럼 태진 씨는? 태진 씨도 저 아줌마가 마음에 들었을까?

"그럼, 태진 씨 마음도 순영 씨랑 같은가요?"

내 말에 여자의 표정이 흠칫 굳어진다. 어라? 혹시 이 여자 저 혼자 북 치고 장구 치는 거 아니야?

"흠흠, 그런 건 저희 둘 문제 같은데. 오호호호."

오호라, 아줌마, 딱 걸렸스! 아무렇지 않은 듯 웃고 있지만 붉어진 얼굴 하며 파르르 떨리는 눈가가 내 예리한 눈에 잡힌다. 지금 보니 말도 앞뒤가 안 맞는다. 처음 본 내게 '우리 태진 씨' 가 어쩌고저쩌고 하던 사람이 이제 와서는 사생활이란 것을 내 세워 말을 돌리다니. 분명 뭔가가 있다. 어쩌면 이 여자는 내 직

감대로 혼자서 태진을 마음에 두고 있는지 모른다. 또한 친구라는 이름으로 그의 곁에 맴도는 건지도.

뭐야! 그럼, 나와 똑같잖아? 선수가 선수를 알아보는 법! 그런데 정말 이 여자를 내 경쟁 상대로 봐야 하는 거야?

"그런데 이상하네요. 나이 어린 사람이 꼬박꼬박 '태진 씨'라고 하니까."

태진 씨와의 관계를 내세우다가 안 되니 이제 나이를 들먹이시겠다? 하! 곰이 아니라 여우였구만? 하지만 이 아줌마, 나를 잘못 봐도 한참을 잘못 봤다. 내가 누군가? 누누이 말하지만 염씨 가문의 차녀로 태어나 온갖 핍박을 받고 자란 염명혜란 말이다. 또한 나로 말하자면, 치열한 경쟁을 더욱 즐기는 사람이다! 순간 피가 뜨거워지며, 전투 의지가 불끈 샘솟는 것을 느낀다.

"그런가요? 태진 씨가 이름을 부르자고 해서. 그래도 걱정 마세요. 저는 회원님들한테는 이름을 부르진 않으니까요. 저한테도 강사님이라고 불러주시면 됩니다."

순영의 얼굴에 똥 씹은 표정이 지나간다. 하긴 회원들한테는 이름을 부르지 않는데 태진에게만 이름을 부른다면 내 마음이 어떻다는 것을 알겠지. 그나저나 우리 태진 씨는 내 마음을 언제나 알아차릴까?

"자, 운동 시작 전에 몇 가지 질문을 할게요. 그래야 회원님께 맞는 운동법을 권해 드리거든요."

갑자기 사무적으로 말하는 내게 아줌마가 얼떨떨한 표정으로 반문한다.

"네?"

"목표가 뭐죠?"

사람들은 매번 이 질문에 당황한다. 누군가를 가르쳐야 할 때 동안의 얼굴 때문에 한두 번 애먹은 게 아니다. 그럴 때마다 이 질문을 던지면 사람들은 당황해하고, 그 틈을 타 나는 내 자리를 굳힌다. 이건 나만의 비법이다.

"목표요?"

"네. 체중감량이 목표는 확실하고."

순영의 몸을 전문가의 눈으로 훑어보며 평가했다. 여자 입장에서 보면, 몸무게에 대한 언급만큼 자존심 상하게 하는 것도 없다. 하지만 이는 순전히 내가 할 일이기도 하다. 물론, 저 아줌마의 콤플렉스를 자극하기 위한 내 전략이 없다고는 못하지만.

"체, 체중감량이 아니라 건강을……."

"보자, 우선적으로 15kg은 감량하셔야 할 것 같은데, 맞죠?"

순영의 듬직한 다리를 거슬러 튼실한 엉덩이를 지나 퉁퉁한 뱃살을 훑어보며 올라왔다. 그러다 입술을 꾹 다문 채로 나를 노려보는 모습에 저도 모르게 놀라 한 걸음 물러섰다.

순영이 눈에 살기를 띤 채 성난 코뿔소처럼 거친 숨을 몰아쉬며 말했다.

"너, 아주 당돌하구나?"

뭐야? 몇 마디 하지도 않았는데 벌써부터 평정을 잃고 자기의 본심을 다 드러내다니. 이렇게 시시해서야 무슨 경쟁 상대라도 되겠어? 한순간에 김이 팍 새버린다. 그래도 싸움을 걸어온 상대에게서 물러날 수는 없지.

"강사라고 불러달라고 했습니다, 이순영 회.원.님."

싸늘한 내 어조에 이번엔 아줌마가 주춤한다. 그러게 왜 내 성질을 건들이냐고!

"강사? 너, 너 여기 자격증은 있는 거야? 자격증 없이 가르치는 것은 불법이란 거 알지?"

내가 또 자랑할 만한 게 있다면 무수한 자격증 목록이다. 운전 면허증을 비롯해 워드 프로세스는 물론 심지어 발마사지까지 자격증이란 자격증은 딸 수 있는 대로 다 따두었다. 이 또한 아버지의 지시였지만 말이다. 어떤 자격증을 막론하고 일 년에 두 개 이상을 취득해야만 그나마 소폭이라도 용돈이 인상되니까. 그런 내가 전공과 관련있는 것을 먼저 따는 것은 당연한 것이고.

"생활 체육 지도자 3급 자격증이 있는데 보여드려요?"

한순간 말문이 막힌 모양인지 순영이 눈만 열심히 껌뻑거린다. 그러다가 붉어진 얼굴을 더욱 달구며 콧구멍을 벌렁거린다.

"나, 나이도 어린 게 꼬박꼬박……."

한국 사람들은 이게 문제다. 자기한테 불리하면 이내 나이 타령이니.

"나이 많아서 좋으시겠어요."

"뭐, 뭐?"

"더 이상 질문할 게 없으면 시작하죠? 여기 운동하러 온 거는 맞죠?"

"이, 이…….."

아직도 분한지 숨을 삭이고 있는 순영의 뒤로 태진이 다가온다. 우리의 모습이 심상치 않아 보였는지 얼굴에 걱정이 가득하다.

"무슨 문제라도 있나요?"

태진의 목소리를 듣고 나서야 순영의 얼굴이 싹 바뀐다. 그 갑작스런 변화에 강심장인 나조차 소름이 끼친다.

"오호호호, 문제는요."

"아까부터 대화만 하셔서."

태진이 나와 순영을 번갈아가며 눈치를 살핀다. 그제야 순영이 어색한 미소를 띠며 나를 칭찬하기 시작했다.

"제가 이것저것 물었더니 강사님이 너~어무 잘 알려주시네요. 어쩜 나이에 맞지 않게 차근차근 설명해 주시든지."

"하하하. 그렇죠?"

언제나 내가 좋아했던 그의 웃음소리이었는데 지금 이 순간만큼은 듣기 싫다. 뿐만 아니라 태진에게 화가 난다. 어떻게 저런 여자와 선을 봤으며, 어떻게 저런 여자를 내게 친구라고 소개한 건지.

남자가 아무리 똑똑해도 여우한테는 당하지 못하는 법이다. 저 곰과 여우의 중간 정도 되는 여자에게 태진이 넘어가는 것은 아닌지. 끔찍한 상상에 호흡이 가빠오고 가슴이 조마조마해진다. 나를 앞에 두고 저들이 담소하는 모습이 너무나 보기 싫다.

"저쪽에 올라가셔서 체지방, 몸무게, 키를 체크하시고 여기에 적으세요."

파일을 내밀자 순영이 엉겁결에 받아 든다.

"지금요?"

"네. 정확하게 기입하시고 매일매일 운동하시기 전후 체크하세요."

마음 같아서는 내 앞에서 몸무게를 재라고 하고 싶지만 그렇게 치사하게는 하고 싶지 않다.

찜찜한 얼굴로 순영이 저울 쪽으로 가자마자, 태진이 탐색하는 시선을 돌렸다.

"무슨 일 있어요?"

무슨 일 있죠! 당신이 선봤다면서요? 왜! 당신 앞에 맴도는 나를 두고 어떻게 저런 아줌마랑 선을 본 거예요!

"아니요."

"그럼, 어디 아파요?"

마음이 아파요! 48시간 전만 해도, 아니, 불과 네 시간 전만 해도 당신과의 데이트를 떠올리며 행복했었는데 지금은…… 화가 나요! 당신한테 이런 마음을 갖게 될지 몰랐는데 오늘은 당신이 미워요!

"그냥, 좀 몸이 안 좋네요."

"약은 먹었어요?"

태진의 걱정 가득한 목소리를 들으니 눈물이 핑 돌 것만 같다. 이렇게 친절하게 대해주면서, 나한테 관심이 조금도 없는 건가요?

"괜찮아질 거예요."

"그래도 약을……."

그때 순영이 다가와 파일을 내밀었다.

"다 기입했어요. 이건 어디다가 두죠?"

"저한테 주시면 돼요."

"오호호호. 강사님, 잘 부탁드립니다."

정말 기가 찰 지경이다. 어떻게 저리도 얼굴색을 자유자재로 바꿀 수 있을까? 그리고 저 웃음소리! 으윽, 진저리가 저절로 쳐진다.

"하하, 명혜 씨가 잘 가르쳐 드릴 겁니다."

"자, 그럼 운동을 시작하죠."

차가운 내 목소리에 태진이 놀란 눈치다. '트러블'을 따로 일으키지 않아도 저절로 일어나는군.

"아! 그래요, 그럼. 전 이제 유산소 운동을 하고 있겠습니다. 순영 씨는 열심히 명혜 씨를 따라 하세요."

태진이 러닝머신 쪽으로 다가가자 또다시 순식간에 순영의 얼굴이 변했다. 하지만 태진을 의식해선지 아까처럼 가자미눈을 하진 않는다. 아무래도 조용히 운동을 하려는 모양이다.

"스트레칭을 시작하죠. 자, 따라 하세요."

경직된 표정으로 스트레칭을 시작하던 순영은 이내 긴장을 풀었다. 그리고 십여 분이 지나자 어느 정도 자신감이 붙은 듯 의기양양한 얼굴로 나를 바라봤다.

"다음은?"

"자, 다음엔 유산소 운동입니다. 회원님은 체중감량에 주력을 하셔야 하니까 일주일간은 유산소 운동 위주로 하죠. 이리로 오세요."

체중감량이란 말에 눈가에 미세한 경련을 일으키다가 태진의 옆에 난 러닝머신을 가리키니 이내 미소를 짓는다. 훗! 단순하긴.

러닝머신 위에 올라서서 처음엔 여유있는 표정을 짓던 순영의 얼굴이 시간이 지나자 땀으로 번들거린다. 쯧쯧, 저러다가 덕지덕지 바른 화장이 흘러내리겠다.

오 분 뒤, 천천히 걷는 수준이던 속도를 점점 올리자 이제 아줌마의 얼굴이 점점 창백해진다.

"허, 헉!"

"힘들어도 참으시고 이십 분간만 전력 질주하세요. 중간에 내려오시면 처음부터 다시 시작해야 합니다. 그리고 나머지 오 분은 천천히 걸으셔도 됩니다."

태진이 옆에 있으니 내려올 수도, 나에게 항의할 수도 없을 것이다. 행여 내가 사악하다고 생각하는 사람들이 있다면 그것은 오산이다. 이것은 분명 누구에나 내리는 운동처방이니까. 다만 심리적으로 태진의 옆에 있다는 압박감을 준 것이라고나 할까? 힘들어도 힘든 내색을 할 수 없을 것이고, 아마도 나에게 당했다고 생각해 분할 테지. 그러니까 지금 내가 하고 있는 일은 정당하다고 할 수 있다. 이렇게 보니 나는 참 공명정대한 사람이구나! 분명 적을 충분히 괴롭힐 수 있는 상황이지만, 일에만 매진하는 이 프로정신!

그런데 왜 자꾸 울고 싶은 걸까?

"명혜 씨, 수고했어. 내일 봐."

평소엔 내가 인사를 해도 신문에서 고개를 떼지 않던 사장님이 웬일인가 모르겠다. 환한 미소까지 지어주시다니. 어리둥절한 기분으로 인사를 하고 피트니스 클럽을 나섰다. 다른 때 같았으면 태진을 신경 쓰며 미적미적했겠지만 알다시피 나는 그에게 삐친 상태다.

때문에 엘리베이터를 타자마자 서둘러 나오는 그와 순영을 봤으면서도 모르는 척 닫힘 버튼을 눌러 버렸다. 문이 닫히는 순간, 순영의 얼굴에서 묘한 표정이 지나간다. 이런 젠장! 고양이한테 생선을 맡긴 격이다. 하지만 그렇다고 해도 오늘은 태진과 아무 말도 하고 싶지 않다. 아니, 해서는 안 된다. 내 스스로

가 어떤 식으로 행동할지 모르니까. 나도 잘 알고 있는 내 지랄맞은 성질이 언제 어디에서 표출될지 어떻게 알겠는가.

그래도 내 맘속에선 일말의 미련이 남는지 엘리베이터에서 내리고 난 후에도 아주 잠깐 동안은 그 앞에서 주춤거렸다. 바보같이.

하지만 이내 고개를 세차게 흔들고 힘차게 걸어나왔다.

"이제 와?"

현우다. 카페를 나서기 전까지만 해도 오늘부턴 절대 나오지 말라고 다짐시키고 왔는데, 지금은 차라리 반가운 심정이다.

단단히 꼬인 나는 반가운 것을 넘어 고맙기까지 한 속내와는 다르게 퉁명스럽게 물었다.

"넌 오지 말라니까 또 왜 왔냐?"

"그러게. 실은 요 앞에서 친구들 만났거든. 그러다 나도 모르게 왔네. 오늘까지만 데려다 줄게."

녀석의 얼굴을 보니 안쓰러움이 밀려온다. 불쌍한 자식! 저가 누구한테 찍혔는지도 모르고 적지까지 나를 데려다 주겠다니. 내 비록 나를 위해 오지 말라고 한 게 90%라면, 저를 위해 오지 말라고 했던 것이 10%였다. 그래도 명색이 친구인데 어떻게 염명주같이 힘밖에 없는 무식한 인간한테 헐값으로 넘길까?

그날, 현우의 전화번호를 묻던 염명주는 나의 집요한 취조에 요리조리 피해갔다. 자기 말로는 친한 후배에게 소개팅을 시켜 주려고 한다나? 하! 정말 귀신을 속일 것이지 나를 속이려고 하다니! 쯧쯧, 어찌 됐든 이건 순전히 현우의 선택이다.

"가자."

"오늘은 그냥 버스 타자. 오토바이 안 갖고 왔어."

"맘대로."

한 걸음 떼던 현우가 내 기운없는 목소리에 이내 멈춰 섰다.

"왜 그래?"

"뭐가?"

"왜 그렇게 힘이 없어? 다른 때처럼 난리치지도 않고. 오늘 김 사장이 안 왔냐?"

"왔어. 그리고 김 사장님이라고 불러."

"쳇!"

입술을 삐죽 내밀던 녀석이 내 뒤쪽으로 시선을 돌리며 물었다.

"저 여자 때문이야?"

엉겁결에 뒤돌아보니 순영과 태진이 나란히 걸어온다. 순영이 태진에게 예의 그 진저리치게 하는 웃음소리를 내며 나를 손끝으로 가리키고 있었다. 그 옆에선 태진의 얼굴은 어둠에 가려져 잘 보이지 않는다.

"어머! 강사님 남자 친구인가 보네요? 오호호호, 너~어무 듬직하게 생겼다."

썩을! 여기까지 다 들린다.

"태진 씨, 이렇게 같이 운동하고 집에까지 같이 걸어가는 것도 좋네요. 오호호호.”

부끄러운 척 몸을 배배 꼬기는. 정말 보기가 민망할 정도다. 이런 생각은 나만 하는 것이 아닌지 현우가 눈을 굴리며 말한다.

“와, 저 여자 장난 아니다. 으윽, 소름 돋는다.”

“가자.”

눈치는 빠른 녀석이라 지금 이 상황을 금세 알아차렸는지 아무 말 없이 나를 따라온다. 하긴 이 맛도 없으면 녀석을 친구로 데리고 다닐 수도 없지. 아마도 지금 녀석의 입은 근질거릴 것이다.

아니나 다를까, 버스를 타자마자 녀석이 내 눈치를 살피며 조심스럽게 묻는다.

“그 여잔 누구야?”

녀석의 질문을 무시한 채 차창 밖으로 시선을 고정시키면서 진지하게 입을 뗐다.

“현우야.”

“으, 응?”

“선을 본 여자를 친구로 둘 수 있을까?”

“그, 글쎄? 왜, 김 사장이 선봤어? 혹시 아까 그 여자가 선본 여자야?”

아니, 이게 자꾸 우리 태진 씨를 함부로 불러? 그에게 화가 나고 삐친 상태지만 참을 수 없다.

“이게 나이도 어린 게 어디서 자꾸 김 사장이래! 죽을래?”

“그래! 김. 사.장.님. 됐냐? 그 여자 때문에 신경이 거슬린다면서 고작 지금 호칭이 문제야?”

“어.”

“하여간에 더럽게 따져요.”

내 아무리 기운 빠지고 지친 하루라도 분수를 모르고 덤티는 녀석에게는 응당 벌을 내려줄 수밖에 없다.

딱!

힘 조절을 잘 못했나 보다. 생각보다 더욱 크게 울리는 둔탁한 소리에 찔끔했다. 자식, 아프겠군.

“아야! 아씨, 왜 때려?”

녀석의 눈에 담긴 고통이 미안해 고개를 돌려 버렸다. 그러게 왜 자꾸 성질을 건들이냐고. 나도 비폭력주의자라고! 나를 이렇게 만든 건 순전히 예의없는 너 때문이라는 거지.

“빨리 말하기나 해. 남자들은 그런 건지.”

아픈 머리를 벅벅 문지르면서도 제법 진지한 얼굴로 녀석이 말했다.

“너 바보냐? 맘에 들면 사귀면 되는 거지 뭣 하러 친구로 만나. 것도 선봤다면서. 선이 뭐냐? 서로 결혼을 전제로 만나는 거 아냐? 그런 거면 바로 결혼으로 이어지는 게 보통이지. 그리고 내가 보기엔 그 아줌마는 김. 사.장.님.한테 완전히 뻴이 꽂힌 거 같던데 뭐. 한쪽에서 마음에 들어하는데 친구로 만나는 거면, 김. 사. 장. 님. 쪽에서 거절한 거일 거고. 그럼 간단하네? 여자는 예스, 김. 사. 장. 님. 은 노!"

맞는 소리다. 나도 알고 있는 사실이지만, 녀석에게 듣고 나니 가슴 한쪽에 쌓인 답답함이 뻥 뚫린 기분이다. 하지만 그래도 그가 밉다. 분명 태진은 순영에게 마음이 없다는 사실을 알면서도 말이다. 마음이 없으면 친구로서도 만나지 않아야지, 곰도 여우도 아닌 너구리 같은 아줌마랑 친구는 왜 해? 근데 생각하면 할수록 그 아줌마 정말 너구리 닮았다.

"풋."

갑작스런 내 웃음에 현우 녀석이 나를 미쳤냐는 듯이 쳐다본다.

"왜 웃어? 사랑 때문에 돌았냐?"

"현우야, 아까 그 아줌마 뭐 닮지 않았냐?"

"혹시…… 너구리? 난 처음 보자마자 너구리 닮았다고 생각했는데. 눈가가 까만 게 꼭 너구리 눈 같더만."

"그치? 나도 그래. 푸하하하."

"어? 너도 그랬어? 쿡쿡."

자식, 대견하다. 이럴 때 보면 제법 똑똑한 구석도 있고. 정말 염명주한테 소개시켜 줘? 아니아니, 양심있고 의식있는 친구로서 친구를 보호해야지.

"고맙다."

"헉! 염병해가 이젠 다 죽어가나 보다. 미안하다고 하질 않나,

이젠 고맙다고까지!"

"이게 진짜 죽으려고!"

하여간에 잘나가다가 저건 꼭 샛길로 빠진다. 하지만 오늘은 용서해 주련다.

"그렇게 좋냐?"

저 자식이! 한두 번도 아니고 왜 저런 걸 묻는담? 남세스럽게 시리. 크큭.

"당근이지!"

9... 아름다운 밤이에요!

박 과장에게서 피트니스 클럽에 다니겠다는 약속을 받아내고 기분 좋은 마음으로 퇴근을 했다. 퇴근길에 들른 스위트 미팅에서 그녀를 잠깐 봤지만, 여전히 얼굴색이 좋지 않았다. 아직도 몸이 안 좋은 건가? 하긴 매일같이 중노동을 하기에는 그녀의 몸이 너무나 연약해 보인다. 그녀를 위해서라도 보다 많은 사람을 포섭해야 할 텐데.

"선배, 이제 와요?"

현관 앞에 기대앉아 있던 영진이 나를 보자마자 자리에서 일어섰다. 하지만 쥐가 난 모양인지 이내 다시 주저앉아 버린다.

"아야!"

녀석의 다리를 주무르면서 나도 모르게 질책의 말을 쏟아냈
다. 미련한 녀석.

"언제부터 기다린 거야? 전화를 하지. 그랬으면 내가 현관문
번호를 알려줬을 거 아냐."

"후후, 얼마 안 기다렸어요."

금세라도 바스러질 것 같은 얼굴을 하면서도 영진은 아무렇
지도 않은 척 미소 비슷한 것을 만들어냈다. 그 모습이 안타까
워 모르는 척 영진의 옆에 놓여진 비닐봉지를 들어올렸다. 봉투
안엔 제법 많은 양의 소주와 안주가 들어 있었다.

"무슨 일 있어?"

"무슨 일은요. 우리가 무슨 일이 있어야 술을 마셨어요?"

녀석이 원하는 것이 이것이라면, 원하는 대로 해줘야겠지. 내
눈길을 피하는 영진에게 평소처럼 농담을 건넸다.

"하긴 우리가 요즘 너무 소원했지."

"그런데 저 언제까지 이러고 앉아 있어야 해요?"

"어? 아, 미안. 얼른 들어가자."

영진을 일으켜 세워 안으로 들어가자마자 실내 온도를 낮췄
다.

"앉아 있어. 시원한 주스라도 줄까? 저녁은 먹었어?"

"주스는 됐고요, 저녁은 안주로 때울래요. 선배는 잔만 갖고
와요."

"그래도 되겠어? 상헌이도 부를까?"

탁자 위에 술과 안주를 꺼내놓던 영진이 잠시 멈칫하다가 고개를 살짝 흔들었다.

"아니, 그냥…… 오늘은 우리끼리만."

"그래."

무슨 일이 있었나 보다. 녀석의 얼굴에 담긴 슬픔이 깊게 느껴진다. 오늘은 아무래도 영진의 술 상대를 해줘야 할 것 같다. 잔에 가득 소주를 따라 영진의 앞에 놓아주고 내 잔에도 따랐다.

"자, 건배하고 한잔 마시자."

"건배."

작은 유리잔을 살짝 부딪치고 들이켰다. 쌉쌀한 소주의 맛이 얼굴을 찡그리게 한다.

너무 오래 쉬었군. 술맛에 얼굴을 찡그리다니.

"시간이 지나도 변하지 않는 게 있나 봐요."

영진이 비워진 술잔을 들여다보며 중얼거렸다. 그 표정이 너무나 스산해 조용히 잔을 채우며 물었다.

"변했으면 하는 게 있었어?"

"그냥."

뜸을 들이던 영진은 또다시 잔을 비우고 말을 이었다. 녀석의 시선은 잡히지 않는 무언가에 향해 있는 듯 흔들리고 있었다.

"십 년을 마셔도 첫 맛이 항상 쌉쌀한 소주, 십 년이 지나도 언제나 똑같은 간격의 사람들, 십 년을 바라봐도 나를 비껴가는 시선, 그리고…… 내 마음.”

무슨 말인지 알 것 같다. 한결같이 상헌만을 바라본 영진에게 상헌의 이혼은 어쩌면 희망이었을지도 모른다. 하지만 그럼에도 불구하고 여전히 같은 거리, 같은 상황이었을 때 느꼈을 좌절감은 영진을 더욱 나락에 빠뜨렸을 것이다.

“그냥, 그냥…… 조금은 변해줘도 좋았을 텐데.”

빈속에 마셔서인지 얼마 마시지 않은 영진의 얼굴이 빨갛게 달아올랐고 눈가는 촉촉이 젖어 있었다. 오랜 시간 동안 봐왔지만, 이런 영진의 모습을 보는 것은 처음이었다. 많이 힘든 모양이다.

녀석의 앞으로 안주를 밀면서 밝은 목소리로 말했다.

“인마, 그래도 십 년이 가도, 또다시 십 년이 가도 변하지 않았으면 하는 게 있지 않아?”

“후후, 그러게요. 선배가 변하면 조금은 슬플 것 같아. 아니다, 많이 슬프겠다.”

홀짝홀짝 마시더니 조금씩 취해가나 보다. 영진의 목소리가 약간씩 늘어지고 있다.

“그렇지? 그러니까 평소에 나한테 잘해라. 나중에 후회하지 말고.”

내 말이 웃긴지 영진이 피식 웃으며 고개를 크게 주억거렸다.

“네.”

잔이 계속 차고, 또 채워진 만큼 다시 비워지기를 반복했다.

나는 술을 계속 채워 넣으며 녀석의 슬픔이 그 술만큼 비워지기를 기도했다.

"그리고 이 씁쓸한 맛 뒤에 느껴지는 달짝지근한 맛이 있잖냐? 그래서 이걸 못 끊는 거지."

"그러게. 그래서 못 끊나 봐요."

한참을 조용히 주거니 받거니 했다. 어스름했던 날도 이젠 깜깜해지고, 창밖으론 무수한 빛들이 세상 밖으로 쏟아져 나오고 있었다. 오늘은 아무래도 그녀를 만나지 못할 것 같다. 운동은 못하더라도 아픈 그녀가 조금은 괜찮아졌을까 궁금하다. 퇴근길에 현우라도 마중을 오면 좋겠지만 비 오던 그 밤처럼 오지 않을까 걱정이다. 왜냐하면 그녀의 집에 가는 길이 생각보다 위험했기 때문이다.

그녀에 대한 생각으로 가득 차 있을 때, 정적을 깨고 영진이 물었다.

"그런데 선배는 왜 여자 안 만나요?"

"안 만나는 거냐? 못 만나는 거지."

"난 항상 이상했어요. 내가 보기에 선배는 꽤 매력적인데 왜 혼자일까? 선배를 좋아하는 여자들도 꽤 있었는데 말이에요."

나도 궁금하다. 그런데 그녀도 나를 매력적이라고 생각해 줄까?

"그러게, 왜 내버려 두는 걸까?"

"그런데 이제야 알 것 같아요."

나도 모르는 것을 영진이 알겠다는 소리에 고개를 들었다.

"선배는 사람에 대해선 외골수예요."

"내가?"

내가 그랬던가?

"네. 아마 선배는 자기가 좋아하는 사람이 아니면 뒤도 안 돌아볼걸요? 그래서 여자들이 선배 주변을 돌다가 지쳐서 포기하고 말죠."

"그런가?"

듣고 보니 그런 것도 같다. 아니, 그랬었다. 무언가에 몰두하면 다른 것은 쳐다보지 않는 내가 사람이라고 다를 것은 없으니까. 지금도 나는 그녀에게 몰두해 있다. 내 모든 신경은 그녀를 향한 채 열려 있고, 내 시선은 그녀의 주위를 맴돌고 있다. 이런 나를 그녀가 한 번 바라봐만 준다면 바랄 게 없는데.

"그런데 뭐 나만 그런가? 너도 그렇고, 상헌이도……."

이런! 쓸데없는 말을 해버리고 말았다.

"맞아, 나도 그렇지. 그리고 상헌 선배도. 후후, 그러고 보니 우린 모두 외골수들이네요. 그래서 우린 항상 평행선인지도, 그래서 어쩌면 평생 맞닿을 수 없을지도……."

잠시 후, 혼잣말로 중얼거리던 영진이 울 것 같은 얼굴로 소파에 기대어 잠들어 버렸다. 술병을 치우고 방에서 이불을 꺼내 녀석에게 덮어주려다 멈칫했다. 녀석의 눈가에 희미하게 물기가 새어나오고 있었다.

"후우."

영진을 보면 상헌에게 화가 나지만, 상헌의 복잡한 속내를 알기에 화를 낼 수가 없다. 오랜 시간 동안 고통에서 허덕이는 영진을 바라보다가, 상헌의 번호를 눌렀다. 영진이 말했던 변하지 않는 간격이 조금은 좁혀지기를 바라며.

신호음이 한참을 울리다 마침내 피곤한 기색이 역력한 상헌의 목소리가 들려왔다.

[여보세요.]

"어디냐?"

[어디긴, 회사지. 왜? 무슨 일이야?]

하여간에 매정한 녀석. 나니까 망정이지, 다른 사람이라면 벌써 상처받았을 거다.

"우리 집에 한 기사 와 있다. 술 마시고 지금 잠들었어."

몇 초간 조용한 침묵이 흐르고 나서야 상헌의 메마른 음성이 들려왔다.

[그런데?]

분명 이 자식도 영진에게 무관심하진 않다. 다만 표현하지 못하는 것일 뿐.

"나 지금 나갈 데가 있어서 그런데 영진이만 혼자 놓고 나가기가 뭐하다."

또다시 침묵이 흘렀다. 하지만 아까보다는 녀석이 와줄 것이라는 기대가 좀 더 생긴다.

"잠깐 와줘."

[후우, 알았다.]

한숨과 함께 긍정의 답이 들려오자 어깨에서 긴장이 빠져나간다.

"현관 번호 알지? 나 지금 나가야 돼."

[지금 출발할 테니까 십 분 뒤에 나가. 혼자 두지 말고.]

"알았으니까 빨리 오기나 해. 십 분이야."

여전히 잠들어 있는 영진의 모습을 보면서 저도 모르게 웃음 지었다. 열심히 뛰어올 상헌을 생각하면서.

✳

"오호호호, 오늘은 그 남자 친구가 안 왔나 보네요?"

저 아줌마 정말 강적이다. 아까부터 현우에 대해 꼬치꼬치 캐묻기에 남자 친구가 아니라고 했는데도 자기 혼자 저런다. 대꾸를 안 했더니 이젠 원맨쇼를 하고 있다.

"아주 늠름하고 인물도 훤칠하니 정말 강사님하고 잘 어울리던데."

태진이 오지 않자, 처음엔 시무룩하더니 물 만난 고기마냥 하루 종일 내 주위를 돌며 염장을 지르고 있다. 퇴근하는 지금까지도!

그런데 태진이 왜 안 왔을까? 지난번처럼 친구를 만난 것일까? 비가 오지 않는 밤이니 그가 올 리도 만무하다.

몸을 틀어 버스 정류장 쪽으로 발걸음을 돌리는데도 순영이 따라붙는다. 아주 날을 잡았군.

"연예인 해도 되겠어요. 근데 그런 남자랑 다니면 남들이 뭐라고 하겠다. 남자가 너무 잘나면 여자들이 피해를 보죠. 오호호호, 하긴 나도 우리 태진 씨랑 다니면 막 쳐다보더라고요."

이 아줌마의 수다도 이젠 정말 진력이 난다.

"집까지 따라오실 거예요?"

조금은 겸연쩍을 만도 한데 이 아줌마는 도대체가 끄떡도 안 한다.

"오호호호, 정말 남자 친구가 오늘은 안 올 모양이네요."

"한 시간도 안 지난 것 같은데 그새 잊어버리셨어요? 남자 친구 아니라고 했거든요? 정말 나이 든 분들한테는 따로 적어드려야겠네요. 이렇게 기억력이 딸려서야 원."

이제야 이 아줌마 졸졸 쫓아다니던 걸음을 멈추고 나를 집어 삼킬 듯이 노려본다. 그래도 실내에서 봤을 때는 덜했는데, 야밤에 보는 이 모습은 호러 그 자체다.

"뭐, 뭐어? 이게……."

"여기에 다들 있었네요?"

태진이다! 뛰어왔는지 가쁜 숨을 몰아쉬며 우리 곁으로 다가오고 있다. 그를 보자 침울했던 오늘 하루를 보상받는 기분이다. 순영으로 인해 짜증스러웠던 기분이 사라지고 저도 모르게 입이 헤벌쭉 벌어지려는데 옆에서 초 치는 소리가 들린다.

"어머, 어떻게 이 시간에! 혹시 끝날 시간에 맞춰 오신 거예요?"

순영이 순식간에 얼굴색을 바꾸며 환한 얼굴로 그에게 인사한다. 정말 빠르다.

"하하, 네. 오늘은 친구와 한잔하느라 운동을 못했습니다. 지금 운동 끝나고 가시는 겁니까?"

"오호호, 네."

진짜 옆에서 보기 가관이다. 곰 같은 덩치에 너구리 같은 얼굴로 수줍은 듯 몸을 배배 꼬는 모습이라니. 쳇! 다시 태진에게 삐침 모드다.

"명혜 씨는 지금 퇴근이에요?"

흥! 이제야 내가 보이는 건가요?

"네."

"오늘은 현우 씨가 안 왔나 봐요?"

"오호호호, 그러게요. 강사님 남자 친구 분이 오늘은 안 오네요. 아주 잘 어울리던데."

나한테 물었는데 왜 아줌마가 대답하냐고! 내일 두고 보자! 지옥이 어떤 곳이란 걸 알게 해줄 테니.

"이젠 못 온다고 하더라구요. 그 친.구.도 요즘 바빠서요. 아무리 친.구.라도 매일 데려다 주기는 힘드니까요."

이 정도 강조를 해줬으면 알아듣겠지.

"그렇군요. 그럼 오늘 제가……."

태진이 나를 데려다 준다는 걸까? 놀라움에 심장이 요란하게 방망이질을 하려는 순간, 갑자기 순영이 소리를 지르며 넘어졌다.

"아야!"

빤한 연출이군. 가만히 서 있다가 넘어지는 일이 어디 정상적인 상황인가? 어이가 없어 웃음이 나오려고 한다. 저 아줌마 의외로 순진하다. 설마 저게 먹힐 거라 생각하는 건 아니겠지?

"순영 씨! 괜찮아요?"

헉! 머, 먹히는구나! 태진이 순영의 앞으로 다가가 살펴보고 있다.

"네, 괜찮아요."

태진의 도움으로 일어서던 순영이 이내 소리를 지르며 다시 주저앉았다. 나와 마주친 아줌마의 시선에서 심술궂은 빛이 지나갔다고 느껴지는 건 나의 착각일까?

"아야! 다리를 살짝 삐끗한 것 같네요."

정말 해보자겠다는 거지? 가만히 있는 사자의 코털을 건드린 건 바로 아줌마 당신이라고!

"태진 씨는 그럼 이순영 회원님을 모셔다 드리세요. 저는 이만 늦어서 가야겠어요."

나와 아줌마 사이에서 난감한 얼굴로 서 있던 태진이 물었다.

"괜찮겠어요? 명혜 씨 집 골목길이 많이 어둡던데."

"괜찮아요. 며칠 전에 성.범.죄.가 일어나긴 했지만, 그게 어디 우리 동네만 그렇겠어요? 무섭긴 하지만 그게 여자들의 숙명인 거죠. 아, 정말 늦었네요. 너무 늦으면 범.죄.자.들이 활개를 칠 시간이라. 저는 그럼 먼저 갈게요."

잔뜩 겁먹은 얼굴로 말하며 힘없이 등을 돌렸다. 이젠 그의 선택에 달린 거다. 순영인지, 나인지 말이다. 마음속으로 숫자를 세며 한 걸음씩 떼었다.

하나, 둘, 셋.

"며, 명혜 씨! 잠깐만 기다려요."

빙고! 크큭, 그의 선택은 나다! 다시 걸음을 멈추고 태진 쪽으로 고개를 돌리니 깜짝 놀란 순영이 벌떡 일어서서 그에게 다가섰다.

"태, 태진 씨!"

쯧쯧, 이래서 머리 나쁜 사람은 뭘 해도 안 된다니까?

"어? 걸을 수 있나 보네요? 그럼 조심히 들어가세요. 명혜 씨네 동네가 좀 위험하거든요."

태진이 다행이란 얼굴로 순영에게 인사하고 내 뒤를 따라온다.

"네에? 아니, 저도……."

순영이 망연자실한 얼굴을 보며 흐뭇한 마음으로 등을 돌렸다.

"명혜 씨, 같이 가요!"

태진과의 거리가 점점 가까워지고, 그만큼 내 마음도 가벼워진다. 타닥타닥, 그의 발걸음 소리가 내 심장을 흔든다.

하아, 누군가의 말대로 정말 아름다운 밤이다!

비 오던 그 밤처럼 태진과 어깨를 나란히 하고 걷는다. 은은한 달빛을 등에 업고서. 태진에게선 미약하게 술 냄새가 풍긴다.

오늘 그는 왜 온 것일까? 비 오던 날처럼 우산을 가져다 주려고 온 것도 아니고, 퇴근 시간에 맞춰 온 것을 보면 무슨 할 말이라도 있었던 걸까? 그리고 왜 나를 선택했을까? 혹시…… 나에게 관심이 있는 걸까? 그렇지 않고서야 이 밤에 여기까지 따라왔을 리가 없지 않은가?

곁눈질로 그를 살짝 훔쳐보았다. 그는 생각에 잠긴 얼굴로 까만 골목길을 걷고 있다. 이곳까지 오는 동안 그는 아무 말도 하지 않았다. 서둘러 나를 따라왔던 것이 무색할 정도로. 여기서 골목을 끼고 돌면 바로 우리 집인데. 그와 헤어질 시간이 아쉬워 걸음을 늦춰보지만 그는 묵묵히 제 속도로 걸을 뿐이다.

"저한테 뭐 화난 게 있습니까?"

아이고, 깜짝이야! 말없이 걷던 그가 갑자기 멈춰 서서 묻는 통에 화들짝 놀라 휘청거렸다.

"괜찮아요?"

내 몸을 바로 잡아준 그가 나를 지그시 바라본다. 가까이서 그를 보는 것은 위험하다. 그의 남성적인 얼굴이 속절없는 내 가슴을 두근거리게 하기 때문이다. 게다가 저 눈동자! 달빛 아래에서도 도드라지는 그의 까만 눈동자가 반짝거리며 나를 향하고 있다. 침이 꿀꺽 넘어가고 심장이 후끈 달아오른다. 그리고 자꾸만 눈길이 그의 입술에 머문다. 두툼하지도 얇지도 않은 윤곽이 뚜렷한 입술. 그의 입술은 어떤 느낌일까? 분명 그의 얼굴처럼 강인한 느낌이리라. 희숙이가 말했던 '유혹'이란 것을 지금 해볼까? 이 은은한 달빛이라면 가능할지도 모르는데. 혀끝으로 촉촉한 입술을 만들기 위해 침을 적신다.

내 신호를 알아차린 걸까? 그의 얼굴이 점점 다가온다.

"명혜 씨?"

사르르 눈을 감으려다 그의 목소리에 화들짝 깼다.

"네?"

멍한 얼굴로 대답하는 내게 그가 걱정 어린 목소리로 묻는다.

"아직도 아파요?"

썩을! 나는 지금 유혹하고 있었던 거라고요!

"아뇨, 괜찮아요."

"그럼, 나한테 뭐 화나는 거 있어요?"

맞다, 그에게 화가 났었지. 순영 때문에 화가 났고, 내 맘을 몰라주는 그의 무신경함에 화가 났었다. 그런데 그 모든 걸 잊을 만큼 오늘의 그는 내 가슴에 불을 지폈다. 아까 순영의 얼굴이 떠오른다. 태진에게 그런 대우를 받을 것이라고는 생각지 못했겠지. 움하하하!

"제가 왜 태진 씨에게 화가 나요."

화가 났었지만, 그래도 오늘 나를 택해주었으니 잊어버릴게
요.

"그럼 다행이네요. 저기, 이번 주말에 시간있어요?"

데, 데이트 신청인가? 그런 건가?

"지난번에 저녁도 근사하게 얻어먹었으니 이번엔 내가 영화
보여줄게요."

이젠 그저 단순한 보답이라도 반갑기만 하다. 그래, 이렇게
해서 만남을 유지만 한다면야.

"안 그러셔도 되는데, 무슨 영화요?"

"'왕의 여자' 어때요?"

"저 그거 무지 보고 싶었었는데."

"하하. 그럼 주말에 보러 가죠."

"헤헤, 네."

벌써 주말이 기대된다. 그와 보는 영화라. 희숙이한테 옷을
빌려야겠다. 아니, 이번엔 쇼핑을 할까? 어쩌면 그와 데이트를
계속할지도 모르는데 만날 옷을 빌릴 수는 없지. 크큭.

"그럼 가죠."

"네."

그와 함께 골목을 도는 순간, 멀리서 익숙한 그림자가 이쪽으
로 걸어오는 것이 보인다. 가로등 불빛 아래 드러나는 저 강렬

한 빨강 츄리닝은? 헉! 아버지다! 시계를 보니 자정을 넘긴 시간
이다. 늦게까지 오지 않는 나를 데리러 나오셨나 보다. 아버지
성격에 태진과 만나기라도 하면 어떻게 될지 불을 보듯 뻔하다.
얼른 태진을 보내는 게 상책이다.

"저, 저기 태진 씨. 이제 그만 가보세요. 여기부턴 저 혼자 갈
게요."

"이왕 여기까지 왔으니 집 앞까지 바래다드리겠습니다."

"아, 아니, 거의 다 왔으니까 괘, 괜찮아요. 그럼 먼저 갈게
요."

갑작스런 내 행동을 이상하게 생각할 테지만, 지금은 그런 걸
신경 쓸 겨를이 없다. 아버지가 점점 다가오고 있으니까.

"명혜 씨?"

"조심해서 가세요."

태진에게 손을 흔들어주고, 얼른 골목 안으로 들어가 아버지
쪽으로 달려갔다. 몇 걸음 되지도 않아 아버지와 마주쳤다. 후
우, 까딱했으면 아버지와 태진이 부딪칠 뻔했다.

"아버지!"

"이제 오냐? 왜 이렇게 늦게 다녀? 이렇게 늦을 거면 그 아르
바이트는 그만둬라."

말도 안 되는 소리다. 이 좋은 아르바이트를 그만둘 수는 없
지. 태진을 매일 만날 수 있는 데다가 '태진 공략법'까지 펼칠
기회를 나더러 놓치라고? 게다가 오늘은 사장님한테 보너스도

받은 상태다. 요즘 내 덕분에 회원이 조금씩 늘어난다나? 하여
간에 나에겐 최적의 아르바이트다. 그러니 절대 그만둘 수 없
지. 암, 그렇고말고.

"늦지 않을게요. 그런데 저 기다리신 거예요?"

"그럼 내가 널 기다리지 누굴 기다리겠냐?"

"다음부터는 그러지 마세요. 일찍 다닐 테니까."

"허흠, 수리비 때문이라면 빌려주마. 나중에 졸업하고 직장
다니면 그때 갚는 걸로 하고. 은행 이자로 빌려줄 테니."

헉! 끄떡도 하지 않던 분이 웬일로 빌려주신다고까지 하지?
늦게 다니는 내가 너무 안쓰러우신 걸까? 하긴 요 근래 늦게 다
니긴 했지. 아무리 튼튼한 나지만 요즘은 부쩍 피곤하고 살도
조금 빠졌다. 아버지가 보기에도 힘들어 보였을 거다. 하지만
그게 전부는 아니겠지. 우리 아버지가 누군데.

"분명 조건을 다실 거잖아요."

"그거야 당연한 거고."

그럼 그렇지. 아버지가 거저 빌려주신다고 해도 이제는 태진
때문에라도 안 된다. 그렇지 않아도 태진과 점점 가까워지는 게
느껴졌는데. 분명 그도 나에게 관심이 있다. 그런 삘이 느껴진
다. 그리고 아버지의 조건은 안 봐도 비디오다. 필시 그때 말씀
하셨던 선 얘기일 것이다.

"그렇다면, 됐어요."

"기한도 열흘 정도 남았으니 너한테는 나쁘지 않은 조건일

텐데?"

"그거라면 싫어요."

"내 말만 들으면……."

아버지가 계속해서 설득하려고 할 때, 뒤에서 까만 그림자가 툭 튀어나와 소리쳤다.

"명혜 씨가 싫다고 하지 않습니까?"

앗! 깜짝이야. 왜 태진이 여기에 있는 거지? 그리고 저 야차 같은 눈빛에 살벌한 목소리는 또 뭐지?

"태진 씨?"

태진과 아버지 사이에서 어쩔 줄 몰라 하고 있을 때, 아버지가 태진을 가리키며 음산한 목소리로 물으신다.

"누구냐?"

누구라고 해야 할까? 내가 짝사랑하는 사람? 아니면, 그저 아는 사람? 그것도 아니면, 카페 손님이자 피트니스 클럽 회원?

"저기, 그게……."

"명혜 씨는 가만히 있어요."

태진이 다소 거친 손길로 나를 자신의 등 뒤로 끌어당겼다. 그러고선 내 쪽은 쳐다보지도 않은 채 아버지를 노려봤다. 그 기세가 너무나 무시무시해 내가 알던 그가 맞나 싶어 한참을 멍하니 서 있었다.

"나이도 있으신 분이 정말 너무하시는군요. 이러시는 거 부인도 알고 있습니까?"

그는 왜 화가 난 걸까? 왜 아버지한테 이러는 거지? 우리 아버지 진짜 무서운데. 언제 어느 때 주먹이 날아갈까 눈을 뗄 수가 없다. 난 못살아! 지금 잘 보여도 모자랄 판에 이게 무슨 시추에이션이냐고!

"네놈은 누구냐? 누군데 다짜고짜 남의 부인을 찾아?"

아버지의 조용하면서도 힘있는 목소리가 빈 골목길에 울려 퍼졌다. 불길한 징조다. 조용할수록 더욱 위험한 사람이 우리 아버지다.

"그러는 어르신은 뉘십니까? 누군데 명혜 씨한테 수작을 거는 겁니까?"

수, 수작? 도대체 이게 어떻게 되어가는 일일까?

"저기, 태진 씨……."

상황을 설명하기 위해 입을 여는 순간, 두 사람이 동시에 외쳤다.

"너는 조용히 해라!"

"명혜 씨는 가만히 있어요!"

아이고, 귀청 따가워 죽겠네! 이 밤에 이게 무슨 일이야? 들뜬 마음으로 집에 돌아가다가 이게 웬 봉창이냐고! 우리 이러다가 '로미오와 줄리엣' 이 되는 거 아냐? 아버지한테 한 번 찍히면 정말 죽도 밥도 안 되는데.

"먼저 물어본 것은 나다. 그러니 말해. 네놈은 누구냐?"

"명혜 씨 애인입니다. 당신은 누군데 자꾸 명혜 씨한테 집적거리는 겁니까?"

애, 애인? 지금 태진이 애인이라고 한 거 맞지?

"명혜 씨 애인입니다."

"명혜 씨 애인입니다."

귓가에 메아리친다. 어떤 말도, 어떤 움직임도 눈에 들어오지 않는다. 다만 그의 말만 내 귓가를 맴돌 뿐.

"사실이냐?"

"명혜 씨 애인입니다."

"명혜 씨, 얼른 말해봐요."

"명혜 씨 애인입니다."

"명혜야!"

"명혜 씨!"

"네?"

멍한 눈을 들자, 나에게 동의를 구하는 태진의 얼굴과 사실을 확인하려는 아버지의 성난 눈동자가 들어온다.

"이놈이 애인이 맞냔 말이다."

"왜 명혜 씨한테 소리를 지르시는 겁니까? 어르신이나 정체를 밝히십시오."

불을 내뿜을 것만 같은 아버지의 눈에 당당하게 맞서며 태진이 내 손을 꼭 잡았다. 그 손길이 마치 '나를 믿어요'라고 속삭이는 것만 같아 왠지 가슴 한구석이 푸근해지고 든든해졌다. 이런 남자야, 태진은. 이래서 내가 이 사람을 사랑할 수밖에 없는 거야. 가슴속에서 벅찬 감정이 치솟아올라 눈가를 촉촉하게 적신다.

가만, 그런데 내가 이러고 있을 땐가?

"내가 누군지 궁금하다고 했겠다?"

유유히 미소를 지으며 아버지가 다가오자 태진이 한 걸음 후퇴하며 나를 더욱 뒤로 물러서게 했다. 썩을! 구두굽이 꼈나 보다. 그 바람에 스르르 몸이 밀리며 엉덩방아를 찧고 말았다. 땅바닥에 엉덩이가 닿는 순간, 아버지와 눈이 마주쳤다. 삐뽀삐뽀! 위험하다! 아버지의 눈이 불길하게 번뜩였다.

아니나 다를까, 아버지가 주먹을 쥐고 태진에게 돌진하기 시작했다.

"이 자식이! 감히 누굴!"

"태진 씨!"

음마야! 우리 태진 씨 죽게 생겼네! 삼십 년간 태권도를 업으로 사신 아버지인데 그가 당해낼 리가 없다. 하아, 우리 태진 씨의 잘생긴 얼굴에 생긴 멍을 어떻게 볼까?

아뿔싸! 그런데 이게 무슨 일인가? 공기를 가르고 날아드는 아버지의 무쇠 주먹을 태진이 가볍게 피하고 이젠 아버지의 얼굴을 가격하는 것이 아닌가? 이 광경을 믿을 수 없는 눈으로 바라보는 순간, '털썩' 소리와 함께 그대로 아버지가 길바닥 위에 뻗으셨다. 맙소사!

"아버지!"

얼른 일어나 아버지에게 달려갔다. 제대로 맞으신 건지 정신을 못 차리고 누워 계신다. 이 모습을 보니 가슴이 짠하다. 그러면서도 태진이 맞지 않아 다행이라고 생각되는 것은 뭘까? 정녕 나는 나쁜 딸이었단 말인가?

"아, 아버지라고요?"

태진이 숨을 급히 들이켜며 믿을 수 없단 얼굴로 나를 바라본다. 하긴 우리 부녀가 닮은 구석이 없긴 하지. 만약 아버지를 닮았다면 세상 살기가 참으로 힘들었을 거다. 그런 점에선 감사해야 할까?

"저, 정말입니까?"

끊어질 듯한 목소리로 묻는 그에게 조용히 고개를 끄덕였다. 믿을 수 없겠지만 어쩌겠는가? 이것이 인생인 것을!

"네."

다행히 아버지는 이내 정신을 차리시더니 나를 밀치고 일어나셨다. 그리고 거친 숨을 몰아쉬며 다시 주먹을 쥐시는 거다.

"다시 덤벼! 덤비라고!"

정말 우리 아버지지만 대책이 서지 않는다. K.O 당해놓고선 또 저러시다니. 하긴 아버지가 남한테 지는 건 또 못 참아하시지. 그래서 꼭 사고를 쳐놓으시곤 뒷감당하느라 바쁘게 사셨더랬지.

"이런 솜방망이 같은 주먹으로……."

그 순간, 아버지의 코에서 무언가가 줄줄 흘러나온다. 선명한 빨강 츄리닝에 상응하는 저 붉은색!

헉! 쌍코피다!

*

이럴 수가! 그 원조교제를 청했던 파렴치한이 명혜 씨의 아버지라니! 대지가 흔들리고, 하늘이 노랗게 변하는 것 같다. 차가운 공기가 내 숨을 조여와 얼굴에서 핏기가 빠져나가는 것이 느껴진다.

제길! 내가 지금 무슨 짓을 한 걸까? 명혜 씨 아버님에게 주먹질을 하다니! 그저 피하려고 했을 뿐인데 어쩌다가 이렇게 됐을까?

"아버지, 코피 나요!"

코, 코피까지! 제대로 사고 쳤다. 아버님은 '코피'라는 말에 상당히 충격을 받으셨는지 피 묻은 손을 한참을 바라보신다. 무섭다. 하지만 이대로 서 있을 수만은 없어 한 발짝 다가갔다.

"어르신, 괜찮으십니까?"

내 질문에 무안할 정도로 펄쩍 뒤로 물러나시며 주먹을 움켜쥐시는 아버님이다.

"괜찮아? 네놈은 이게 괜찮아 보이냐? 덤벼라, 이 자식아!"

"아버지, 지금 이럴 때예요? 얼른 이걸로 먼저 막으세요."

가방을 뒤적이던 그녀가 휴지를 꺼내 아버님께 건넸다. 그녀도 몹시 놀란 눈치다. 창백한 얼굴이 더욱 도드라져 보인다. 얼마나 놀랐을까? 이런 거친 모습을 그녀에게 보이다니 정말 미안하다. 그것도 그녀의 아버지한테 무례를 저질렀으니.

"명혜 씨 아버님이신 줄도 모르고 제가 실수했습니다. 죄송합니다."

입이 열 개라도 모자라지만 서둘러 고개를 숙였다.

"실수? 네놈은 실수로 사람을 치냐? 어?"

임시방편으로 코를 막으신 모습을 보니 더욱 죄송스럽다.

"아버지! 제발 그만 좀 하세요. 온 동네에 소문 다 나겠어요."

펄펄 뛰시던 아버님은 그제야 흥분을 가라앉히셨다. 아니, 가라앉히시려고 노력하시는 중이다. 심호흡을 하시며 주먹을 몇 번이나 쥐었다 폈다 하시다가 다소 가라앉은 목소리로 입을 여셨다.

"내가 발만 안 미끄러졌어도……."

아직도 노여움이 남아 있으신가 보다.

"정말 죄……."

사죄하려는 내 말을 자르시며 아버님이 칼날 같은 시선으로 노려보신다.

"됐고, 이제 명혜한테 물어도 되겠나?"

"네, 그럼요."

"정말 저 자식이 네 애인이냐?"

꿀꺽. 마른침이 넘어간다. 명혜 씨가 아니라고 하면 이 어른한테 패대기쳐져도 할 말이 없을 것이다. 그래, 남자답게 잘못을 인정하자. 그래야 명혜 씨 보기에도 낯부끄럽지가 않지. 그런데 저 어른 볼 때마다 느끼는 거지만 참 무섭게 생겼다. 어떻게 저런 분한테 명혜 씨처럼 예쁘고 사랑스러운 딸이 태어났을까?

그녀가 입을 떼는 순간, 눈을 질끈 감았다. 주먹이 날아올 것을 대비하면서.

"네? 그게, 저기…… 네, 맞아요."

내, 내가 지금 제대로 들은 걸까? 눈을 번쩍 뜨고 그녀를 바라보았다. 견고한 그녀의 눈빛이 한 치의 흐트러짐도 없이 어르신을 향하고 있다.

"정말이냐?"

정말 내가 제대로 들은 겁니까? 내 소리없는 질문에 답을 주듯이 그녀가 또다시 고개를 끄덕이며 말했다.

"네, 정말이에요."

"그렇단 말이지?"

'그녀가 맞다고 하지 않습니까!'

이렇게 소리치고 싶지만, 역시나 두려워 고개를 살짝 끄덕였다.

"네."

의심이 가득 찬 눈으로 그녀를 한참 바라보던 어르신이 이내 내게 시선을 돌렸다.

“애인이라고?”

처음으로 인사를 드리는 자리에 멍청하게 서 있을 수는 없다. 여태까지의 잘못을 만회해야지. 실내라면 큰절이라도 올리겠지만 사정이 여의치 않아 90도로 몸을 숙이며 인사를 올렸다.

“네, 김태진입니다! 명함이…….”

안주머니에 손을 넣은 순간, 옷을 갈아입고 나오느라 명함 지갑을 갖고 오지 않은 것이 떠올랐다. 이런 젠장!

“자, 잠시만 기다려 주십시오!”

“야밤에 고성방가 할 일이 있나? 없으면 됐네!”

퉁명스러운 아버님의 태도에 땀이 절로 나고, 머릿속이 하얗게 비어가는 것만 같다. 정신 바짝 차리자! 이대로 멍청하게 보일 수는 없으니. 맞다! 어쩌면 지갑에 예비로 갖고 다니는 명함이 있을 거다.

“하하, 죄송합니다. 지갑에 있을 겁니다. 자, 잠시단 기다려 주십시오.”

서둘러 지갑에서 명함을 찾았다. 어두운 터라 명함이 잘 보이질 않는다. 제기랄! 다른 사람들 명함은 이다지도 많은데 내 명함 한 장이 보이지 않다니. 지갑에서 명함들을 죄다 꺼내 한 장씩 넘기며 확인했다.

“됐으니 그만 찾게.”

“아, 아닙니다!”

수많은 명함들 사이에서 내 것을 드디어 발견했다. 후우, 다행이다. 이마에 맺힌 땀을 슬쩍 닦으며 아버님께 명함을 드렸다.

"여기 있습니다, 아버님!"

"알았으니 가보게."

여전히 기분이 풀리지 않으셨는지 명함도 본척만척 그냥 넣으신다. 하지만 어쩌겠는가. 죄지은 몸은 그저 다시 90도로 인사할 수밖에.

"네, 살펴가십시오."

"젊은 사람이 말귀가 참 어둡구만? 자네 먼저 가라고!"

아! 나 먼저 가라고 하신 거구나. 얼굴이 뜨거워진다. 아버님 옆에선 그녀가 나를 측은한 눈길로 바라보고 있다. 내가 얼간이로 보일 테지. 이제 그녀 얼굴을 어떻게 볼까?

"네. 그럼 저 먼저 가보겠습니다."

"태진 씨, 조심해서 가세요."

또다시 90도로 인사를 하고 그녀에게 살짝 고개를 끄덕인 다음 발걸음을 돌렸다. 다리가 후들거리지만 꿋꿋하게 한 발짝씩 떼었다. 뒤통수가 따갑다. 아직도 명혜 씨 아버님이 나를 쏘아보고 있는 것 같다.

골목을 돌자마자 주저앉아 참았던 숨을 토해냈다. 후우, 오늘 내가 무슨 일을 저지른 걸까? 왜 그런 오버를 한 걸까? 차라리 맞고 말지! 왜 평소에 하지 않던 짓을 했을까?

　후우, 명혜 씨의 그 어여쁜 얼굴과 천사 같은 미소를 이젠 어떻게 대할까. 젠장! 머리를 벽에 찧고만 싶다.
　그렇게 후회는 끝도 없이 밀려온다.

10... 사랑은 때론 용기가 필요하다

태진의 뒷모습이 너무나 쓸쓸해 보여 가슴이 아프다. 하지만 오늘 그의 행동으로 희망을 갖게 되는 것은 어쩔 수 없다. 그리고 그 터프한 모습이라니. 후훗, 장동건, 이정재가 부럽지 않다!

아차, 내가 이럴 때가 아니지.

"아버지, 괜찮으세요?"

불행히도 아버지는 괜찮아 보이지 않았다. 양쪽 콧구멍을 휴지로 틀어막은 모습 하며 활활 타오르는 눈까지.

"건방진 놈!"

"네에?"

태진이 골목을 빠져나가는 것을 지켜보시던 아버지가 주먹을 쥐며 분노 어린 목소리를 쏟아 부으셨다.

"저 자식, 다시는 만나지 마라!"

이게 무슨 마른하늘에 날벼락인가!

"왜, 왜요?"

왜 그와 만나지 말란 거냐고요! 내 손에 잡힐 만큼 그에게 가까이 다가간 마당에. 이렇게 되기까지 얼마나, 내가 얼가나 노력을 했는데!

"왜? 지금 왜라고 하는 거냐? 이 아비가 그 자식한테 맞았……."

그거였구나! 누구한테도 지는 걸 못 참아하시는 분이 쌍코피까지 흘렸으니.

"아니, 내가 돌부리에만 걸리지 않았어도 저 자식을 국사발로 만드는 건데. 돌부리에 걸리는 바람에……."

아버지가 서 있는 바닥을 살펴봤지만 어디에도 돌브리는 없었다. 그러자 아버지는 내 눈길을 피하며 이러시는 거다.

"흠흠. 하여튼 간에 다짜고짜 주먹질을 하는 놈이랑은 만나봐야 빤하다."

정말 억지도 이런 억지가 없다. 가만히 서 있던 태진에게 돌진한 게 누군데 이렇게 뒤집어씌우는 건 무슨 처사인지. 내가 이 자리에 있었기에 망정이지, 자칫 잘못했으면 태진에게 누명이 씌어졌을 거다.

“주먹을 뻗은 건 아버지가 먼저였어요. 그리고 태진 씨한테 아버지라고 밝혔으면 이럴 일이 없잖아요!”

“지금 그놈 편을 들겠다는 거냐?”

“편이 아니라…….”

조금은 찔리는 마음에 변명하려는 순간, 아버지가 등을 휙 돌리셨다.

“됐다. 들어가자.”

바짓가랑이를 붙잡고서라도 매달리고 싶었지만, 흙이 묻은 아버지의 바지를 보니 튀어나오려던 말이 입 안으로 쏘옥 들어갔다.

“네.”

실은 나도 오늘은 굉장히 충격을 받았다. 작은 체구였어도 항상 거대해 보였던 아버지가, 언제 어디서든 당당해 보이던 아버지가 한순간에 무너지는 모습을 보았으니 말이다. 내 충격이 이 정도인데 딸에게 코피 흘리는 모습까지 보인 아버지의 심경은 오죽하겠는가. 이러고 보면 내가 참 나쁜 년이다. 아버지가 쓰러진 걸 봤으면서도 태진이 맞지 않아 다행이라고 생각했으니.

아버지의 뒤를 따라 조용히 집에 들어갔다. 우리를 기다리셨는지 거실에선 엄마가 눈가에 졸음을 달고서 TV를 보고 계셨다.

“왜 이렇게 늦게 와요. 어머! 당신 피가!”

엄마가 아버지의 얼굴에 묻은 피를 보며 벌떡 일어났다.

“그새 싸움이라도 했어요? 내가 못살아! 나이가 몇인데 아직까지도 이래요?”

“저기, 엄마, 그게…….”

아버지가 내 눈길을 피하며 벌건 얼굴로 빠르게 설명하셨다.

“누가 싸움을 했다는 거야? 요즘 피곤하다 싶었더니 이렇게 코피가 나오더구만.”

“정말이에요? 그런데 어떻게 쌍코피가…….”

수상쩍다는 듯이 엄마가 아버지의 얼굴을 유심히 보자, 더 더욱 빨개진 얼굴로 고개를 돌리신다.

우리 아버지, 오늘 의외의 모습을 많이 보이시네.

“많이 피곤했으니까 그렇지.”

“그러게 보약은 왜 안 먹겠다고 하냐고요! 나이 들면 들수록 몸을 챙겨야지.”

“허허. 밤늦은 시간에 왜 그렇게 시끄러워? 들어가 잡시다. 명혜, 너도 들어가서 자라.”

“네. 주무세요.”

지친 몸을 이끌고 방으로 들어갔더니 침 흘리며 자는 염명주가 보인다. 쯧쯧, 저걸 누가 데려갈까?

“현우 씨잉…….”

하! 역시 내 짐작이 맞았구만? 잠꼬대까지 하며 현우를 찾으면서 딱 잡아떼기는. 참 내, 저 주제에 감히 현우를 넘봐? 아무리 내 밥으로 여기는 녀석이지만 밖에 나가면 킹카 대접받는다는 것을 알고 있다. 하여간에 눈은 높아서.

"염병해, 이 나쁜 년아! 우리 현우한테 손 떼란 말이다! ……음냐."

저게 미쳤나! 염병해? 이게 잠을 자려거든 곱게 잘 것이지 누구를 들먹이는 거야? 도저히 용서할 수 없다.

핸드폰을 꺼내 염명주의 자는 모습을 여러 각도로 찍었다. 산발한 머리 하며 침으로 범벅된 모습이 아주 가관이다. 그래, 이 사진을 찍어놓고 나를 괴롭힐 때마다 현우한테 보여준다고 협박해야지.

그나저나 태진 씨는 잘 들어갔을까? 상당히 놀란 모양이던데. 그 착하고 예의 바른 사람이 우리 아버지를 쳤으니 말이다. 그래도 아까의 모습은 정말 멋있었다. 그 터프한 모습에 재빠른 손놀림에 기사도 정신까지! 이 얼마나 완벽한 남자란 말인가.

또다시 귓가에 그의 음성이 맴돈다.

"명혜 씨 애인입니다."

캬아! 애인이란 말이지.

"명혜 씨 애인입니다."

'아는 사람'도 아니고, '강사님'도 아닌 '애인'이라고 했다. 이 얼마나 좋은 말인가? '애인'이라니! 내일은 그와 대화를 나누며 진도를 더 나가야겠다. 희숙이가 말했던 '유혹'을 다시 한 번 도전해 볼까? 아니, 내친김에 그냥 '고백'을 해? 크큭.

들뜬 마음으로 자리에 눕는다. 그와 더욱 가까워질 내일을 기대하면서.

태진이 오지 않았다. 그가 아버지와 부딪친 다음날은 하루 종일 들뜬 마음으로 이제나저제나 올까 카페 유리창을 힐끔거리며 보냈다. 하지만 그는 매일 오던 시간에도, 또 그 시간을 한참 넘겨서 카페 문을 나설 때까지도 오지 않았다. 그리고 삼 일이 지난 오늘까지도. 그를 기다리는 시간이 길어지면 길수록 내 마음은 타 들어가기 시작했다.

왜 오지 않을까? 왜? 며칠 전 아버지와 마찰이 있었기 때문에 나에게 미안한 걸까? 아니면, 내게 정나미가 떨어진 걸까?

마음속의 의문은 계속해서 파문을 일으켰고, 피트니스 클럽에서 퇴근할 무렵엔 걷잡을 수 없을 정도로 커져 있었다. 그리고 이 상실감. 그를 보지 못해서인지 허전하다. 그런게 오늘은 왜 순영이 오지 않았을까? 그를 보지 못한 며칠 동안, 나에겐 내색하지 않았지만 순영이 열심히 유리창 너머를 기웃거리던 것을 알고 있었다. 그 모습이 나와 비슷해서 어쩔 땐 안쓰럽게 보이기까지 했다. 하아, 비참하다. 내가 그 아줌마랑 나를 동류로 보다니.

피트니스 클럽을 나서자 쓸쓸함이 차가운 보슬비와 함께 휘감아온다. 빗줄기가 굵었다면 그가 늦더라도 와주었을까? 모든 것이 혼란스럽다. 그날 밤 가졌던 자신감과 설렘이 빛바랜 사진처럼 낯설게 느껴진다. 어쩌면 그는 나를 보호하기 위해 했던 말과 행동일지도 모르는데 너무 많은 기대를 했던 것은 아닌지.

짧은 시간에 제법 축축하게 젖은 옷을 털고 버스 정류장 쪽으로 발걸음을 돌렸다. 도로를 비추는 가로등이 시계 초침처럼 소리를 내며 꺼졌다 켜졌다를 반복했다.

똑딱, 똑딱.

그가 보고 싶다. 그를 보고, 내 가슴을 헤집는 불안을 털어내고 싶다. 어쩌면 이 모든 것이 내 욕심일지도 모른다. 그에게 반하게 되고, 점점 다가가고 싶고, 사랑받고 싶은 내가 이기적인 것일지도 모른다. 하아, 짝사랑만으로 만족했던 마음이 어느새 이렇게 커져 버린 걸까?

한참을 깜빡이던 가로등이 툭 꺼지고, 도로는 어둠에 잠겨 버렸다. 한동안 멈춰 서 있던 나는 걸어왔던 길을 되돌아 뛰기 시작했다.

그의 오피스텔 앞에서 젖은 얼굴을 손수건으로 닦아내고 충동적으로 안에 들어섰다. 오늘 밤, 그를 꼭 보고 싶다는 열망을 잠재울 수 없기에…….

그래, 내친김에 오늘 고백을 하자. 유혹이고 뭐고 다 필요없다. 이렇게 가슴 조이면서 하루하루를 사느니 차라리 고백을 하고 말자. 나 염명혜가 일 년간이나 짝사랑을 하다니 내가 생각해도 참을 만큼 참았다. 그런데 어떻게 고백을 할까? 눈앞이 캄캄하다. 여태까지 누군가에게 고백을 받아보긴 했지만, 내가 해본 적은 전무한 나인데. 앞서 말했듯이, 나 성격은 이렇게 지랄 같아도 인기는 좋았다. 하긴 왜 아니겠어? 얼굴 되지, 몸매 되지, 게다가 머리까지. 아아, 정말 따져 보니 나는 정말 더펙트한 인간이구나.

"아니, 접때 그 학생 아냐? 여긴 무슨 일로?"

경비 아저씨가 놀란 얼굴로 나를 맞으신다. 한 기사 아줌마 때문에 같이 밤을 샌 그 아저씨다.

"안녕하세요."

"또 그놈 만나러 왔어?"

어디서 우리 태진 씨한테 그놈이래? 저 아저씨 안 되겠구만? 하지만 지금은 이럴 때가 아니니.

"네."

"그냥 잊고 새사람 만나. 내 딸 같아서 하는 말인데, 카람피우는 놈들은 그 버릇 못 고치는 거야."

"그런 거 아니에요."

"저번에 봤던 그 아가씨뿐 아니라, 요즘은 아줌마까지 들락거린다니까. 그 아줌마도 어지간히 정신이 없는지 한 열흘 전부터 이 주위를 기웃거리더니 며칠 전에는 찾아오기까지 했더라고. 아주 보통 여자를 홀리고 다니는 놈이 아냐."

아줌마라, 누구지? 그나저나 이 아저씨 말이 참 이상하네? 왜 자꾸 놈이라고 하는 거야?

"아줌마요? 어떻게 생긴 분인데요?"

"키는 학생보다 한참 작고, 얼굴이 둥글게 생겨서 눈은 이렇게 쭉 찢어졌지. 그리고 살집도 좀 있고."

인상착의를 들어보니 순영인가 보다. 이 아줌마 아주 작정을 하고 나섰구만? 그러니까 나처럼 스토커 짓을 했다 이거지? 우습게 볼 상대는 아니군.

"아, 그냥 친구래요."

"쯧쯧, 그래도 편들어주긴. 학생이 너무 착해서 그래. 내가 아들만 있었어도 학생을 며느리로 삼는 건데."

참, 보는 눈은 있으신 분이다.

"어머, 감사합니다. 하지만 정말 그런 거 아니에요. 그날은 제가 오해를 해서."

"어쩌면 이렇게 나이답지 않게 덮어주기도 하고. 그래, 어디 사람 마음이 맘대로 되는가? 그래도 아니다 싶으면 얼른 돌려 버려. 학생 나이면 좋은 사람 만날 수 있을 거야."

"네. 저기…… 그 사람 있나요?"

나도 오해를 하긴 했지만 아저씨의 오해는 정말 심각한 거 같다. 하지만 지금은 오해를 푸는 것보단 태진을 만나는 것이 더 시급하다.

"글쎄, 오늘은 못 봤는데. 다음에 오는 게 낫지 않을까? 밤도 늦었고 하니."

내 눈을 피하는 아저씨를 보니 분명 태진이 집에 있는 듯하다. 태진 씨가 단단히 미운털이 박힌 모양이네. 죄책감에 얼굴이 붉어진다. 다음엔 꼭, 정말 꼭 오해를 풀어드려야지.

“아니에요. 저…… 그럼.”

아저씨의 안쓰러워하는 눈빛을 뒤로하고 엘리베이터에 올랐다. 이 밤에 찾아온 나를 태진이 어떻게 생각할까? 태진이 어떻게 집을 알았냐고 물으면 어쩌지? 막상 그의 집에 다다르니 다리가 후들후들 떨리고 머리가 어질어질하다.

띵.

엘리베이터의 정지음이 운명적인 소리처럼 들린다. 마치 권투 선수들이 라운드를 시작할 때처럼 들리는 경쾌한 음이다. 나에게 용기를 북돋아주는 소리에 힘입어 그의 집 앞에 서서 씩씩하게 벨을 눌렀다.

딩동.

잠시 후, 누군지 물어보지도 않은 채 벌컥 문이 열리며 초췌한 모습의 태진이 나왔다. 창백한 얼굴과 헝클어진 머리에 잠자리에서 금방 빠져나온 듯 구겨진 옷차림이었다.

감기에 걸린 듯 갈라진 목소리로 태진이 물었다.

“명혜 씨, 여긴 어떻게!”

그의 물음에 저절로 그의 표정을 살폈다. 반가운 것 같기도 하고, 불편한 것도 같은 뭔가 애매모호한 표정이다.

“며칠 동안 안 보이시길래 무슨 일이 있나 했어요. 많이 아프신가 봐요.”

“출장 갔다가 오자마자 바로 감기몸살 걸려서 하루 종일 잤어요. 콜록.”

다른 이유로 나를 피한 게 아니니 다행이다. 그의 초췌한 모습에 가슴이 아프지만 말이다.

"약은 드셨어요?"

초조해 보이는 얼굴로 그가 문을 힐끔거리며 말했다.

"네. 먹었어요. 드, 들어오라고 하고 싶은데 지, 집이 엉망이라……."

오늘은 날이 아닌 듯하다. 아픈 그에게 내 마음을 고백하기엔 상황이 너무 안 좋다. 그저 그의 얼굴을 본 것만으로 만족하기로 했다.

"괜찮으신 것 봤으니 됐어요. 그럼 저는 이만……."

그 순간, 문이 열리며 순영이 나타났다.

"밖에 누구 왔어요? 어머, 강사님 오셨네요? 이 밤에 무슨 일로."

내 집에 있는 것 같은 편안한 차림. 나를 보는 순영의 얼굴엔 승리감이 넘쳐 나고 있다. 불안함이 이것이었나? 이것을 보려 이 늦은 밤에 내가 온 것일까? 저도 모르게 웃음이 입술 사이로 빠져나왔다.

"후후, 밤늦게 죄송해요. 그럼……."

고개를 살짝 숙이고 꼿꼿이 몸을 돌렸다. 그런 나에게 태진이 뒤따라오며 말했다.

"명혜 씨, 그런 게 아니라……. 잠깐 얘기 좀 해요."

가슴이 차가운 얼음으로 가득 차버린 것 같다. 입을 열면 냉기가 뿜어져 나올 것 같아 이를 악물고 뒤돌아보지도 않은 채 대꾸했다.

"너무 늦었어요. 다음에 하죠."

"태진 씨!"

순영이 뒤에서 부르는 소리가 들렸다. 하지만 태진은 귀에 들어오지 않는 듯 계속해서 뒤따라왔다.

"이순영 씨가 기다리는데 가보세요."

"오해예요."

여전히 태진에게 등을 돌린 채 엘리베이터 버튼을 누르며 차갑게 물었다.

"뭐가요?"

"순영 씨 말이에요. 오해예요."

이 늦은 밤에 태진과 순영이 함께 있는 것을 봤는데 오해라고? 차갑게 얼어붙은 이성이 어서 그를 떠나라고 명령했다. 더 이상 그에게 실망하지 않게.

"우리가 오해하고 자시고 할 사이인가요? 이만 갈게요."

띵.

아까까지도 나를 응원한다고 생각했던 엘리베이터 정지음이 지옥의 문을 알리는 소리처럼 들려온다.

스르르 문이 열리고 한 걸음 내디디는 순간, 그가 내 어깨를 붙잡으며 말했다.

"좋아해요."

＊

드디어 그녀에게 말해 버렸다. 일 년여를 숨겨왔던 내 마음을 말이다. 전혀 생각지도 못했던 일일까? 엘리베이터의 거울로 비쳐지는 그녀의 놀란 눈이 나와 마주쳤다. 하지만 이내 다시 닫혀 버린 문으로 인해 더 이상 그녀의 표정을 읽을 수 없게 되었다.

충동적인 고백이었지만 마음만은 홀가분하다. 어쩌면 이것으로 인해 그녀와 멀어질 수 있지만 말이다. 첫 포문을 열고 나니 더욱 용기가 생긴다. 내친김에 내 마음을 확실히 전하기로 마음먹고 미동도 하지 않는 그녀를 천천히 돌려 세웠다.

"나, 명혜 씨 좋아해요."

멍하니 나를 올려다보는 그녀에게 간절한 눈빛을 담아 말했다.

"오래전부터 명혜 씨를 좋아했어요."

내 고백에 그녀는 더욱 커다래진 눈으로 나를 바라만 보고 있다. 아무 말도, 아무 행동도 하지 않은 채. 그런 그녀를 보는 내 가슴은 까맣게 타 들어가는 것 같다.

영원 같은 시간이 흐른 후, 그녀가 떨리는 음성으로 물었다.

"그게, 그게 무슨 뜻이에요?"

"여자로서 명혜 씨를 좋아합니다."

급하게 숨을 들이켜는 그녀의 얼굴엔 충격 그 이상도, 그 이하도 담겨 있지 않았다. 하지만 시간이 지나면서 충격 때문인지, 아니면 추위 때문인지 그녀의 몸이 점점 떨려왔다. 나에게 잡혀 있는 그녀의 어깨에 물기가 느껴진다. 그러고 보니 그녀의 얼굴과 머리칼도 젖어 있다. 비가 내리고 있었나? 이 비를 맞으며 그녀가 나를 걱정해서 왔던 것일까? 그렇다면 그녀도 내게 관심이 있는 것이 아닐까? 약간은, 아주 약간은 희망이 생긴다.

"비를 맞았나 보군요. 우선 따뜻한 차라도 마시면서 얘기해요. 괜찮죠?"

가만히 고개를 끄덕이는 그녀를 이끌고 집으로 갔더니 눈치 없는 순영이 아직도 현관 앞에 서 있다. 순영에게 고마워해야 하나? 순영이 와서 그녀가 오해를 하긴 했지만 내가 이렇게 고백도 할 수 있었으니 말이다. 하지만 귀찮은 생각이 드는 것은 어쩔 수 없으니 나란 놈도 참 이기적인 인간이다.

"순영 씨, 오늘 여러 가지로 고마웠습니다. 늦었는데 먼저 가 보세요."

"네? 하지만 아직 링거도 다 못 맞으셨는데."

"괜찮습니다. 그리고 오늘은 명혜 씨와 할 얘기가 있거든요. 멀리 못 나가도 이해해 주십시오. 중요한 얘기라서. 그럼."

약간 기분이 상한 것 같은 순영을 놔두고 그녀와 집어 들어섰다. 일부러 링거까지 놔주려고 온 사람에게 이렇게 말하기는 뭐하지만 신경 쓸 겨를이 없다. 지금 내게 중요한 것은 그녀이니까 말이다.

"여기 앉아서 이걸로 말려요."

그녀도 나처럼 감기에 걸릴까 걱정이 되어 소파에 앉아 있는 그녀에게 수건과 드라이어를 가져다 주었다.

"네."

"앉아 있어요. 코코아 좋아요?"

"네."

조용히 앉아 있는 그녀를 보다가 주방으로 들어가 서둘러 코코아를 만들었다. 뜨거운 우유와 달콤한 초콜릿 향이 주방 안을 맴돌았다. 두 잔을 만들어 그녀에게 가져가면서도 마음속은 어지럽기만 하다. 그녀는 어떤 생각인 걸까?

"마셔요."

"네."

어색함에 뜨거운 코코아를 한 모금 마시며 그녀를 살폈다. 무슨 생각을 하는지 그녀는 머그잔을 들여다보고만 있다.

"흠흠, 실은 그날 명혜 씨 아버님께 무례를 저질러서 속이 많이 상했어요."

"네."

"그래서 혼자 밤거리를 걸었어요. 그리고 바로 다음날 출장 갔다 왔거든요. 그랬더니 감기몸살에 걸려 버렸네요."

그날 밤, 그녀의 아버지에게 그런 작태를 벌여놓고 한참을 길바닥에 앉아 있었다. 차가운 습기가 몸을 떨리게 했지만 내 자신이 원망스러워 일어설 수가 없었다. 그리고 집에 돌아와 상헌을 앉혀놓고 또다시 연거푸 술을 마셨다. 다음날 몸이 좋지 않았지만 예상치 못한 일로 급히 출장까지 갔다 왔더니 바로 감기 몸살에 걸려 버리고 말았다.

“네.”

그녀는 고개를 끄덕이며 ‘네’란 대답으로 일관하고 있다. 그 모습에 점점 마음이 초조해져 빠르게 설명하기 시작했다.

“순영 씨가 나한테 전화를 했는데 친구 녀석이 받았나 봐요. 아프다고 말하니까 순영 씨가 링거를 놔주겠다고 했대요. 순영 씨가 간호사거든요.”

혼미한 정신 속에서 오늘 하루를 보내고 저녁이 지나서 눈을 떴을 땐 순영이 내 머리맡에 있었다. 어찌나 깜짝 놀랐던지. 화장실에 가겠다며 거실로 나왔을 때 벨이 울렸고, 인터폰에 나타난 그녀의 모습을 보곤 가슴이 덜컥 했었다. 혹시라도 오해할까 두려워서.

“네.”

후우, 더 설명해야 하나? 내 고백에 너무 충격을 받은 것인가? 내 고백에 대답을 해달라면 너무 성급한 건가?

마른침을 삼키며 그녀를 바라봤지만 그녀는 여전히 고개를 숙인 채 있다. 그녀와 나 사이에 내려앉은 침묵이 버거워 창밖으로 시선을 돌렸다. 작은 물방울들이 창문에 소리없이 떨어지고 있었다.

“비가 계속 내리는군요.”

“네.”

“내가 데려다 줄게요.”

“네.”

항상 웃으며 나를 대하던 그녀였는데 오늘은 너무나 거리감이 느껴진다. 거절의 의미인가? 대놓고 싫다 말하기 힘들어서 그런 것일까?

“잠깐 기다리면서 코코아 마시고 있어요. 내 거라도 괜찮으면 점퍼 빌려줄게요.”

“네.”

기운이 없는 얼굴로 일어났다. 그녀의 등장으로 잊고 있었던 감기 기운이 다시 몰려오는 것만 같다. 머리에 열이 오르고 온몸에 한기가 느껴진다.

안방으로 다가가 문을 여는 순간, 조용한 그녀의 목소리가 들려왔다.

“저, 저도 태진 씨 좋아해요.”

내가 잘못 들은 걸까? 감기 때문에 환청이라도 들은 걸까?

“저도 오래전부터 좋아했어요. 아주 오래전부터.”

정말 사실일까? 다리에 힘이 빠져나가는 것만 같아 손잡이에 몸을 의지하며 천천히 돌아섰다.

나와 마주한 그녀가 또렷한 눈과 선명한 목소리로 말한다.

“남자로서 좋아해요.”

심장이 덜컥 멈춰 버린 것만 같다. 내가 그동안 바라왔던 일이 이제야 실현이 되는 것일까?

"정말입니까?"

잘 익은 토마토처럼 달아오른 얼굴로 그녀가 고개를 끄덕였다. 수줍어하면서도 확고한 몸짓이 나를 환희로 이끈다.

벅찬 감정에 뭐라고 해야 할지 몰라 하는 내게 그녀가 말했다.

"그러니 다음부터는 다른 여자랑 단둘이 있지 마세요."

장난처럼 말하지만 그녀의 눈이 한순간 번뜩였다. 무서운 구석도 있구나. 항상 여린 모습만 있는지 알았는데.

"그, 그럼요. 다음부터는 그럴 일 없어요."

"저, 너무 늦었는데."

"아! 가죠."

엘리베이터를 타고 내려가면서도 떨리는 마음이 자꾸 실수를 하게 만들었다. 버튼을 잘못 누르고, 주차되어 있는 차를 어디에 세워놨는지 잊어버리는 것은 물론 기어를 잘못 넣어 후진을 하는 등 실수 연발이다. 그래서 그런지 막상 밖으로 나오니 왠지 부끄러워 그녀의 얼굴을 똑바로 바라볼 수가 없다. 그녀도 마찬가지인 듯 나와 눈이 마주치면 화들짝 놀라 피한다.

처음으로 내 차에 그녀를 태워 내 옆 자리에 앉히고 그녀의 집으로 향한다. 운전을 하면서도 온몸의 신경이 그녀에게 쏠려 있다. 조금 전까지만 해도 기운없던 몸에 활력이 솟는다 죽을 것처럼 아팠던 심장이 그녀의 말 한마디에 이렇게 펄펄 뛰다니. 이대로라면 구름 위를 걸을 수도 있을 것만 같다. 세상을 다 가진 것처럼 모든 것이 여유로워 보인다.

그녀도 나를 좋아했다니! 곁눈질로 그녀를 계속해서 훔쳐보고 또 훔쳐봐도 현실인 것 같지가 않다. 뭐라고 말을 해야 할 것 같은데 말을 하고 나면 이 모든 것이 꿈처럼 사라질 것만 같아 입을 열기가 두렵다. 이 차를 타고 이대로 어디론가 떠나고 싶다. 그래서 그녀를 꼭꼭 숨겨놓고 나만 바라보고 싶다.

그러나 내 바람과는 다르게 어느새 그녀의 동네가 나타났다. 골목까지 차가 들어갈 수 없어 근처에 차를 세웠다. 너무나 짧기만 한 이 거리가 아쉽기만 해 시동을 끄고도 한참을 그대로 앉아 있었다. 음악이 꺼진 차 안엔 빗방울이 톡톡 떨어지는 소리만이 들려왔다.

"태진 씨?"

조명 때문인지 그녀의 얼굴이 발그레해 보인다. 이렇게 예쁜 사람이 어떻게 나의 사람이 되었을까?

"벌써 다 왔군요."

"네, 그러게요. 그럼 저는 이만 내릴게요."

"집 앞까지 같이 가요. 골목이 위험해 보이니까."

"괜찮은데."

"내가 안 괜찮아요."

그녀의 아버지와 마주치는 것이 겁나기는 하지만, 그녀와 조금이라도 같이 있고 싶은 마음에 차에서 내려 우산을 펼쳤다. 우산 속으로 쏘옥 들어와 함께 걷는 그녀와의 이 밤길이 아름답다. 아무 말 없이 걷고 있지만 모든 것을 얻은 듯 충만하기만 하다. 좁은 골목길을 지나 그녀의 집 앞에 다다를 때까지 즈용히 서로의 어깨를 스치며 걸었다.

"다 왔네요."

가로등 불빛에 비춰진 뿌연 안개 같은 비가 그녀를 더욱 신비롭게 보이게 한다. 우산 아래에서 나를 수줍게 바라보는 그녀의 얼굴이 너무 어여뻐 톡톡 떨어지는 빗방울 소리에 맞춰 심장이 요란한 소리를 내며 속도를 더해갔다. 그리고 내 눈길은 촉촉이 젖은 그녀의 입술에서 떠날 줄 모른다. 이러면 안 되는데, 너무 빠른데. 주먹을 꽉 쥐고서도 저도 모르게 침을 꿀꺽 삼키며 그녀에게 속삭였다.

"너무 빠르겠지만……."

천천히 그녀의 얼굴 위로 고개를 숙이자, 그녀가 파르르 눈을 감는다.

항상 꿈꿔왔던 일이 지금 내게 펼쳐지고 있다. 태진과의 키스라니! 뜨거운 그의 입술이 슬로우 비디오처럼 다가오며 내 입술 위로 사뿐히 내려앉았다. 하아! 그 어떤 형용사로 설명할 수 없

는 이 기분! 발끝부터 시작된 전율이 걷잡을 수 없게 내 몸에 퍼
져 나가고 있다. 부드러우면서도 달콤한 촉감이 온몸의 힘을 앗
아가 버려 그의 옷을 꽉 움켜쥐게 한다. 비 오는 밤, 우산 속에
서의 입맞춤은 세상에서 동떨어진 듯 그렇게 우리 둘만의 세계
로 인도했다. 감미롭고, 황홀하게.

"허허, 세상 참. 뉘 집 자식인지."

아아아악! 이 무슨 산통 깨는 소리인가. 등 뒤에서 울리는 말
소리로 인해 정신이 번쩍 들고 말았다. 썩을! 정말 좋았는데. 말
할 수 없을 정도로 그와의 입맞춤이 좋았는데. 억울하고 원통해
서 눈물이 나올 것만 같다. 이 좋은 분위기를 망쳐 버린 인간을
한번 째려봐 주려고 몸을 돌리려는 순간, 익숙한 음성과 함께
낯익은 형체가 쓰윽 지나간다.

"쯧쯧, 세상 말세구만."

헉! 아버지다! 우산 속에서 태진과 눈이 마주쳤다. 그리고 소
리없이 약속했다. 아버지가 지나갈 때까지 가만히 있기로. 상기
된 얼굴로 나를 바라보는 그의 눈빛엔 아직 식지 못한 열기로
가득 차 있다. 내 모습도 별반 다르지 않겠지. 이 밤이 지나면
부끄러움으로 어색해질 테지만, 그 어색함을 첫키스의 황홀함
이 채울 것이다.

"가셨나 보군요."

살짝 우산을 들어보니 골목길을 빠져나가는 아버지가 보인
다. 휴우, 큰일날 뻔했다.

“그러게요.”

“들어가 봐요.”

“아니, 먼저 가세요.”

“그래요, 그럼. 내일 전화해요. 아, 전화번호! 핸드폰 줘봐요.”

이미 전화번호를 알고 있지만 모르는 척 슬며시 전화기를 내밀었다.

“이 번호예요. 나도 저장할 테니 전화해요. 아니, 내가 전화할게요.”

태진이 내 핸드폰에 번호를 찍고 다시 건네줬다.

“네.”

“그럼 갈게요. 잘 자요.”

“조심히 가세요.”

살짝 손을 흔들고 그가 등을 돌렸다. 저 듬직한 남자가 내 남자가 되었단 말이지? 그의 고백이 꿈이 아니란 말이지? 그리고 그와의 입맞춤을 했단 말이지? 크크큭, 날아갈 것만 같다.

늦은 시각 태진 씨 집 안에 있는 순영을 발견했을 때는 땅속으로 꺼져 버리고 싶었지만, 그가 고백의 말을 하는 순간 그런 생각은 사라져 버렸다. 그가 나를 좋아한다고 했다. 그가 나를.

“좋아해요.”

처음엔 잘못 들은 줄 알았다. 멍한 얼굴로 서 있는 나에게 그가 다시 한 번 말해줄 때까진.

"나, 명혜 씨 좋아해요."

그 순간, 세상의 모든 빛이 나에게로 쏟아지는 것만 같았다. 그리고 그의 설명이 계속되는 동안에도 계속해서 나를 사로잡는 것은 그의 고백이었다. 좋아한다는 그 말뿐!

기억을 떠올리니 갑자기 눈물이 나올 것만 같다. 속이 울렁거리고, 가슴이 벅차올라 터질 것만 같다. 저 남자가 나를 좋아한다고 했다. 오랫동안 내가 기다려 왔던 남자가. 하아, 이럴 줄 알았으면 진작 고백을 할 걸 그랬다. 괜히 희숙이년 말만 듣고 그 모든 단계를 밟으려고 했다니. 그래도 희숙이 말이 유용하긴 했지.

멀어지던 그가 뒤돌아서서 나에게 다시 손을 흔든다. 그리고 어서 들어가라고 손짓을 한다. 정말 다정다감한 남자야, 우리 태진 씬. 마주 손을 흔들어주고 대문 안으로 들어섰다. 부푼 가슴을 부여잡고서.

하아, 기대된다. 새로운 내일이!

11... kiss me darling

어젯밤, 두근거리는 심장을 주체할 수 없어 뜬눈으로 보냈다. 부드럽게 닿았던 그의 입술과 진지한 그의 고백을 가슴에 되새기면서 말이다. 빗속에서의 입맞춤! 하아, 얼마나 아름답냔 말이지. 그리고 잘 자라는 문자까지. 어제의 일을 떠올리면 머리가 몽롱해지고 꿈길을 걷는 것처럼 온몸이 붕 떠오른다.

"자냐? 점장님이 노려보신다."

현우가 내 얼굴 앞에서 손을 흔들며 말한다. 하여튼 이 자식은 맥을 끊는 데 뭐 있다. 내가 눈뜨고 자는 특기라도 있는 줄 아나?

창밖을 지그시 바라보며 우수에 찬 음성으로 말했다.

“내리는 비를 바라보며 생각하고 있었어.”

캬아, 정말 운치있어 보이는구나. 이런 건 태진 앞에서 해야 하는데.

“뭔 생각을 그렇게 샐샐 웃어가면서 하냐? 것도 입까지 벌리고. 아주 침 떨어지겠구만.”

쓰읍. 그와의 입맞춤을 생각하다 보니 저도 모르게 침이 고였나 보다.

“당근 우리 태진 씨 생각이지. 내가 생각할 게 뭐가 있냐?”

“김 사장…… 님이랑은 진도가 나가긴 했냐?”

크큭, 그렇지 않아도 물어주기만을 바랐단다.

“호호호, 그렇다고나 할까?”

순간적으로 녀석이 경악하는 표정을 짓는다. 하긴 항상 태진 때문에 전전긍긍하는 모습만 보여왔던 나였으니.

“서, 설마!”

“맞아. 태진 씨도 나를 좋아했다는 거 있지? 크크큭, 정말 꿈만 같다.”

다시, 또다시 생각해도 정말 꿈만 같다. 세상 사람들에게 소리치고만 싶다. 태진 씨가 나를 좋아한다고! 그것도 오랫동안 좋아했다고!

“진짜? 너 혼자 상상하는 거 말고.”

이 자식이! 누구를 광년이로 알고 있나?

“내가 왜 혼자 상상을 해? 정말이야. 그리고 사실 우리 어제…… 아니다.”

태진과의 관계를 말하고 싶어도 우리의 역사적인 첫 입맞춤에 대해서 말하는 건 안 되지. 암, 그렇고말고. 그런데 왜 자꾸 얼굴이 뜨거워질까.

내 얼굴을 들여다보던 현우가 갑자기 내 어깨를 붙잡고 다급한 목소리로 물었다.

“뭐? 빠뜨리지 말고 말해. 어제 무슨 일 있었어? 어?”

이 자식이 왜 이래? 마치 바람난 애인을 추궁하는 것처럼 벌건 얼굴로 다그친다.

“아씨, 아파 죽겠네. 너, 나 좋아하냐? 왜 이렇게 흥분하?”

그 순간 내 어깨에 놓여 있던 손이 후다닥 떨어지고 아까보다 더욱 벌겋게 달아오른 얼굴로 현우 녀석이 씩씩댔다.

“뭐? 뭐, 뭐라고? 내, 내가 왜 널 조, 좋아하냐? 이게 정말 도끼병이 걸렸나!”

이 자식이 진짜! 아니면 아닌 거지 펄펄 뛰면서 난리를 칠 건 뭐람! 말한 사람 쪽팔리게스리. 이러니 저절로 손이 올라가지.

딱!

너무 소리가 컸는지 홀 안에 있는 사람들이 이쪽을 쳐다본다. 눈살을 찌푸린 점장님에게 슬쩍 미소를 지으며 떠들지 않겠다는 표시를 했다. 그러자 못 볼 것을 봤다는 듯이 점장님이 고개를 돌린다.

“아씨, 내가 동네북이야? 왜 자꾸 머리를 때리고 난리야? 계집애가 만날 폭력이나 휘두르고, 여성스러운 점은 눈곱만큼도 없는 주제에 뭐? 내가 널 좋아해? 돌았구만? 돌아도 아주 한참 돌았어."

그 정도였나? 우리 태진 씨 앞에선 정말 조심해야겠다. 그런데 염명주도 안됐구나. 현우 녀석은 나 같은 여자는 싫다는데 염명주나 나나 성격은 거기서 거기니.

"아니면 조용히 좀 해. 점장님이 쳐다본다."

나에게 맞은 머리를 문지르면서 현우는 계속해서 구시렁댔다.

"하여튼 한 번만 더 그딴 소리 해봐. 네 지랄맞은 성격을 동네방네 소문 내고 다닐 테니까."

그렇게 되면 정말 큰일이다. 하지만 그렇다고 내가 이 자식의 협박에 굴할 수가 있나.

"죽고 싶으면 소문 내. 나도 가만 안 있을 테니까."

음산한 얼굴로 나직이 말하자, 녀석이 금세 눈을 피하며 꼬리를 내린다.

"됐다, 됐어. 그나저나 그 여자는 어떻게 됐어? 선봤다는 여자."

아, 맞다. 순영을 잊고 있었다. 감히 아픈 태진 씨한테 그런 식으로 접근을 해? 어제의 아줌마 표정이 떠오른다. 승리에 가득 찬 의기양양한 표정이 말이다.

"어떻게 되긴 어떻게 돼? 오늘 보면 알겠지."

이를 바드득 갈며 순영과 만나게 될 시간을 기다렸다. 어쩌면 오늘은 태진과의 만남보다 순영을 어떻게 요리할지 생각하느라 시간을 다 보낸 듯하다. 내 바람을 알았는지 오늘은 다른 때보다 일찍 나타나 여기저기 기웃거리며 피트니스 센터를 휘젓고 다닌다. 여태까지 그래 왔듯이 순영은 오늘도 얼굴엔 울긋불긋하게 화장을 하고 짧은 파마 머리를 굽슬굽슬하게 세팅까지 해서 나타났다. 뭐, 호박에 줄 긋는다고 수박 되는 것은 아니라지만 노력에 비해 결과가 그다지 좋아 보이질 않는다. 게다가 러닝머신에서 뛰고 난 후엔 두꺼운 화장이 땀에 흘러내려 도저히 봐줄 수가 없다.

몸을 씰룩씰룩 움직이면서 순영이 태진과 내가 서 있는 곳으로 걸어와서는 특유의 웃음소리를 내며 아는 척한다.

"오호호호, 태진 씨. 감기 기운이 있으실 텐데, 오늘도 운동하러 오셨어요?"

이 아줌마 봐라? 내가 옆에 떡하니 붙어 있는데 나는 무시하고 태진한테만 인사한다. 순영 말대로 태진의 감기가 낫지 않아 걱정했지만, 그는 괜찮다고 안심시켰다.

"순영 씨 덕분에 많이 나았습니다."

"오호호호, 무슨 그런 말씀을요. 당연히 그래야죠. 이러 봬도 제가 간호사인걸요."

태진이 난처한 듯이 나를 바라본다. 저 아줌마 아직도 상황파악 못했나 보네. 어제 우리 분위기 보면 딱 삘이 오질 않나? 아니면 모르는 척하는 걸까?

"안녕하세요, 이순영 회원님."

"어머, 강사님! 어제는 잘 들어가셨어요? 어젠 경황이 없어서 인사도 제대로 못했네요."

"네, 잘 들어갔습니다."

"여기 피트니스 센터는 정말 좋은 것 같아요. 강사님이 회원 병문안도 와주고. 오호호호."

웃음소리에 걸맞지 않게 순영의 눈꼬리가 파르르 떨리고 있다. 흣, 태진 앞이라 성질 죽이고 있는 게 힘든가 보지?

"설마 그 늦은 밤에 회원 병문안을 가겠어요? 안 그래요, 태진 씨?"

부끄러운 듯이 고개를 살짝 돌리며 태진을 바라보았다. 태진의 얼굴에 흐뭇한 미소가 지나간다. 크큭, 우린 이런 사이라 이 말이지.

"그, 그럼……?"

"하하, 명혜 씨와 진지하게 만나고 있습니다. 모두 순영 씨 덕분입니다."

순영의 기절할 듯한 표정을 느긋한 마음으로 지켜보았다. 가진 자의 여유라고나 할까? 말로 표현하지 못할 정도로 기분이 좋다. 크크큭, 정말 난 사악한 걸까?

"왜, 왜 제 더, 덕분이라는 거죠?"

"실은 어제 순영 씨를 보고 명혜 씨가 오해하는 바람에…….

하하, 그래서 이렇게 서로의 마음을 털어놓게 되었으니까요."

"그, 그렇군요."

"저도 감사드려요. 덕분이네요. 오호호호."

순영의 웃음을 흉내 내자, 순영이 태진의 눈을 피해 죽일 듯이 노려본다. 훗! 아줌마, 그래 봐야 이미 늦었다고요!

"자, 이제 운동을 시작해 볼까요? 회원님은 오늘부터 웨이트 트레이닝을 시작해 보자구요."

나는 지난 며칠 동안 당신이 한 일을 알고 있다 이 말이지. 오늘의 트레이닝이 지옥의 트레이닝이 될 것을 알게 해주겠다고 다짐했다.

"웨이트 트레이닝이요?"

찜찜한 얼굴로 묻는 순영에게 환한 미소를 지으며 대답했다.

"네. 예쁜 몸매와 함께 군살도 잘 빠질 테니까요."

"조, 좋아요."

"자, 따라오세요. 태진 씨는 이따가 봬요. 그리고 오늘은 무리하게 운동하지 말아요. 아직 몸도 안 좋은데."

걱정스런 얼굴로 말하자, 태진이 고개를 끄덕이며 흘터내린 내 머리를 귀 뒤로 넘겨준다. 하아, 태진의 손길이 지나간 자리에 전류가 흐르는 것만 같다.

"알았어요. 오늘은 쉬엄쉬엄 할게요."

옆에서 순영이 기막히다는 얼굴로 바라보고 있지만 그게 뭐 대수인가. 눈을 껌뻑거리며 애교있는 목소리로 물었다.

“약속한 거예요?”

“하하, 약속해요. 아, 순영 씨도 열심히 하세요.”

“네.”

똥 씹은 표정을 짓는 순영을 이끌고 기구 앞에 서자, 아줌마가 낮게 으르렁댄다.

“네가 먼저 접근했지?”

“그렇다면요?”

“하! 여우같이 꼬리 치면서 눈웃음 살살 칠 때부터 알아봤어. 돈 때문이지?”

삼류 드라마 같은 대사다. 며칠 전에 넘어지는 시늉을 할 때부터 알아봤지만, 이 아줌마 드라마를 너무 많이 본 거 아냐? 아니면 자기가 돈 때문에 접근한 건가?

“혹시 돈 때문에 접근했어요?”

“뭐, 뭐? 누, 누가 그래? 엉?”

빨개지는 얼굴을 보니 수상쩍다. 그런데 도대체 어디서 나오는 자신감일까? 아줌마 행색을 보니 돈이 많은 것도 아니고, 그렇다고 학벌이 좋아 보이지도 않고, 거기다 외모는 더 더욱이.

“아니면 말고요. 난 태진 씨가 돈이 많아서 좋던데.”

내가 이렇게 뻔뻔하게 말할 줄 몰랐나? 아줌마가 아주 숨 넘어갈 것처럼 더듬거린다.

“너, 너, 너 이러는 거 태진 씨가 알고 있니? 어쩜 애가 뻔뻔하게 돈 때문에 좋아한다고 하니?”

“솔직해서 좋아할지도 모르죠. 이순영 씨는 돈 싫어허요? 돈 좋아하게 생겼는데.”

“뭐? 그래도 너처럼 대놓고 좋다고 말할 정도로 뻔뻔하진 않아.”

그래도 아니라고 부정하진 않군. 만약 아니라고 했다면 정말 가증스러웠을 거다. 그 점에 있어선 좀 봐줄 만하군.

“어찌 됐든 다른 여자 좋아한다는 남자한테 계속해서 집적대진 않겠죠? 그렇다면 정말 자존심도 없는 거지.”

“누가 집적대? 그리고 골키퍼 있다고 골이 안 들어간다던?”

아니, 이 아줌마가! 절대 포기 못하겠다는 건가?

“골키퍼도 골키퍼 나름이겠죠? 좋아요, 열심히 골을 한번 넣어보시죠. 저는 열심히 막을 테니까.”

“자신감이 넘치는구나? 좋아, 한번 해보자고.”

승부는 승부고, 당한 건 갚아줘야겠지?

“좋아요. 자, 운동이나 시작합시다. 어쨌든 살은 빼야죠?”

분한 얼굴로 씩씩대는 순영에게 얄밉게 씨익 웃어주며 운동 기구를 가리켰다. 자, 이제부턴 지옥의 맛을 느끼게 해주지. 아마 당분간은 내 얼굴을 보기조차 무서울걸?

“자, 제 설명을 듣고 따라 하시면 됩니다. 무게는 회원님이 들.수. 있을 정도로만 올려 드릴 테니까.”

태진의 차가 동네 어귀에서 멈췄다. 태어날 때부터 살아왔던 동네라 당연한 듯이 알아왔지만 오늘은 이곳에서 벗어나고 싶다. 세상에 차로 십 분밖에 안 되는 거리라니 말이 되는가?

"벌써 다 왔군요."

"그러게요."

아쉬운 마음으로 차에서 내려 태진과 함께 걸었다. 비가 내리고 난 후의 날씨는 제법 쌀쌀해 몸을 움츠리게 한다.

옷깃을 여미며 드러난 팔을 쓰다듬자, 태진이 멈춰 서서 물었다.

"추워요?"

"조금요."

내 말이 끝나자마자 태진이 외투를 벗어 내 어깨에 올려준다.

"그럼 이거 걸쳐요."

"바로 앞인데. 그리고 태진 씨는 아직 감기도 다 안 나았잖아요."

"난 다 나았어요. 그리고 명혜 씨가 아프면 나도 아플 것만 같아요."

'아프냐? 나도 아프다' 라고 했던 종사관 나으리처럼 태진이 우수에 가득 찬 얼굴로 그렇게 말했다. 솔직히 느끼한 감이 없잖아 있지만 그래도 로맨틱한 말이다.

좋아, 그럼 나도 답변을 해줘야겠지?

"저도 태진 씨가 아프면 가슴이 아파요."

지그시 바라보는 태진의 눈과 마주치자 찌르르 온몸이 떨려온다. 어젯밤처럼 오늘도 그런 입맞춤을 할 수 있을까? 아니면 오늘은 더욱 진도를 나가? 아버지만 아니었어도 키스를 할 수 있었는데! 어린아이도 아니고 입맞춤만으로는 만족할 수 없다. 오늘은 기필코 키스를 하고야 말겠다는 생각에 마주친 눈을 살짝 내리깔았다. 태진의 차에 타기 전에 발랐던 립글로스가 달빛 아래 제 기능을 발휘해 주길 기도하면서.

"자, 가죠."

엥? 그냥 가자고? 희숙이년 말대로라면 유혹에 넘어왔어야 하는데. 달빛 좋겠다, 입술도 부드러워지라고 어젯밤에 마사지했겠다, 게다가 지금 서 있는 곳은 가로등이 없는 음침한 곳이라 키스하기에 딱 적당한데 왜 안 먹히냐고! 여기서 더 들어가면 집 앞이라 어제처럼 아버지한테 걸리기 십상이다. 오늘은 우산도 없으니 여기서 해야 한다, 기필코! 그리고 달궈놓은 가슴은 진정시켜 주고 가야지. 암, 이대로는 안 되지.

태진의 팔을 잡자, 영문을 모르는 그가 몸을 돌렸다.

"태진 씨."

발끝을 살짝 들어올리며 다소 놀란 그에게 속삭였다.

"눈 감아요."

"명혜……."

내 이름을 부르는 그의 입술에 살포시 내 입술을 갖다 대자, 경직되어 있던 그의 입술이 부드러우면서도 뜨겁게 변해갔다. 하아, 저도 모르게 가슴속 깊은 곳에서 우러나오는 한숨이 밖으로 새어나오고 그것을 신호로 여겼는지 태진의 속살이 점점 깊숙하게 내 안으로 파고들었다.

깃털처럼 부드럽게 시작했던 키스는 그렇게 에스프레소의 진한 향기처럼 농염하게 변해갔다.

✳

자제하고, 또 자제했는데 그녀가 먼저 입맞춤을 할 줄이야! 그녀는 가끔 이렇게 나를 놀라게 한다. 아, 심장이 너무 거세게 뛰어 터질 것만 같다. 그녀의 별처럼 반짝이는 눈빛과 장미꽃 봉우리처럼 붉디붉은 입술이 내 눈에 클로즈업되는 순간, 가슴 속에 숨겨왔던 불꽃이 걷잡을 수 없게 커져 갔다. 머시멜로우처럼 달콤한 그녀의 입술을 탐할수록 주책없게도 내 몸의 일부는 점점 부풀어 오르고 있다. 이러면 안 되는데, 아직 어린 그녀인데, 마음속으로는 수만 가지 이유를 대면서 안 된다고 소리치고 있지만, 입술은 그것을 무시한 채 그녀의 안으로 계속 파고들고 있었다.

아아, 그녀의 가느다란 팔이 내 목을 감싸고 부드러운 가슴이 나에게 기대어오자 이놈의 눈치없는 몸뚱이가 점점 꼿꼿하게 머리를 세운다. 헉, 이래선 안 되겠다. 자칫 잘못하다간 그녀에게 몹쓸 짓을 하고 말 것 같다. 실낱같은 이성의 끈을 조이고 조여 간신히 그녀에게서 천천히 떨어졌다. 그리고 떨리는 손끝으로 그녀의 입술에 번진 립글로스를 닦아주었다.

그제야 그녀가 눈을 뜨고 물었다.

"하아, 왜?"

그녀의 숨소리엔 키스의 여운이 그대로 남아 있어 또다시 거친 숨을 몰아쉬게 했다.

"후우, 오늘은 여기까지."

갈라진 내 목소리가 생소하게 들려온다.

"더 이상 있다간 내가 자제할 수 없을 거예요."

"아!"

그녀가 마침내 깨달은 얼굴로 수줍게 고개를 끄덕였다. 그녀의 입술은 모양 좋게 부풀어 올라 있고, 얼굴은 어둠 속에서도 보일 정도로 붉게 물들어 있다. 그런 그녀의 모습이 너무나 예뻐 심장이 요동을 친다. 천천히, 그리고 단단하게 그녀와의 관계를 만들고 싶지만, 내 바람과 다르게 몸은 이성의 지배를 거부하니 큰일이다. 음흉한 놈 같으니라고! 어찌 주인의 의지를 배반하느냐 말이다. 집 앞까지 바래다주고 싶지만, 어둠 속에서 몸의 변화를 숨겨야 할 것 같다.

"조심해서 들어가요."

"네, 태진 씨도요."

골목 끝에서 그녀가 집에 들어가는 것을 지켜보고도 한참을 서 있었다. 내 안에 불고 있는 강한 바람을 다스리기 위해. 그 바람이 나를 모두 삼켜 버릴까 두려워 재우고 또 재우며 집에 돌아왔다.

문을 열고 들어오니 뜻밖에도 상헌이 와 있었다. 가끔 말없이 오긴 했지만, 이 시간까지 나를 기다릴 녀석이 아니었다. 무슨 일이 있었나? 며칠 전, 영진의 일도 마음에 걸린다.

"어? 언제 왔냐?"

"조금 전에. 그런데 요즘 무슨 일 있냐? 밤 외출이 잦다?"

눈살을 찌푸리며 묻는 상헌의 모습이 꼭 바가지 긁는 마누라 같다. 불현듯 그녀의 모습을 상상해 본다. 그녀와 결혼을 한다면, 그녀도 이렇게 나를 기다리고 늦은 귀가를 타박할까? 그 모습을 그려보니 행복해진다. 매일 아침 모닝 키스로 하루를 시작하고, 일이 끝나면 그녀를 볼 생각에 가슴이 설레겠지. 그리고 밤이면 활활 타오르게 사랑을 나누겠지? 이런, 또 주책없는 물건이 신호를 보내온다.

"무슨 생각 하냐?"

"어? 아니. 그런데 오늘 웬일이야? 술 한잔하러 왔어?"

"언제는 일 있어서 왔냐? 아픈 건 다 나았나 보러 왔다. 보기엔 괜찮은 것 같군."

투덜대며 말을 해도 따뜻한 녀석이란 걸 안다. 다만 그것을 말로 표현하면 더 좋을 것을. 나에게도, 영진에게도.

"응, 덕분에 좋아졌다. 고맙다."

"고맙긴. 근데 그 간호사 아가씬 누구야?"

아, 이 녀석 때문에 순영이 여기에 왔었지? 누군지도 모르는 사람에게 문을 열어주다니 상헌답지 않다.

"너는 누군지도 모르고 아무한테나 문을 열어주고 그러냐?"

"아무한테나? 그 아가씨 말투는 그렇지 않던데. 그리고 간호사라면서 링거까지 들고 찾아왔는데 어떻게 안 열어줘?"

하긴 열어주지 않을 수도 없었겠지. 어쩌면 끙끙 앓던 내가 금세 일어날 수 있었던 것도 링거를 맞았기 때문일 것이다. 아니면 사랑의 힘인지도.

"그랬어? 새로 사귄 친구야. 자다가 일어났는데 순영 씨가 있어서 깜짝 놀랐다."

"근데 여태까지 어디 있다가 온 거야? 그리고 저번엔 왜 그렇게 술을 마신 거야?"

상헌의 질문에 실실 웃음이 흘러나온다. 오늘은 아무래도 그녀에 대해 말해야 할 것 같다.

"어? 그게……. 우리 술이나 한잔 마실까?"

"그러든지."

특별한 날인만큼 고이 모셔두었던 양주와 안주를 챙겨와 자리에 앉았다. 언더락 잔에 얼음을 넣고 위스키를 부었다. 찰랑거리는 연한 갈색 액체가 얼음에 희석되어 샴페인 빛으로 컨했다. 마치 축배를 들고 싶은 내 마음을 아는 것처럼.

"마시자."

시원하게 한 모금 마시고 있을 때, 상헌이 던지듯이 물었다.

"여자 생겼냐?"

“컥, 자, 잠깐.”

예리한 놈. 녀석의 날카로운 질문에 술이 뿜어져 나왔다. 입술을 손등으로 훔치고는 고개를 끄덕였다.

“그래, 인마. 나 여자 생겼다.”

정말이라고는 생각을 못했는지 상헌의 눈이 놀람으로 커진다. 그래, 이 김태진 인생에서도 드디어 여자가 생겼단 말이지.

“정말이냐?”

“그래. 왜? 거짓말 같냐?”

“자신만만한 얼굴을 보니까 맞는 것 같군. 누구야? 그 간호사 아가씨?”

무슨 그런 말도 안 되는 소리를. 그런데 왜 갑자기 여기서 순영이 튀어나오는 거지?

“아니, 순영 씨는 그냥 친구라니까.”

“아니야? 근데 애인도 아닌데 그 늦은 밤에 찾아오나? 아니면, 그 아가씨 혼자 착각하는 거 아냐?”

의심 많은 녀석. 순영은 그럴 사람이 아니다. 최소한 내가 아는 한은.

“순영 씨는 그런 사람 아냐. 우리 할아버지 때문에 선을 봐서 알게 된 사람이긴 하지만, 우린 그냥 친구로 지내기로 했어.”

“선봤던 사람과 친구로 지낸다? 이해가 안 가는군. 어찌 됐든 처신이나 잘해. 나중에 괜히 오해 살 행동 하지 말고.”

이건 내가 상헌에게 하고 싶은 말이다. 영진을 향한 마음을 나도 눈치채고 있는데, 왜 자꾸 전처인 현경이한테 휘둘리는 건지. 그것이 때론 연민일지라도 영진에겐 고통일 텐데.

"그래야지. 그나저나 내가 그날은 경황이 없어서 못 물어봤는데 무슨 일 있었냐? 그날, 영진이 많이 안 좋아 보이던데."

"한 기사, 다음날 바로 휴가 떠났다."

"휴가? 아!"

달력을 보니 문득 떠오르는 것이 있었다. 영진 어머니의 기일. 딸을 남겨놓고 생의 끈을 놓아버리는 어미의 심정은 어떤 것일까? 그리고 그런 어머니의 기일이 돌아올 때마다 느낄 영진의 상실감은 무엇으로 채워질까.

"그랬군."

"이번엔 어디로 도피를 했을까."

창밖을 내다보며 상헌이 중얼거렸다. 어디선가 헤매고 있을 영진을 찾고 있는 듯 상헌의 눈은 흔들리고 있었다.

"왜, 걱정은 되냐?"

"내가 무슨 냉혈한이냐? 십 년을 알고 지내온 사이인데 왜 걱정이 안 돼?"

"그게 다냐?"

정말 그게 다인 거냐? 내가 느끼고, 보아왔던 눈빛은 다 내 착각인 거냐?

소리없는 물음에 답을 주듯이 상헌이 얼굴을 손으로 문지르며 말했다.

“후우, 모르겠어.”

“뭘 모르겠는데? 십 년을 기다려 온 그 애의 마음을 모르겠어, 아니면 네 눈이 자꾸 그 애한테 머무는 것을 모르겠어? 도대체 뭘 모르겠는데?”

“훗, 꼭 네가 영진이 보호자인 것 같다. 하긴 넌 언제나 영진이 편을 들었었지. 내가 현경이와 연애했을 때도.”

그랬었다. 영진의 눈이 상헌을 향해 있다는 것을 깨달았을 때부터 영진에게 손을 들어주었었다. 한없이 깊은 마음으로 상헌의 주위를 맴돌고, 외로움을 상헌에 대한 사랑으로 채우고 있을 때부터.

“그러게. 근데 영진이 참 좋은 애잖아. 내가 여동생이 없어서 그런지 이상하게도 그 애한테 신경이 써지더군. 외로워 보여도 외롭다고 말 못하고, 좋아해도 좋다는 말 못하는 그 애가 안쓰러워서.”

“그런 마음이 다르게 바뀌지는 않던?”

상헌의 눈이 예리하게 파고들었다. 자식, 신경 쓰지 않는 척하면서도 신경 쓰기는. 그런 상헌이 우스워 피식 웃음이 흘렀다.

“글쎄, 만약 내 절친한 친구에게 마음을 쏟고 있지 않았다면, 나도 좋아했을지도 모르지. 하지만 그건 말 그대로 만약이야. 적어도 나한테 영진인 아끼고, 보듬어주고 싶은 그런 애야.”

“그래, 그런 애지. 그래서일까? 그 애가 좋은 애가 아니었다면, 어쩌면 쉽게 다가갈 수 있었을지도 모르겠다. 상처가 깊은 아이라서 더 망설여지게 돼. 내가 현경이한테 했던 것처럼 또다시 그런 실수를 저지르고 싶지 않아.”

“현경인 현경이고, 영진인 영진이야. 자꾸 도망치지 마 네 그런 행동이 영진이를 더욱 힘들게 하는 거다.”

“그래, 그렇겠지.”

언제나 살면서 좋은 일만 있는 것은 아닐 거다. 그리고 그것을 슬기롭게 헤쳐 나갈 수 있는 사람이라면 더 이상 망설일 게 무엇인가. 나의 그녀도 그럴까? 내가 아는 그녀는 여리면서도 강단이 있는 그런 사람이다. 이런 사람이라면, 아무리 어려도 내 인생을 걸어볼 만할 것이다.

상헌이 술잔을 기울이며 물었다.

“네가 만난다는 그 여자, 뭐 하는 사람이야?”

“저, 그게…… 아직 학생이야.”

“대학원생?”

“아니, 그냥 대학생.”

머리를 긁적거리며 말하자, 상헌이 기막힌 얼굴로 한참을 바라보다 입을 열었다.

“도둑놈.”

이런 반응이 나올 줄 알았다. 사랑엔 국경도 없다던데 열 살 차이가 무슨 범죄라고. 범죄인가?

“몇 살 차이냐?”

"열 살 차이다."

"완전히 원조교제군. 그 아가씨는 어떻게 만난 거야?"

원조교제라, 사람들은 우리를 그렇게 보려나? 후우, 걱정이다. 그녀가 조금이라도 나이 들어 보이면 좋으련만, 아쉽게도 동안이라 더욱 어려 보인다. 그렇다면 내가 한 살이라도 덜 먹어 보여야 하나?

"그게 있잖냐, 내가 자주 가는 카페 아르바이트생이야."

"하! 거기서 알게 된 거야?"

녀석의 얼굴엔 어이없어하는 기색이 역력하다. 카페에서 알게 되면 안 된다는 법이라도 있나?

"응, 스위트 미팅이라고. 영진이도 거기 단골일걸?"

영진의 이름이 나오자, 상헌이 아련한 얼굴로 고개를 끄덕이며 나직이 중얼거렸다.

"그렇군. 그러고 보니 영진이 매일 거기서 커피를 사다 줬었지."

"하여튼 명혜 씨랑 내가 일 년 넘게 알아왔거든. 근데 작년 이맘때였나? 카페에 들렀는데 명혜 씨가 울고 있었어. 매일같이 봐와도 별다른 감정이 없었는데 그날은 이상하게 가슴이 찌릿하더군. 말도 몇 마디 나눠보지도 못하는 사이였는데 그날은 참 이상했어."

"그럼 일 년이나 짝사랑한 거야?"

"그렇지. 딱 봐도 어려 보이는데 어떻게 하냐. 마음으론 전전

궁궁해도 어떻게 표현할 수가 없었지. 꼭 내가 변태 같잖냐."

지나간 시간들을 생각하면 우습지만, 내겐 심각한 고민이었다. 솔직히 지금도 그녀에 비해 많은 나이가 거치적거린다.

"쿡, 하긴 열 살 차이라, 많긴 많지. 그래도 대단하다. 일 년이나 짝사랑하다가 또 이렇게 마음을 얻었으니."

"그러게."

십 년을 기다려도 얻지 못한 영진에 비하면 나는 참으로 복 받은 사람이다. 그러니 어렵게 사랑을 지켜 나가기 위해서 누구보다 노력해야겠지.

"그래도 지금은 후회하고 있어. 조금만 내가 용기를 냈더라면 명혜 씨와 함께하는 시간이 더 많았을 텐데 하면서. 그러니 너도 네 마음을 잘 들여다보고 용기를 내봐. 세상엔 아무리 발버둥 쳐도 이루어지지 않는 사랑이 있어. 마찬가지로 아무리 벗어나려고 해도 벗어날 수 없는 사랑도 있는 거지."

"네가 보기엔 내가 후자란 거냐?"

"그래, 내가 보기엔 그래."

상헌이 어떤 결론을 내릴 건지는 모르겠다. 하지만 조금이라도 용기를 얻는다면 더할 나위가 없을 것이다. 생각에 잠긴 얼굴로 상헌은 계속해서 술잔을 비웠다. 그리고 영진과 술잔을 기울였던 그 밤처럼, 나는 또다시 상헌의 술잔을 채우며 기도한다. 술잔을 채우는 만큼 상헌에게 행복이 채워지기를.

잠시 후, 가득 찼던 술병이 바닥을 보이자 상헌은 여느 때는 보지 못했던 모습을 보였다. 술에 취한 상헌이라. 초점을 잃은 눈에 흐트러진 모습은 평소의 상헌답지 않았다. 참으로 혼자 보기 아깝다.

상헌이 소파에 기대며 둔탁한 목소리로 중얼거렸다.

"커피…… 마시고 싶다."

"커피?"

"응, 영진이가…… 사다 주는 그 커피가……."

속마음을 드러내는 건가? 오늘 상헌이 했던 말엔 은연중에 영진에 대한 마음을 보여주고 있었다. 여태까지 나에게조차 숨겨왔던 그 마음을. 하지만 포문이 열린다면 누구보다 힘차게 뛰어갈 녀석이란 것을 안다. 또한 그런 녀석을 누구보다 반갑게 맞아줄 영진이라는 것도. 지금쯤, 영진은 어딘가에서 상헌을 생각하고 있을 것이다.

'영진아, 이제 얼마 안 남은 것 같다. 그러니까 조금만 방황하다가 돌아와라.'

어느새 소파에 기댄 채 잠들어 버린 상헌에게 잔을 들어올리며 윙크했다.

"행운을 비네, 친구."

✳

태진을 기다리며 영화관 앞에 서 있었다. 주말인데도 불구하고 오늘 태진은 회사에 일이 있어 이곳으로 바로 오기로 했다. 영화관 앞엔 연인들로 북새통을 이루고 있었다. 깍지 낀 손을 흔들며 거리를 걷는 어린 연인들을 비롯해서 어깨를 끌어안고 밀어를 속삭이는 연인들과 가벼운 입맞춤을 하는 연인들.

하아, 저 모습들을 보니 어젯밤의 키스가 떠올라 정신이 혼미해진다. 온몸이 붕 떠오르는 듯 몽롱하고, 가슴속 깊은 곳에서 찌르르 울리는 진동이 들리는 것만 같다. 눈을 감으면 그의 뜨거운 숨결이 느껴지는 것만 같고, 눈을 떠보면 어느새 거울 앞에서 내 입술을 들여다보고 있다. 혹시라도 그의 흔적이 남아있을까 하는 마음에 말이다. 하아, 키스 후유증이 너무나 지독하다.

어제 집에 들어가자마자 희숙이한테 전화를 걸어 상황을 얘기했더니, 나보다도 더 흥분해서 꼬치꼬치 캐물었다. 키스는 잘하더냐 물어서 와방 잘한다고 했더니, 다음엔 더듬지는 않더냐고 물어왔다. 그래서 더듬지는 않았다니까 고것이 글쎄, 고자 아니면 나한테 매력을 못 느끼는 것이 아니냐고 했다. 썩을 년! 불과 삼 년밖에 안 되는 우리의 얄팍한 우정을 송두리째 날려버리고 싶게 하다니! 아니, 첫키스에서 더듬는 것이 정상이냐고! 내가 그 말을 했더니, 그런 것도 같다며 다음 기회를 노려보라고 하더라. 나쁜 것! 진즉에 그럴 것이지.

참, 희숙이는 그 말도 했다. 너무 여자가 덤비면 매력이 떨어진다나? 하지만 약간의 도발은 오히려 남자의 가슴에 불을 당기게 한다고 했다. 그러니 적당한 도발은 괜찮다는 말이다. 내가 희숙이의 조언을 무시할 수 없는 것은 우연이든 필연이든 희숙이의 강의가 도움이 되었기 때문이다. 그렇다고 희숙이의 강의가 100% 맞아떨어진 건 아니지만. 어제의 유혹을 봐도 알 수 있다. 참 내, 달빛, 내리뜬 눈, 그리고 촉촉한 입술이면 다 유혹이 된다고? 달빛 쨍쨍하겠다, 눈 아무리 내리깔고, 입술을 립글로스로 떡칠을 해도 넘어오지 않더라. 그래도 다른 누구보다 연애엔 박사이니 믿고 따를 수밖에.

"많이 기다렸어요?"

뛰어온 듯 태진의 머리칼이 흩어져 있다. 저도 모르게 뻗어나가려는 손을 감추고 그를 살펴보았다. 매일같이 보아오던 정장 모습이지만, 오늘따라 태진이 더욱 근사하게 보인다. 이런 남자가 내 남친이라니! 이렇게 키 크고, 잘생기고, 능력있고, 키스까지 잘하는 남자 있으면 나와보라고 해. 크큭. 당장 이곳에서 소리치고 싶다. 여러분, 이 남자가 내 남친이에요!

"아뇨, 천천히 오셔도 되는데. 힘들게 뭐 하러 뛰어왔어요?"

"덥잖아요. 명혜 씨가 더위 먹으면 안 되죠."

게다가 이렇게 나를 위해주는 남자라니. 사실, 나는 사막에서 뒹굴어도 땀 한 방울 안 흘릴 거뜬한 체력을 가졌는데 말이다. 누군가에게 보호받기는 처음이라 이런 그의 대접은 황송하기만 하다. 이러다가 나 여왕병이라도 걸리는 거 아냐?

"호호, 괜찮은데."

"자, 들어가요. 시간이 다 됐으니."

"네."

태진이 예매한 자리는 커플석이었다. 무릇 커플석이라 함은 영화를 보는 동안에 서로의 품에 안겨볼 수도 있다는 장점이 있는 자리가 아니겠는가? 이럴 줄 알았으면 공포 영화를 보자고 할 걸 그랬다.

"불편하진 않죠? 두 자리를 예매했더니 커플석으로 줬네요."

당근 그래야죠. 안 그러면 이 커플석의 의미가 없죠.

"전 괜찮아요."

천천히 조명이 꺼지고 영화가 상영되기 시작했다. 웅장한 음악과 화려한 색채가 눈을 사로잡을 만도 했지만, 어둠 속에서도 내 눈에 띄는 것은 불행히도 다른 커플들의 스킨십이었다.

여기도, 저기도, 또 거기에도! 뜨아! 이곳이 아무리 커플석이라지만 어쩌면 저렇게 유용하게 이용할 수가 있을까 싶을 정도였다. 그리고 그 활용도는 시간이 지날수록 정도가 심해졌다. 그중에서도 으뜸은 더듬으며 지분거리던 남자의 손이 글쎄 여자의 옷 속으로 들어간 것이다. 헉! 이 광경이 놀라운 것이더냐, 아니면 이 깜깜한 어둠 속에서 이렇게 찾아내는 내 능력이 더 놀라운 것이더냐!

침이 꿀꺽 넘어가면서 온몸이 후끈 달아오른다. 혹시나 하는 마음에 고개를 돌려 태진을 바라보았다. 하지만 젠장! 태진은 영화에 빠져 내가 쳐다보는지도 모르고 있었다. 팝콘을 먹으러 손을 뻗는 척하며 태진의 손을 건드려도 보고, 잔인한 장면이 나오면 무서운 척 태진에게 기대도 보았다. 그러나 아무리 건드리고, 부딪치고 해보아도 태진은 꿈쩍도 않는 것이다. 무딘 걸까? 아니면 정말 희숙이 말대로 내게 성적인 매력을 못 느끼는 것일까? 나를 좋아한다고 했는데, 그런데도 이렇게 여유롭게 영화를 볼 수 있을까?

머릿속이 복잡해 영화가 어떻게 끝났는지도 모르겠다. 다만 끝이 슬프다는 것을 알 뿐. 그것도 여기저기서 눈물을 찍고 있는 사람들을 보면서 알게 된 것이다.

"영화 괜찮았어요?"

영화관에서 나오자마자 태진이 물었다.

"네. 너무 감동적이었어요."

"다행이네요. 난 화면이 아름다워서 더 좋더군요. 우리 언제 경복궁에도 한번 가봐요."

"네. 저도 영화 보면서 그 생각 했는데. 호호호."

내일이라도 다시 와서 영화를 관람해야지 안 되겠다. 무슨 내용인지, 어떤 장면이 있었는지 도통 알 수가 없다. 스크린에 지나가던 화려한 색채를 봤으니 망정이지 그것조차 못 봤다면 큰일날 뻔했다.

"하하, 그래요?"

"네."

"우린 정말 마음이 통하나 보네요."

정말 마음이 통했다면 아까 영화관에서 내가 무엇을 생각했
는지도 알 텐데. 하아, 내가 너무 밝히는 여자일까? 도대체 키스
한 번으로 보이는 것이 왜 다 그런 것들이냐고! 정말이지 변녀
가 따로 없는 것 같다.

태진이 핸드폰을 꺼내 들었다. 진동이 오는지 불빛이 반짝거
린다. 어쩐 불길한 예감이 든다.

"여보세요. ……네? 아니, 그걸 지금까지도 끝내지 못했단 말
입니까?"

전화하는 태진의 모습은 카리스마 그 자체다.

"후우, 알겠습니다. 지금 가죠."

태진이 전화를 끊고 미안한 얼굴로 나를 바라본다.

"어쩌죠?"

어쩌긴 뭐가 어째요? 그냥 무시하면 안 되나요?

"회사에 급한 일이 있으신가 봐요? 그럼 전 집에 들어갈게
요."

하아, 착한 여자로 살아가기도 쉬운 일은 아니다. 하지만 어
쩌랴, 이래야 우리 태진 씨가 나에게 실망하지 않겠지.

"명혜 씨, 내일 쉬는 날이죠?"

"네."

"그럼 내일 만날래요? 우리 경복궁에 가볼까요?"

태진과 함께하는 곳이라면 어디든 상관없다. 근데 내가 알기
로 내일 비가 온다고 했었는데.

“경복궁이요? 내일은 비가 온다던데.”

“그럼…… 집으로 놀러올래요?”

아싸! 혹시 태진도 나처럼 단둘이 있을 시간을 기다린 건 아닐까? 집으로 놀러오라고 하는 건 분명 그 이유일 것이다. 크큭, 이건 바로 기회요, 찬스다.

“그래도 되나요?”

“그럼요.”

“네, 그럴게요. 그럼 얼른 들어가세요.”

“이렇게 보내서 미안해요. 조심히 들어가요.”

“네.”

서둘러 가는 그의 뒷모습을 보면서 씨익 미소 지었다. 내일을 결전의 날로 생각해야지 뭐. 너무 밝힌다고 생각할지 몰라도 좋아하면 손잡고 싶고, 손잡으면 키스하고 싶고, 키스하면 안고 싶고 그런 거 아니겠는가. 웁하하하하.

입가에 흘러나오는 웃음을 참으며 집으로 향한다. 하아, 오늘 밤도 참으로 아름답구나!

그녀를 기다리며 집안 구석구석을 청소했다. 창문을 열고 환기도 해봤지만, 아무래도 노총각 냄새는 지워지지 않는다. 그녀에게선 바닐라 향이 난다. 그 달콤하면서도 감미로운 냄서를 맡을 때마다 이놈의 이성은 제 갈 길을 잃고 헤매곤 한다. 어제도 그랬다. 그녀의 옆에 앉아 영화를 보면서도 당최 집중이 되지 않았다. 그녀에게 향하는 눈과 저절로 움직이는 손을 이성으로 제어하느라 힘이 들었다. 눈을 부릅뜨고 스크린에 시선을 고정시켰지만, 그녀의 행동 하나하나를 느낄 수 있었다. 그것도 아주 예민한 감각으로 말이다. 그녀가 팝콘을 집다가 내 손을 건드릴 때면 찌릿하게 울리는 전류로 인해 손이 부들부들 떨렸

고, 나에게 기댈 때면 심장이 고무공처럼 튀어나올 것만 같았
다. 아아, 그녀에게 향하려는 내 음흉한 손을 얼마나 저주하고
또 저주했던가.

그나마 회사에서 걸려온 전화로 급히 그녀와 헤어졌기에 망
정이지, 그녀와 조금이라도 더 있었다면 나를 제어하기 힘들었
을 것이다.

후우, 순진한 그녀에게 내 음탕한 속내를 드러낼 수는 없다.
그렇게 해서 혹시라도 그녀가 실망한다면 공든 탑이 무너질 지
도 모른다. 어떻게 얻은 그녀인가 말이다.

그나저나 걱정이다. 오늘 그녀가 우리 집에 온다면, 고문도
그런 고문이 따로 없을 텐데. 후우, 마음을 가다듬고 인내해야
겠다.

딩동.

그녀인가 보다. 심호흡을 한 후 문을 열었지만, 비에 촉촉이
젖어 있는 그녀의 모습을 본 순간 그 자리에서 굳어버렸다. 이
런, 정말 천사가 내려온 것 같다.

"태진 씨?"

"아, 왔어요? 밖에 비가 많이 오나요?"

머리칼에 내려앉은 물방울들이 그녀의 얼굴에 흘러내렸다.
얼른 욕실에서 수건을 꺼내어 그녀에게 가져가 닦아주었다. 그
녀의 매끄러운 피부가 손끝에 닿자, 다짐했던 마음이 어디론가
사라지고 또다시 심장이 두근거린다. 참자, 김태진.

“앉아 있어요. 코코아 타줄 테니.”

“아니에요. 점심 아직 못 드셨죠? 제가 도시락 싸왔거든요. 따뜻한 국이랑.”

이제야 그녀의 손에 들린 쇼핑백이 눈에 들어온다.

“명혜 씨가 만든 거예요?”

그녀가 수줍은 얼굴로 고개를 끄덕이며 말했다.

“처음 만들었는데 맛이 어떨지 모르겠어요.”

도시락을 열어보니 갖가지 주먹밥과 샌드위치, 그리고 과일이 예쁘게 놓여 있었다. 보기만 해도 너무나 예뻐 먹기가 아까울 정도였다. 독립해서 혼자 산 지가 벌써 십 년이 넘기에 이런 호사는 본가에 가지 않는 이상 처음이다. 이런 여자랑 사는 기분은 어떤 것일까? 매일같이 이렇게 알록달록한 음식들을 먹을 수 있겠지. 그것도 사랑으로 가득한 음식을 말이다.

주먹밥을 하나 꺼내어 입에 쏙 넣어 맛을 보았다. 역시나, 맛도 일품이다.

“정말 맛있군요. 잠깐만 앉아 있어요. 수저를 갖고 올 테니.”

“그것도 다 준비해 왔어요. 앉으시면 돼요.”

그녀는 정말 완벽하게 준비를 해온 모양이다. 쇼핑백에서 수저와 조그마한 그릇을 꺼내어 내 앞으로 놓더니 보온병을 기울여 미소 된장국을 따라낸다.

“이런, 난 아무것도 준비하지 못했는데.”

“그냥 맛있게 드시면 돼요.”

생긋 웃는 그녀가 너무나 예뻐 피가 후끈 달아오른다. 정말 미칠 것만 같다. 이것은 정말 고문이다. 그녀에게 향해 있는 시선을 얼른 도시락에 돌렸다.

"명혜 씨는 안 먹어요?"

"저도 먹어야죠."

그녀가 샌드위치를 집어 들고 한입 베어 물자, 입가에 마요네즈가 묻어난다. 내 눈은 또다시 그녀의 입가에서 벗어나질 못한다. 붉은 입술에 머물고 있는 크림색 액체를 내 손으로 지워주고 싶다. 아니, 입술로. 내 시선을 눈치챈 걸까? 그녀가 혀끝으로 입가를 훔친다.

꿀꺽. 침이 저절로 넘어가고, 젓가락이 손에서 툭 떨어졌다. 그와 함께 그녀도 움직임을 멈춘 채 나를 바라본다. 모든 것이 정지된 채로 그렇게 아무 말 없이 서로를 보고만 있었다. 그녀의 눈빛에 빠져들 것만 같다. 검고 깊은 눈동자에서 시선을 뗄 수가 없다.

마법에 걸린 것처럼 천천히 다가가 그녀의 손에 들린 샌드위치를 내려놓았다. 그녀의 기다란 속눈썹이 팔랑거리며 날갯짓을 하다 사르르 내려앉는다. 참으려고 했는데, 정말 그러려고 했는데 참을 수가 없다. 이건 그녀의 책임이다. 그녀의 입술에 아직 남아 있는 마요네즈를 내 입술로 빨아들이려 고개를 숙인 순간, 현관 벨이 울렸다.

딩동.

울리는 벨소리로 인해 퍼뜩 정신이 돌아왔다. 젠장! 또다시 이성을 잃어버리다니. 누군가의 방문에 이성이 돌아온 것이 다행스럽게 여겨지면서도 서운한 것은 왜일까.

"누, 누가 왔나 보군요. 잠깐 앉아 있어요."

별처럼 반짝이는 그녀의 눈엔 아직 채우지 못한 열기가 남아 있었다. 하지만 그 눈빛을 못 본 척 일어나 현관으로 다가갔다. 그렇게 해야만 진정이 될 것 같아서 말이다.

"누구세요?"

"저 순영이에요."

순영이란 말에 저절로 명혜 씨를 쳐다봤다. 혹시라도 그녀가 기분 나빠할까 걱정이 되어서. 아니나 다를까, 그녀의 얼굴이 금세 경직된다.

"잠깐만요."

문을 열자 순영이 보자기를 들고 서 있다.

"순영 씨, 무슨 일로?"

"다행히 집에 계셨네요? 전 혹시 나가셨으면 어쩌나 했거든요."

무슨 일이 있었나? 그렇다고 해도 미리 연락도 없이 이렇게 불쑥 찾아오다니. 그냥 보내려고 입을 연 순간, 순영이 안으로 불쑥 들어왔다. 들어오라는 말도 하지 않았는데 말이다. 문밖에 사람을 세우고 말하기도 예의는 아니었을 테지만.

"오늘 비가 와서 제가 김치 부침개를 부쳤거든요. 혼자 먹으

려고 보니까 태진 씨가 생각나서 같이 먹으려고 싸왔어요. 괜찮
으시죠?"

난감한 얼굴로 거실로 고개를 돌리자, 순영이 그제야 그녀를
발견하고는 놀란 얼굴이 된다.

"오셨어요?"

그녀의 인사에 순영이 재빨리 설명했다.

"아, 강사님도 있었네요? 어머, 혹시 또 제가 왔다고 오해하
시는 건 아니죠? 저흰 그냥 친구랍니다."

내가 하고 싶은 말이다. 하지만 이렇게 연락없이 찾아오는 순
영의 행동은 부담스럽다. 어쩌면 내가 친구로 지내자고 해놓고
담을 세우는 건 아닐까? 친구라면 아무 때나 찾아올 수 있는 사
이인데.

다행히 순영의 설명을 그녀가 이해했는지 미소 지으며 말했
다.

"그럼, 당연히 알죠. 그냥 친.구. 사이라는 거. 그때는 제가 오
해해서 오히려 죄송해요. 태진 씨가 다 설명해 줬어요."

"오호호호. 그럼 두 분이 데이트하는데 잠깐 끼어도 될까요?
눈치없다고 가라고 하시면 갈게요."

순영도 정말 눈치가 없나 보다. 당연히 둘만의 데이트를 방해
하는데 누가 좋아할까? 하지만 대놓고 말할 수는 없지 않은가?

"아닙니다. 괜찮죠, 명혜 씨?"

"그으럼요."

＊

정말 좋은 분위기였는데! 그런 분위기를 망치다니! 진짜 용서할 수 없다. 지금 저 아줌마의 행동은 제대로 한번 해보겠다는 거지? 그저께 나에게 호되게 당한 걸로는 물러설 수 없나 보다.

"순영 씨, 걸음이 왜 그래요?"

태진이 어기적 걷는 순영을 보며 물었다. 그러자 순영이 나를 살짝 째려보다가 이런다.

"운동을 너~어무 열심히 했더니 이렇게 됐네요. 유.능.한 강사님 덕분에."

"하하, 그래요? 저도 처음엔 힘이 들었었는데 요즘은 몸이 좋아지는 걸 느낍니다. 다 명혜 씨 덕분입니다."

"헤헤, 뭘요. 다 열심히 하셔서 그렇죠."

순영에게 보란 듯이 웃어주자 아줌마가 부르르 떨다가 화제를 바꾼다.

"어머, 도시락을 싸왔나 봐요?"

그래, 이 아줌마야! 내가 이렇게 예쁘고 먹음직스런 도시락을 태진 씨를 위해 싸왔단 말이야! 당신의 김치 부침개랑은 상대가 안 된다고!

"네. 같이 드세요."

"오호호, 고마워요. 어머, 어쩜 이렇게 예쁘게도 만들었을까?

맛도 그만이겠죠?”

“하하, 네. 아주 맛도 좋습니다. 여태까지 먹어본 음식 중에서 제일 맛있는 것 같네요.”

“오호호호, 그렇게 맛있어요?”

저 아줌마, 하여간 연기력은 타고났다. 내가 만든 주먹밥을 한입에 넣고는 맛있다는 듯이 엄지를 치켜세운다. 태진 앞에선 여우 짓도 보통 여우 짓을 하는 게 아니다. 하지만 그것도 잠시 맛있는 척했던 순영이 갑자기 얼굴을 찡그렸다.

“앗!”

“왜 그래요?”

“괜찮아요. 돌이 있었나 봐요.”

요즘이 어떤 세상인데 쌀에 돌이 있다는 거야? 거기다 돌이 있으면 뱉어야지 꿀꺽 삼키는 건 또 무슨 시추에이션이야? 짐작컨대 분명 연기임에 틀림없다.

“난 괜찮았는데.”

태진은 이상하다는 듯이 고개를 갸우뚱하더니 내가 만든 음식들을 다시 맛있게 먹는다. 내가 꼭두새벽부터 일어나 저것을 만들기 위해 얼마나 노력했던가. 노력이 아깝지가 않다. 태진이 잘 먹는 것만 봐도 배가 부른 것 같다.

도시락과 접시가 바닥을 드러내고, 내가 후식으로 준비해 온 과일까지 다 먹었는데도 순영은 갈 생각을 하지 않는다.

“제가 비디오도 빌려왔는데 같이 보실래요?”

저 아줌마, 아주 작정하고 왔구만? 좋다, 어디까지 하는지 두
고 보자.

"좋아요. 어떤 거 빌려오셨어요?"

"공포 영화 중에 재밌는 게 있다고 해서 빌려왔어요. 혼자 보
는 것보단 여럿이 보는 게 재밌잖아요."

헉, 공포 영화까지? 하! 알 만하군. 내가 오늘 왜 저 생각을
못했을까? 다음번엔 나도 공포 영화를 빌려와야겠다. 아니, 에
로 영화를 빌려올까?

"지금 틀까요? 명혜 씨, 괜찮아요?"

"네, 괜찮아요."

태진이 비디오를 넣고 TV 맞은편에 놓여진 소파에 앉자, 순
영이 얄밉게도 태진의 옆에 가 앉는다. 참 내, 저 아줌마 이젠
보이는 게 없나 보지?

"명혜 씨, 이리 와 앉아요."

태진이 자신의 옆 자리를 톡톡 두드렸다. 홋, 그럼 그렇지. 순
영을 노려보며 태진에게 걸어가는데 아줌마가 씩 웃는다. 노력
이 가상하지만, 우리는 자기가 끼어든다고 해서 끼어들어질 사
이가 아니란 걸 모르나? 저러니 아직도 남자가 없지. 또 남자만
없다 뿐인가? 임자있는 남자한테 집적거리기나 하고.

영화가 시작되고 나자 그다지 무섭지도 않은 장면에서 비명
을 지르며 태진의 팔을 잡고 기댄다. 그러다가도 나와 눈이 마
주치면 묘하게 웃는다. 나를 비웃는 것처럼. 나도 저래야 하는

데, 저 아줌마가 하는 꼴을 보니 할 맛이 딱 떨어진다. 내가 저런 연출을 했다면 나도 저렇게 추해 보였을까? 기가 막히는 것은 영화가 끝날 때까지 내내 순영은 공포에 찬 얼굴로 저런 짓을 했다는 거다.

"휴우, 정말 무서웠네요. 강사님은 공포 영화를 잘 보시네요."

아니, 눈을 씻고 찾아봐도 무서운 장면이 하나도 없었는데 뭐가 무섭다는 거야?

"하하, 그러게 말입니다. 저도 가끔 무서운 장면이 있었는데 명혜 씬 저보다는 강심장인가 봅니다."

헉! 태진도 무서웠다고? 옆에서 가끔 가다가 어깨를 움찔하던 게 무서워서 그런 거였나? 난 또 순영이 자꾸 기대서 그런 줄 알았는데. 갑자기 기분이 팍 상한다.

"네, 전 원래 공포 영화 봐도 별로 무서워하지 않아요. 아, 벌써 시간이 이렇게 됐네요. 오늘은 아버지가 일찍 들어오라고 하셔서 이만 가봐야겠어요."

"벌써 가야 해요?"

태진이 아쉬워하는 얼굴로 물어도 기분이 풀리지 않는다. 그런데 순영은 갈 생각도 않고 모르는 척 앉아 있다.

"네. 이순영 씨는 안 가요?"

"네? 다같이 일어나는 분위긴가요?"

보면 모르나? 눈치는 징하게 빠르면서도 모르는 척하긴. 내가 아무 말 안 했으면 그냥 눌러앉아 있으려 했겠지. 내가 그 꼴을 볼 줄 아나?

"네."

"내가 데려다 줄게요."

"아니에요. 그러시지 않아도 돼요. 날이 밝아서 버스 타도 돼요. 그리고 저는 이순영 씨랑 걸어가면서 운동요법에 관해 얘기를 나누려고요. 그렇죠, 이순영 씨?"

이를 악물고 순영에게 눈짓했다. 밖에 나가서 좀 보자고요.

"오호호호, 좋죠."

"아! 여자들끼리만의 대화입니까?"

그렇죠. 여자들끼리만의 대화죠. 이대로는 안 될 것 같으니 단판을 지어야죠.

"헤헤, 네."

"그래요, 그럼. 내일 봐요. 순영 씨도 잘 가요. 오늘 김치전이랑 영화, 모두 고마웠습니다."

"오호호, 뭘요. 제가 눈치없이 있다 가는 게 아닌가 모르겠네요."

알면 진즉에 갔어야지. 왜 안 간 건데?

"쉬세요."

태진의 오피스텔을 나설 때까지 순영과 나는 조용히 서르를 노려보기만 했다. 하지만 밖에 나오자마자 서서히 본색을 드러내기 시작했다.

"도대체 왜 그러는 거예요?"

순영이 딴청하며 발을 건들거린다. 나 껌 좀 씹었어, 하는 그 자세다.

"내가 뭘?"

"우리 서로 사귀는 거 알면서 이렇게 끼어들면 어쩌겠다는 거예요? 이순영 씨는 자존심도 없어요?"

"그저께 네가 잘 막을 테니 열심히 공을 차보라며? 왜? 벌써 겁나냐?"

겁? 누가 겁을 먹어? 우리의 달콤한 시간을 방해한 것에 화가 나서 그런 거지. 그리고 내가 누군데 너구리같이 생긴 아줌마한테 겁을 먹어? 말도 안 되지. 암, 그렇고말고.

"하! 이순영 씨한테 내가 왜 겁을 먹어요? 거치적거려서 그렇지. 그리고 치사하게 공포 영화 보면서 앵기는 건 또 뭐예요?"

"너나 치사하게 굴지 마. 치사하게 강사란 사람이 운동하러 온 사람한테 그렇게 가르치니? 너도 짐작했겠지만, 나 어제는 한 걸음도 못 움직였다. 누구 덕분인지 알겠지?"

사실 이 말은 뜨끔거린다. 아무리 기분이 나쁘다고 해도 그러는 건 아니었는데.

"그건 내가 사과할게요."

"흠흠, 어찌 됐든 나는 열심히 공을 넣어볼 테니 너는 열심히 막아라. 난 이만 가보마."

손을 휘젓고 유유히 사라지는 순영을 바라보다 씩씩댔다. 도대체 뭘 믿고 저렇게 유유자적일까? 나를 골탕 먹이는 것에 희열을 느끼는 게 분명하다. 좋다, 승부를 걸어온다면 피할 수는 없지.

"좋다고! 진짜 한번 해보자고!"

조금은 허전한 마음으로 집에 도착했다. 들뜬 마음으로 도시락을 준비하고 나갔는데 돌아올 때 남은 것은 빈 도시락과 우울함뿐이다. 태진은 왜 그렇게 눈치가 없는 걸까? 나와 눈이 가주치고, 내 손에 들린 샌드위치를 내려놓았을 때는 분명 입맞춤할 작정이었을 거다. 그러면 벨이 울리든 말든 신경을 쓰지 말았어야지. 왜 문을 열어주냐고!

"다녀왔습니다."

삐그덕거리는 대문을 열고 들어갔더니 아버지가 마당에서 발차기를 연습하고 계신다. 태진과의 주먹다짐이 있던 그날부터 하루도 빠짐없이 저러신다. 아무래도 그날 굉장히 충격을 받으신 것 같다. 그래서인지 아직까지 태진에 대해 아무 말씀이 없으시다. 다른 때 같았으면 태진에 대해 꼬치꼬치 물으셨을 퀜데.

"이제 오냐?"

"네. 더운데 안 들어가세요?"

"들어가야지. 먼저 들어가라."

"네."

“명혜야.”

“네?”

“일주일 남았다.”

일주일? 무슨 일주일? 혹시 그 일주일? 헉! 말도 안 된다. 내가 태진 씨를 좋아한다는 것을 빤히 알면서 왜 저러시는 걸까?

“아버지, 저 태진 씨 좋아한다니까요?”

“그놈은 안 된다고 했지?”

“왜 안 되는데요?”

정말 왜 안 되는데요? 내가 얼마나 원해왔던 사람인데, 어떻게 얻은 사랑인데 왜 안 되냐고요!

“지금 이 아비한테 따지는 것이냐? 그놈이 그놈이지, 네가 혼자 좋아한다고 했던?”

“네, 하지만 태진 씨도 나를 좋아한다고 했단 말이에요. 혹시 그날 일 때문이에요? 그래서예요?”

아버지는 금세 얼굴을 붉히며 고개를 돌리셨다. 분명 그날의 일 때문일 거다. 하지만 그건 정말 오해에서 생긴 일인데, 너무하다.

억울해서 눈물이 나오려고 할 때, 등 뒤에서 엄마의 목소리가 들려왔다.

“그날 일이 뭔데?”

언제 들어왔는지 장바구니를 들고 엄마와 염명주가 서 있다. 얼굴 가득 궁금함을 담고서 말이다.

"여보, 그날 일이 뭔데요?"

"흠흠, 그럴 일이 있어."

엄마가 둘러대는 아버지를 의심스러운 얼굴로 바라보다 말씀하셨다.

"우리 그러지 말고 들어가서 얘기해요. 명혜 너도 들어와서 말해봐. 이런 일은 가족들이랑 상의를 해야지."

자리를 거실로 옮겨서도 아버지는 못마땅한 얼굴로 앉아 계셨고, 나는 그런 아버지의 눈치를 살피며 조용히 앉아 있었다. 그리고 그 옆에선 염명주가 눈을 반짝거리며 아버지와 나를 번갈아가며 살피고 있다.

"말해봐요. 당신은 명혜가 사귄다는 남자를 본 거예요?"

"잠깐 봤어."

"그런데 왜 사귀는 사람이 싫은 거예요? 무슨 문제가 있는 남자예요?"

"그게…… 나이가 많아."

나이가 많다는 걸로 밀어붙이시겠다 이거군. 우리 아버지, 정말 치사하다. 말이 나와서 하는 말이지만, 우리 아버지도 엄마와 나이 차이가 꽤 난다. 태진과 나처럼은 아니지만 여덟 살 차이가 난다.

"나이? 나이가 몇인데요?"

"그건 모르겠고, 하여간에 나이가 들어 보였어."

"병해야, 그 남자 몇 살인데?"

염명주의 말에 아버지의 얼굴이 일그러졌다. 내가 내 별명을 싫어하는 것만큼, 아버지도 내가 그런 이름으로 불리는 걸 싫어하신다. 하여튼 저건 꼭 상황파악 못하고 저렇게 날뛴다.

"서른하나."

"엥? 그럼 열 살 차이? 많긴 많다. 근데 아버지도 엄마랑 여덟 살 차이나잖아요."

어라? 살다 보니 저 인간이 도움이 되는 때도 있군. 현우랑 이어주는 것을 진지하게 생각해 봐야겠다.

"그러게. 생각보다 남자가 많은 나이긴 하지만, 우리도 그 정도 나이 차가 났어도 잘살았잖아요."

옳소! 예상 밖으로 일이 풀려 나간다. 어쩌면 나이 때문에 우리 사이를 반대할지도 모른다고 생각했었는데 일이 이렇게 풀릴 줄이야.

"그렇긴 하지만, 인물만 뻔지르르하게 생겨서 난 영 마음에 안 들어."

"뭐 하는 사람이니? 아버지 말대로 인물만 뻔지르르한 사람이야?"

"아니야, 엄마. 건축설계회사 사장이야."

"건축설계회사? 그게 뭐 하는 회산데?"

"음, 그거 있잖아. 저번에 엄마 TV에서 '노블 하우스' 하는 거 봤잖아. 그때, 왜 하얗고 정원이 예쁜 집으로 바꿔준 거 보고 엄마가 신기하다고 했었는데. 그거 아마 태진 씨네 회사에서 만들었을 거야.”

내 설명에 엄마와 염명주는 눈을 커다랗게 뜨며 감탄했다.

“어머! 어머! 진짜니?”

“에에? 와! 병해, 너 땡잡았다.”

그렇지? 나 땡잡았지? 나도 그렇게 생각하는데. 아버지는 아닌가 보다. 옆에서 콧방귀를 뀌고 계시니.

“흥, 그런 건 나도 만들겠구만.”

하지만 아버지의 반응은 무시됐다. 대신, 엄마와 염명주는 눈에 하트를 달고 열렬히 환영하는 분위기다.

“진짜? 어머, 그래. 그렇게 안정적인 직업이라면 여자 굶기지는 않겠네. 그리고 여자가 남자보다 정신연령이 높기 때문에 나이 차이가 나는 것도 그렇게 나쁘지 않아. 이 엄마를 봐라.”

“허흠!”

아버지의 헛기침 소리에 엄마가 계면쩍은 얼굴로 변명하셨다.

“물론, 아버지처럼 이렇게 여자를 보호해 주는 사람도 드물지만 말이야. 하여간에 언제 한번 우리 집에 데리고 와봐. 근데 나이가 있어서 그 사람은 결혼을 생각하지 않을까? 명혜는 아직 대학도 졸업 못했는데.”

에에? 결혼? 아니, 우린 불과 며칠 전에 사귀기로 한 사이인데, 결혼이 웬 말이란 말인가? 이건 오버다.

“엄마, 결혼은 무슨. 아직 그런 관계까지는 아니에요. 그리고 내 나이가 몇인데 결혼을 생각해? 태진 씨도 아마 그런 생각 없을 거예요."

말이 끝나자마자, 기회를 잡았다 싶으셨는지 아버지가 시뻘건 얼굴로 다그쳤다.

"뭐? 그럼 재미로 만났다가 헤어지려고 한다는 거냐? 그런 놈이면 당장 헤어져!"

"아버지, 그런 게 아니라 그냥 진지하게 교제만 하고 있는 거예요."

"그게 그거지. 하여튼 나는 그놈 반대야. 인물 좋은 놈 치고 인물 값 안 하는 놈 없다."

다른 때 같았으면 아버지의 말이 법이었을 테지만 지금은 아무도 아버지의 말에 귀를 기울이지 않았다.

"아하! 혹시 저번에 봤던 그 남자?"

맞다, 저번에 염명주가 태진 씨를 봤었지. 그리고 그걸 빌미로 나를 협박했고. 그때가 생각나자 이가 갈린다.

"명주, 너도 봤어?"

엄마가 놀란 얼굴로 묻자, 염명주가 그날을 떠올리듯이 미간을 찌푸린다. 주름이나 생겨라.

"응. 저번에 한 번 봤어."

"어때?"

"그냥 뭐, 키도 그만 하면 크고, 생긴 것도 나쁘지 않던데."

저게 오늘따라 왜 저렇게 예쁜 말을 할까? 나한테 뭐 원하는 거라도 있나?

"어머, 그래? 인물 좋으면 좋지 뭐. 사실 나 때문에 종자개량이라도 된 거지, 당신 닮았으면 키도 그렇고, 인물도 그렇고 우리 애들이 어땠겠어요?"

"내 인물이 어때서!"

아버지가 버럭 소리치셨지만 엄마의 귓가엔 들려오지 않는 모양이다. 근데 오늘따라 우리 엄마 오버를 많이 하시네. 뒷감당을 어떻게 하려고 저러시나 모르겠다. 우리 아버지 한 번 삐치시면 오래 가는데. 이십 년 전에 청혼을 거절했던 걸 지금까지도 가슴에 두고 계시는 분이 우리 아버지가 아닌가. 아버지가 소리치면 언제나 아버지의 비위를 맞춰주시던 엄마인데 오늘은 그럴 생각이 없으신가 보다. 엄마가 아버지의 말씀을 계속 무시하자, 화가 난 아버지는 벌떡 일어서서 나가 버리셨다.

"엄마, 그럼 나 태진 씨랑 만나도 되는 거지?"

"응, 엄마는 찬성이야. 네가 좋아하고, 너한테 잘하고, 능력 좋으면 되는 거지."

휴우, 다행이다. 그나마 내 편이 조금은 생긴 것 같아서 말이다.

"근데 아버지는 왜 그렇게 그 남자가 싫다는 거니? 혹시 다른 이유가 있는 거야, 엄마가 모르는?"

어떻게 엄마한테 아버지가 태진 씨한테 맞았다고 말을 할까? 이건 아버지의 프라이드를 위해서도, 그리고 태진 씨를 보호하기 위해서도 비밀로 해야 할 문제다.

"그, 그런 거 없어. 그냥 아버지가 선보라고 했는데 안 본다고 하니까 그것 때문에 저러시나 봐."

"하여간 느이 아버지 때문에 내가 아주 못산다. 왜 그런다니? 네 나이가 몇인데 선이야? 그것도 본인이 싫다는데."

"내 말이. 엄마가 좀 말려줘."

"알았어. 엄마가 말려줄게. 넌 그 남자하고 잘 지내봐. 대신 지킬 건 지켜가면서. 무슨 말인지 알았지?"

조금 찔리는 감이 없지 않아 있지만 크게 고개를 끄덕였다. 아무리 내가 덤벼도 우리 태진 씨가 꿈쩍도 안 하는데 무슨 소용이 있단 말인가.

"엄마, 나 들어갈게."

"그래, 들어가라."

엄마는 내가 괜찮은 남자를 만난다는 게 좋으면서도 한편으로는 걱정이 되시는지 생각에 잠겨 중얼거렸다.

"그래도 남자가 나이가 있어서 아무래도 그럴 텐데……."

방에 들어서는 내 뒤를 졸졸 따르며 염명주가 내 심기를 건드린다.

"정말 그게 다냐? 아버지하고 무슨 일 있었지? 염병해, 냄새가 난다. 이 언니한테 얼른 불어라."

요즘 추리소설을 많이 읽더니 저가 무슨 포와르 탐정이라도 되는 줄 아나?

"불긴 뭘 불어? 너 자는 거 핸드폰으로 찍은 걸 불까?'

"뭐?"

후훗, 내가 당한 걸 이제야 풀 기회가 왔구나. 지난번에 내게 했던 그대로 염명주를 놀려주기 시작했다. 말투까지 흉내 내며.

"현우 씨잉~ 현우 씨는 내 거란 말야! 크큭, 아주 가관도 아니더라?"

순간, 염명주의 얼굴이 불타는 고구마처럼 빨갛게 변했다. 그러게 아니라고 우기지나 말지. 이렇게 뽀록날 거면서.

"그, 그게 무슨 말이야?"

"왜? 아닌 것 같아? 현우한테 보여줄까, 말까? 침까지 흘리던데."

"죽어! 그런 식으로 했다간 봐. 나도 아버지 편을 들 테니. 내가 아까 네 편을 들어준 걸 잊지는 않았겠지?"

썩을! 약점을 잡았다고 생각했는데, 오히려 내가 잡히다니! 저 능글맞은 얼굴을 어떻게 해야 할까? 하지만 급한 것은 나니 어쩔 수 있겠는가.

"알았어. 현우한테 언니에 대해 좋은 말만 할게. 그러니까 언니도 아버지한테 태진 씨에 대해 나쁜 말 하지 마. 알았지?"

그제야 염명주가 만족한 듯 씨익 미소 지으며 손가락을 튕긴다.

"오케이."

순진하긴. 내가 현우한테 좋은 말을 하는지, 나쁜 말을 하는지 저가 어떻게 알 거야? 하여간 나는 아버지한테 염명주가 어떻게 하는지나 두고 봐야겠다. 그나저나 연애하랴, 공부하랴, 거기다가 염명주 감시까지 하랴 걱정이다.

하아, 세상은 넓고 할 일은 많구나!

✳

갑작스런 명혜 씨 아버님의 호출이다. 그녀와의 오붓한 시간을 눈치없는 순영에게 빼앗긴 것을 한탄하고 있을 때, 아버님으로부터 전화가 왔다. 그리고 다짜고짜 아버님의 도장으로 오라는 명을 받았다. 무슨 일일까? 그것도 집이 아닌 도장으로 오라는 건 무슨 이유일까? 혹시 나이가 많으니 그녀에게서 떨어지라고 부르시는 걸까? 아니면 그날 일을 캐물으시려는 건가? 도장으로 향하는 동안 마음속엔 걱정이 하나둘씩 쌓여간다.

아버님이 설명해 주셔서 찾아온 도장 앞에서 몇 번이나 심호흡을 했다. 아버님을 만나는 일은 역시 두렵지만 어깨를 당당히 펴고 들어갔다. 아무도 없는 빈 도장에 아버님이 도복을 입고 정좌를 한 채 앉아 계셨다.

"아버님, 안녕하셨습니까?"

아버님은 내 인사에도 아무 말 없이 나를 바라보고만 계신다. 그 시선이 너무나 매서워 움찔했다. 어느 남자가 그러지 않을 수 있을까. 자기가 좋아하는 여자의 부모 앞에서 한없이 작아지는 것이 남자가 아니겠는가.

"아버님, 절 받으십시오."

넙죽 큰절을 올렸다. 누가 보면 변죽도 좋다고 하겠지만, 사랑하는 여자를 얻기 위해선 뭐라도 못할까?

"내가 왜 자네한테 절을 받아? 어서 일어나게."

몸을 일으킨 후, 아버님께 다시 고개를 숙이며 용서를 구했다. 지난번의 내 무례를 말이다.

"그날은 제가 경황이 없어서 제대로 사과도 못 드렸습니다. 용서해 주십시오, 아버님."

며칠 전의 악몽은 다시 생각하고 싶지 않지만, 그래도 꼭 해결하고 넘어가야 할 문제였다. 하지만 그 악몽은 나 혼자만의 것이 아니었나 보다. 아버님의 표정이 눈에 띄게 급격히 변하고 있다.

"사과? 무턱대고 주먹질 할 땐 언제고 사과야?"

"제가 그날 말도 안 되는 오해를 해서 그렇게 했습니다. 백 번 사죄를 해도 노여움이 풀리시지 않겠지만 용서해 주십시오, 아버님."

"이놈 봐라? 누가 네놈 아버님이라고 자꾸 아버님이야?"

예상치 못한 거친 억양에 놀랐지만 지금이야말로 아버님께 내 마음을 보여 드릴 기회라고 생각했다. 어쩌면 오늘의 내 말과 행동이 미래를 결정지을지도 모른다는 생각에 후들거리는 다리에 힘을 주고 신중하게 단어를 선택하며 정중하게 말했다.

"명혜 씨 아버님이시니 제게도 아버님이시죠. 정식으로 청하겠습니다. 명혜 씨와의 교제를 허락해 주십시오."

한동안 정적이 흘렀다. 갑작스런 교제 요청에 아버님은 순간 할 말을 잃으신 듯 나만 뚫어지게 바라보고 계신다. 도장 안엔 그 흔한 의자도 없어서 아버님처럼 바닥에 앉아야 할지, 아니면 그냥 서서 기다려야 할지 난감했다. 뭐, 아버님이 앉으라고 하시지도 않았지만.

숨 막히는 시간이 흐르고 입술이 바짝 타 들어가 재만 남을 것 같다고 생각할 때, 살펴보는 게 끝나셨는지 아버님이 조용히 물으신다.

"자네, 하고 있는 운동이라도 있나?"

운동? 명혜 씨한테 배우고 있는 걸 말씀하시나?

"네, 열심히 배우고 있습니다. 하지만 턱없이 부족합니다."

"역시! 그랬군."

그럴 줄 알았다는 듯이 고개를 끄덕이며 나를 다시 한 번 훑어보신다. 그런데 왜 운동에 대해 말씀하시는 걸까?

"합이 몇 단인가?"

"네? 몇 단이냐고 물으셨습니까?"

"자네, 저번부터 보니까 말귀가 참 어둡구만?"

아버님의 목소리가 빈 도장 안에 쩌렁쩌렁 울린다.

"죄송합니다."

"됐고, 말해보게. 합이 몇 단인가?"

단이라. 아까부터 운동에 대해 말씀하신 걸 보아하니 아무래도 무술에 대해 말씀하신 건가 보다. 혹시 태권도라도 가르쳐 주시겠다는 건가?

"아, 무술을 말씀하시는 건지 몰랐습니다. 제가 운동을 별로 좋아하질 않아서 군대에서 딴 태권도 1단밖에 없습니다."

"뭐?"

태권도 1단이라는 게 그렇게 이상한 건가? 아버님이 믿을 수 없다는 얼굴로 물으신다.

"그, 그게 진짠가?"

"네, 감히 아버님 앞에서 어떻게 거짓말을 하겠습니까. 정말입니다."

"그래? 그랬단 말이지?"

생각에 잠긴 얼굴로 한참 동안 아무 말 없이 나를 뚫어지게 보던 아버님이 마침내 일어나셨다. 작지만 다부진 몸에 지난번에 깨달았듯이 K-1이라도 나갈 수 있을 정도의 힘과 기세가 등등한 모습이시다. 게다가 저 살벌한 눈빛이라니! 눈에서 레이저 빔이 쏟아져 나올 것만 같다.

"허흠. 그래, 우리 명혜랑 만나고 있다고?"

"네, 아버님."

"나이도 많다고?"

"나이는 많지만 대신 안정적인 경제력을 갖고 있습니다. 그리고 세상을 살아가는 데 필요한 경험도 있고요. 지금 당장 명혜 씨와 결혼을 하겠다고 생각하지 않습니다. 저희도 마음을 확인한 건 얼마 안 됐으니까요. 다만, 진지하게 교제를 하고 싶습니다. 천천히 시간을 가지면서 단단한 관계를 만들고 싶습니다.”

내가 생각했던 것보다 또렷하게 말한 것 같다. 그 덕분인지 아버님의 표정이 조금 전보다는 풀어지신 것도 같다. 하지만 그것도 잠깐, 아버님의 입가에 회심의 미소가 걸쳐진다. 불안하다.

“나는 내 딸 하나 못 지키는 사내를 내 사윗감, 아니, 교제 상대로도 받아들일 수 없네. 나를 이기면 내가 자네를 인정하지.”

맙소사! 이게 무슨 날벼락인가! 이 말씀은 명혜 씨한테서 떨어지란 소리나 다름없다. 이래서 운동을 하냐고 물어보신 건가?

“아, 아버님!”

“왜? 처음부터 포기인가?”

“아, 아닙니다! 도전하겠습니다.”

“좋아. 그럼 이 도복으로 갈아입게.”

아버님이 도복을 던지고, 등을 돌리셨다. 이걸 입어야 하는 건가? 몰래 한숨을 쉬며 서둘러 도복으로 갈아입고 흰 띠를 매었다.

“다 됐나?”

“네, 아버님.”

아버님이 천천히 몸을 돌리시며 자세를 잡으셨다.

“시작하세. 공격에 성공하든지 내 공격을 방어하든지 둘 중에 하나를 한 번만이라도 해낸다면 인정해 주겠네. 허흠, 그날은 내가 발이 미끄러워서 그렇게 당했지만 오늘은 아닐 걸세. 자, 덤비게!"

"제가 어떻게 감히 아버님을 공격하겠습니까?"

순식간에 아버님의 얼굴에 만족의 빛이 떠오르다 사라졌다. 혹시 잘못 본 것은 아닐까 착각이 들 만큼 그것은 너무나 빠르게 지나갔다.

"그래? 그럼, 내가 공격을 할 테니 나를 방어해 보든지."

"네, 그렇게 하겠습니다."

"좋아, 준비됐으면 시작하지."

두 눈을 부릅뜨고 아버님이 달려오시는 것만 보면 된다. 그러면 된다. 단 한 번인데 그것을 피하지 못할까.

그 순간, 아버님이 커다란 기합과 함께 단단한 주먹을 내지르셨다.

"허잇!"

으윽! 피하지 못했다. 피하고, 또 피해도 날아오는 주먹은 한 치의 오차도 없이 나를 강타했다. 그날의 일은 아버님 말씀대로 정말 실수였나 보다.

그렇게 나는 저녁 내내 아버님의 주먹을 온몸으로 느끼고서야 집에 돌아올 수 있었다.

13... 백일째 만남!

일주일, 그녀를 만나러 간다. 그녀와 사귄 지난 석 달 동
안, 매주 일요일이면 그녀와 데이트를 했는데 이번엔 기말고사
로 인해 그럴 수 없었다. 그래서 잠시나마 그녀를 보기 위해 도
시락을 사가지고 간다고 했다. 그녀가 특별히 좋아하는 회초밥
으로 말이다. 물론, 내가 만든 것은 아니지만 그녀는 충분히 기
뻐할 것이다.

교문 앞에 차를 세우고 그녀의 학교로 들어갔다. 시월의 교정
은 한가로워 보인다. 교문에서부터 쭉 서 있는 플라타너스 나무
들을 따라 걸었다. 여름이면 시원한 그늘을 만들었을 나뭇잎들
이 하나둘씩 떨어져 내려 폭신한 양탄자를 만들어주고 있었고,

그 길 끝에는 작은 연못이 고즈넉하게 자리잡고 있었다.

그리고 그 앞에서 나의 그녀가 앉아 있다. 현우 녀석과 함께. 녀석은 나를 볼 때마다 못마땅한 얼굴을 한다. 그녀 때문이라는 것은 알고 있지만, 가끔 가다 감정을 톡톡 건드리는 말을 던질 때마다 녀석을 어떻게 하면 그녀에게서 떼어놓을 수 있을가 생각해 보곤 한다. 예를 들면, 나와 그녀의 나이 차이에 대한 언급이다. '열 살 차이면, 김 사장님 초등학교 입학했을 때는 우린 태어나지도 않았겠다' 라든지 '김 사장님이 군대에 있을 따, 우린 초등학생이었다' 라는 등, 빈정 상하게 하는 말을 녀석은 종종 한다. 그럴 때마다 여유있는 척 웃음으로 넘겨 버리지만 마음은 덤불 위를 걷고 있는 듯 불편하기 그지없다.

"야, 병해야. 이것 봐라."

저 자식이! 아니, 우리 명혜 씨 이름을 왜 함부로 저렇게 바꿔 부르냔 말이다. 그것도 명혜 씨가 질색하는 것을 알면서. 하여간에 사내 녀석들이란! 나도 사내지만 좋아하는 여자를 놀리는 심리는 뭘까? 저 녀석이 그녀 곁에 맴돈다는 것 자체가 불쾌하다.

내가 나서서 그녀를 막아줘야겠다고 생각하고 있을 때, 그녀의 다소 거친 목소리가 들려왔다.

"이게 죽을래? 또 한 번만 병해라고 불러봐."

생각보다 명혜 씨가 터프한 구석이 있구나. 명혜 씨의 얼굴은 보이지 않지만 화난 얼굴이 상상이 된다. 지금 내가 나가면 그녀가 민망해하겠군.

"알았어. 근데 이거 정말 안 예뻐?"

현우가 핸드폰을 들어올리며 그녀에게 자랑했다.

"또 질렀냐?"

천사 같은 그녀도 저런 말을 쓰는구나. 그런데 질렀다는 말을 많이 들어봤는데. 저게 샀다는 뜻이던가? 아마 그랬던 것 같다.

"그래, 질렀다. 이게 내 눈에 딱 띄면서 '제발 나를 데려가세요' 하는 애처로운 눈으로 보잖냐. 내가 참고, 또 참으려고 했는데 그 순간에 떡하니 지름신이 강림하신 거야."

순간적으로 얼굴이 찌푸려진다. 지름신은 또 뭐야? 지름, 반 지름의 그 지름인가? 그런데 신은 또 뭐지? 왜 요즘 애들은 알아듣지도 못하는 말을 만들어 쓰는 걸까?

"웃기셔. 넌 알바해서 월급 타면 꼭 하나씩 사잖아. 매달 지름신이 강림하냐?"

"그래, 매달 강림하더라. 그래도 예쁘지? 이거 봐봐. 디카처럼 찍혀. 너도 내가 찍어줄까?"

"됐어."

"참, 너 요즘은 싸이질 안 하냐?"

머리가 빙그르르 도는 것만 같다. 오 분도 채 안 되는 시간 동안, 처음 들어보는 단어들이 속출하고 있다. 희귀언어를 쏟아 붓는 현우 녀석이 신기하고, 그것을 알아듣는 그녀가 생소하다.

"도토리 값이 너무 많이 들어서 접었어."

　도토리도 내가 알고 있는 도토리가 물론 아니겠지. 갑자기 내가 무척이나 나이가 먹은 것처럼 느껴진다. 그리고 현우와 자연스럽게 대화하고 있는 그녀가 멀게만 느껴진다. 하지만 이런 것 또한 그녀와 만나기 위해서라면 감수해야 할 것이겠지. 멀게 느껴진다면 가깝게 느껴지도록 따라잡으면 될 것이다.

　"도토리가 얼마나 한다고. 내가 사줘?"

　"됐어. 그리고 그거 할 시간도 없어. 근데 뜬금없이 왜 굴어봐?"

　"아니, 너네 누나가 나한테 일촌 신청했더라고."

　핸드폰에 여태까지 나온 단어들을 입력했다. 일촌, 도토리, 싸이질. 그리고 또 뭐였지? 그래, 지름신이 있었지. 무슨 말인지를 꼭 알아내야겠다. 혹시라도 나중에 그녀와 대화할 때 못 알아듣는 일이 없도록.

　"에? 염명주가? 그래서? 했어?"

　"그럼 어떻게 거절하냐?"

　"그랬군. 잘했다. 참, 염명주가 생긴 건 아니지만 은근히 귀여운 구석이 있어. 또 성격도 뭐 그리 좋은 건 아니지만 은근히 의리파다."

　"칭찬이냐, 욕이냐?"

　"당연히 칭찬이지."

　"그런데 왜 내 귀엔 욕처럼 들리냐."

　하긴 내 귀에도 욕처럼 들린다. 언니와 사이가 안 좋은 걸까?

얼핏 보면 칭찬인 것도 같고, 또 아닌 것도 같다. 그래도 오늘 그녀의 색다른 모습을 본 것 같다. 나에게 대하는 태도와는 달리 조금은 편해 보이는 말과 행동을 말이다. 내가 나이가 비슷했다면 나에게도 저런 모습을 보였겠지. 그녀의 옆에 편안하게 앉아 장난을 치는 현우 녀석이 부럽고, 그 부러움에 씁쓸한 마음이 든다.

"그건 네가 꼬여서 그런 거지. 그리고 이젠 저리 좀 가줘. 태진 씨가 초밥 사가지고 온다고 했단 말이야."

"날도 쌀쌀한데 무슨 초밥이야?"

"내가 먹고 싶다고 했어. 그리고 초밥이든 김밥이든 네가 무슨 상관인데? 어차피 너 먹으라고 사 오는 것도 아닌데."

"뭐야? 치사하게 네 거만 사 온대? 그러면 정말 쪼잔한 남자다."

넉넉하게 사 왔으니 망정이지 졸지에 쪼잔한 남자가 될 뻔했다. 나쁜 자식! 그녀의 곁에서 이렇게 나를 매도하고 있었군.

"뭐? 근데 넌 휴학한 주제에 여긴 뭐 하러 따라와서 이래?"

"휴학한 학생은 공부하지 말란 법 있냐?"

"네가 언제부터 공부했다고? 그리고 어디서 자꾸 불평이야?"

"아니, 그게 아니라. 나도 좀 그런 것도 먹어보자. 학교 식당에선 초밥 같은 거 못 먹어보잖아."

"됐거든?"

"아, 진짜 치사하다."

이쯤에선 끼어들어도 되겠지? 더 이상 현우 녀석이 그녀에게 집적이는 것도 보기 싫다.

"여기들 있었어요?"

내 인사에 그녀가 벌떡 일어나 화사한 얼굴로 답한다.

"태진 씨, 오셨어요?"

"오셨어요."

"현우 씨도 같이 있었군요. 배고프죠? 넉넉하게 사 왔으니까 같이 먹어요."

그래도 내 욕을 한 것이 찔리는지 현우의 얼굴이 빨개졌다. 저런 모습을 보면 귀여워 보이기도 해 마냥 미워할 수가 없다.

"아니에요. 전 이만."

현우는 고개를 살짝 숙이고는 등을 돌려 사라졌다. 내가 사 온 건 먹기 싫다 이거군. 나름대로 자존심을 세우는 것 같지만, 내 눈에는 어린아이의 투정 같아 보이기만 한다.

"같이 먹으면 좋을 텐데."

"학교 식당에서 사 먹는대요."

내가 들었던 말하고는 조금 다르지만, 나도 현우와 함께 있는 것보단 그녀와 단둘이 있는 것이 좋아 고개를 끄덕였다.

"어서 먹어요. 여기 따뜻한 국물도 마시고."

따스한 국물을 그녀의 앞으로 옮겨주자, 그녀가 얼른 한 도금 마신다. 기다리는 동안 추웠나 보다.

"추우면 안으로 들어갈까요?"

"아뇨, 여기서 이렇게 연못 보면서 먹는 게 좋아요."

차가운 바람 때문에 그녀의 콧등이 빨갛게 변해 있지만 그녀는 마냥 좋은 모양이다. 언제나 긍정적인 그녀를 보면 나도 모르게 미소 짓게 된다.

"그럼 천천히 먹어요."

"헤헤, 네. 맛있게 잘 먹을게요. 태진 씨도 같이 먹어요."

"그래요."

열심히 도시락을 먹는 그녀의 모습이 참으로 예쁘다. 처음 그녀와 데이트했을 때는 너무 적게 먹어 걱정을 했는데, 그것은 내 착각이었나 보다. 그녀는 의외로 먹는 것을 좋아했다. 마른 몸으로 저렇게 많은 양을 어떻게 먹을 수 있는지 신기하기조차 했다.

하루하루를 열심히 사는 그녀이니 많은 에너지가 필요하기도 할 것이다. 학교에 다니랴, 아르바이트를 두 개나 하랴, 또 나와의 연애까지. 그런데 왜 그렇게 아르바이트를 많이 하는 것일까?

"명혜 씨는 아르바이트를 왜 해요? 뭐 사고 싶은 게 있어요?"

현우처럼 사고 싶은 게 있어서 하는 거라면 내가 사줄 수도 있다. 그렇게 해서 그녀가 조금이나마 편해질 수만 있다면.

"아, 아르바이트요? 어릴 때부터 작은 아르바이트라도 꾸준히 했어요. 그리고 대학에 들어가서부터는 본격적으로 했고요. 우리 아버지는 성인이 되면 자기 용돈은 자기가 벌어야 한다고 생각하는 분이시거든요.”

아, 그렇구나. 그래서 그렇게 열심히 일했구나. 요즘 같은 세상에 그렇게 자식을 키우시는 분이 있다는 것이 놀랍고 존경스럽다. 나에겐 무섭기 그지없는 분이지만, 그런 아버님이 있기에 우리 명혜 씨가 이렇게 반듯하게 자랐구나. 새삼 그녀가 대견해 보인다. 그리고 그녀를 위해 대신 원하는 걸 사주고 싶어했던 내 마음이 부끄러워진다.

“아버님이 존경스럽네요.”

“네? 네에. 그렇지요 뭐.”

아버지를 자랑한 것이 부끄러워 얼굴을 붉히는 그녀를 보며 마음으로 다짐한다. 그녀에게 걸맞는 성실하고 부지런한 사람이 되겠다고. 그래서 나중에 우리의 자식도 나를 존경할 수 있도록 반듯하게 살겠다고 다짐하고 또 다짐했다.

그나저나 이따가 아버님과 대련하기 위해 또다시 도장에 가야 하는데 참으로 걱정이다. 지난 석 달 동안 매주 대련을 펼쳤지만 결과는 항상 나의 패배였다. 후우, 오늘은 또 얼마나 맞을까? 그리고 또 얼마나 멍이 들까?

그녀와 헤어져 아버님의 도장에 갔지만, 역시나 엄청나게 두들겨 맞았다. 단 한 번도 아버님의 공격을 피하지 못한 채 말이다. 또다시 아버님께 다음 주에 다시 오겠다는 말씀을 드리고 다리를 절름거리며 그렇게 도장을 나섰다. 오늘처럼 내 저주받은 몸이 원망스러운 적도 없다. 이럴 줄 알았다면 군대에서 가르쳐 줄 때 열심히 배워볼 것을.

"맙소사!"

집에 돌아와 거울을 들여다보니 눈가가 붉게 변해 있다. 아까 아버님의 주먹을 피하지 못한 결과였다. 이런 얼굴로 내일 그녀를 어떻게 볼까? 분명 내일이면 멍이 생길 텐데 말이다. 그녀에게 뭐라고 해야 하지? 아버님께 맞았다고는 죽어도 말하지 못하겠다. 그나마 여태까지는 얼굴을 맞은 적이 한 번도 없었는데. 으윽, 온몸이 다 뻐근하고 아프다.

달걀로 눈가를 문질러도 보고 얼음찜질도 해봤지만, 결과적으로는 아무 소용이 없었다. 다음날 일어나니 눈가엔 퍼렇게 멍이 들어 있었던 것이다. 회사에 출근하니 만나는 사람들마다 얼굴이 왜 이 모양이냐고 묻는다. 좋아하는 여자의 아버지한테 이렇게 맞았다고 할 수가 없어 문가에 부딪쳤다고 둘러댔다. 아무도 믿지 않는 눈치였지만 사람들은 그냥저냥 속아줬다.

그나마 불행 중 다행이랄까, 세계 건축설계작품전에 출품한 작품이 본상 후보에 올랐다는 반가운 소식에 급하게 출장 일정을 잡을 수 있었다. 다른 사람을 보낼 수도 있지만, 차라리 며칠 동안 그녀에게 얼굴을 안 보이는 게 낫겠다는 생각에 직접 가기로 했다. 떨어져 있는 일주일 동안 그녀가 보고 싶겠지만 얼굴을 보이면 큰일이니 말이다. 출장 소식에 그녀는 서운한 눈치였지만 어쩌랴. 대신 매일매일 전화를 걸고 더불어 출장에서 돌아오는 날 근사한 선물을 사갖고 돌아오기로 약속했다.

그녀를 보지 못하는 일주일이 내게는 참으로 길 것간 같다. 벌써부터 그녀가 보고 싶으니. 매일매일 그녀를 꼭꼭 숨겨놓고 나만 볼 수 있게 하고 싶다. 정말 중증이다. 책상 위에 놓여 있는 달력을 들여다보니 빨간색으로 표시해 놓은 날짜가 눈에 띈다.

이런, 출장에서 돌아오는 날이 백일이구나. 그녀와의 백일이라니! 정말 꿈만 같다. 백일 되는 날, 멋진 이벤트와 함께 그녀에게 아름다운 꽃다발을 선물해야겠다. 그리고 달콤한 키스도!

출장지에 도착해서 이곳저곳을 돌아다녀 보면서 드는 생각은 그녀와 함께 왔으면 얼마나 좋았을까 하는 거였다. 빡빡한 일정 속에서도 매일 그녀와 통화를 하며 이야기를 나눴다. 그녀와의 통화 속에서 나는 또다시 새로운 그녀를 발견했다. 학교에서의 그녀와 카페나 피트니스 클럽에서의 그녀는 비슷하면서도 다른 면이 있는 것 같다. 그녀가 학교에서 일어난 일을 얘기할 땐, 풋풋한 그녀의 나이를 절감할 수 있었다.

하루는 빠르게 흐르지만 내게 남겨진 일주일의 시간은 길게만 느껴진다고 생각했을 때, 드디어 출장이 끝났다. 대회에서는 아깝게 상을 받지 못했지만, 이것이 우리에겐 시발점이 되리라 다짐하고 고무된 기분으로 돌아왔다.

하지만 마음속에 한 가지 걱정이 남았으니, 그것은 명혜 씨 아버님이었다. 벌써 아버님과의 시간이 다가온 것이다.

공항에서 내리자마자 아버님과 약속을 잡은 다음 도장으로 달려갔다. 그녀를 제일 먼저 보고 싶지만, 남자답게 아버님과의 약속을 지켜내야겠다고 생각했다. 대신, 오늘은 얼굴을 최대한 막아야겠다. 아직도 채 가시지 않은 멍이 다시 생기지 않게, 그리고 그런 내 얼굴을 그녀에게 들키지 않게 말이다.

토요일 오후의 도장은 텅텅 비어 있었다. 도장 안엔 마치 첫날을 재연한 것처럼 아버님은 정좌를 한 채 나를 기다리고 계셨다.

"아버님, 그동안 안녕하셨습니까?"

"그래, 출장을 갔었다고?"

"네."

"도망갔다 온 것은 아니고?"

"그런 건 아닙니다."

"좋네. 그럼 시작하세."

"네."

또다시 도복을 입고 하얀 띠를 맨 후 아버님 앞에 섰다. 그날은 백지 상태에서 맞았지만, 오늘은 나도 피할 수 있을지 모른다. 마침 출장에 동행한 직원이 태권도 유단자여서 약간의 교습을 받았다. 물론, 턱없이 부족하리란 걸 안다. 하지만 한 번만 피하면 되니까 문제없을 거다. 단 한 번만!

눈을 부릅뜨고 아버님의 공격을 기다렸다. 전광석화(電光石火) 같은 움직임의 아버님이지만 한 번만 포착하면 된다. 나를 살펴보기만 하던 아버님이 마침내 내 주위를 돌며 움직이셨다.

그리고 잠시 후…….

"다시 오겠는가?"

"네. 다음 주에 다시 뵙겠습니다."

"힘들면 포기하지?"

"괜찮습니다. 절대 포기하는 일은 없을 겁니다."

"두고 보지."

"안녕히 계십시오."

굽혀지지 않는 허리를 접어 인사하고 도장 밖으로 나왔다. 온몸이 아프지 않은 곳이 없다. 일주일 가까이 멍을 없애느라 고생했는데, 소용없게 되어버렸다. 쇼윈도에 얼굴을 비춰보니 거의 지워져 가던 눈가의 멍이 짙어졌다. 분명, 내일이면 또다시 시퍼렇게 멍이 들겠지. 하아, 그녀에게 뭐라고 해야 할까? 당장 오늘 저녁이 문제다.

그렇다고 또다시 피할 수는 없다. 그녀를 얻기 위해서 다음 주도, 그 다음 주도, 그리고 수많은 나날들을 아버님과 대련을 하며 보내야 하는데 말이다. 뭐라고 둘러댈까? 권투라도 배운다고 할까?

지친 몸을 이끌고 집에 도착했다. 그 와중에도 그녀에게 줄 꽃다발을 사들고 말이다. 그녀가 오면 깜짝 놀라도록 숨겨놓고, 땀에 젖은 몸을 씻기 위해 옷을 벗고 욕실로 향했다. 욕실 거울에 비치는 내 모습은 정말 형용할 수 없을 정도로 초라했다. 눈가뿐만 아니라 어깨며 팔까지 멍이 들지 않은 구석이 없었다. 후우, 이래서 아까 그렇게 어깨가 아팠군. 근육의 통증 때문에 고통스러워 대충 샤워를 하고 나왔다. 그나저나 조금 있으면 그녀가 올 시간인데 큰일이다.

잠시 후, 미리 예약해 놨던 레스토랑에서 음식들이 배달되었다. 세팅한 테이블에 정성껏 음식들을 차려놓고, 음악까지 준비하자 그녀와의 약속 시간이 되어버렸다.

딩동.

인터폰에 사랑스럽고 귀여운 그녀의 얼굴이 비쳤다. 이 얼마만에 보는 얼굴인가. 반가운 마음에 심장이 요동을 치고, 발걸음 또한 빨라졌다. 하지만 막상 문을 열려고 하니 망설여진다. 짧은 머리칼을 내려 눈가를 가리고 그녀에게서 고개를 돌린 채 문을 열었다.

"왔어요?"

태진이 이상하다. 오랜만에 보는 얼굴인데 피하고 있다. 하룻밤 사이에 무슨 일이 있었던 걸까? 혹시 내게서 마음이 변한 걸까? 설마, 그건 아닐 거다. 그러기에는 어젯밤 그와의 대화는 너무나 친근했다. 게다가 백일이 되는 날을 기념하자면서 집에 놀러오라고 한 것은 그였는데.

"오랜만이에요. 태진 씨."

"들어와요. 날이 많이 쌀쌀해졌죠?"

인사를 건네 보아도 그는 여전히 내 얼굴을 피하고 있다. 그의 행동에 설레던 마음이 서서히 가라앉았다.

"네. 근데 무슨 일 있어요? 왜 제 얼굴을 보지 않아요? 저, 그냥 가요?"

생각보다 차갑게 말한 것 같다. 사실, 좋아하는 남자가 육 일 만에 만난 자리에서 얼굴을 피하고 있으면 어떤 여자가 기분이 상하지 않겠는가. 그것도 백일이 되는 날에 말이다.

"그런 게 아니라……."

머뭇거리던 태진이 드디어 고개를 돌렸다. 음마나! 그런데 이게 웬일인가? 우리 잘생긴 태진 씨 얼굴에 울긋불긋 멍이 들어 있다니!

"태진 씨! 이, 이게 무슨 일이에요?"

이래서 얼굴을 피했나? 도대체 무슨 일이 생긴 걸까?

"저기, 얼굴을 문에 부딪쳐서."

내 예리한 눈으로 살펴보건대 이것은 부딪쳐서 생긴 멍이 아니다. 게다가 색깔로 봐서도 최근에 생긴 상처다. 어라? 자세히 들여다보니 지워져 가는 멍의 색깔도 희미하게 보인다. 그렇다면 이건 분명 누군가에게 맞았다는 거다. 그것도 며칠 전에 한 번, 오늘 한 번.

"이거 어떤 놈이 이랬어요?"

내 어떤 자식인지 걸리기만 해봐라. 가만두지 않으리라. 어디 감히 우리 태진 씨를 이렇게 만들어?

부득부득 이를 가는 나를 태진은 놀란 눈으로 바라본다. 고운 말만 쓰던 내가 놈이라고 했으니.

"정말 문에 부딪친 거예요. 그리고 이건 정말 놀라게 해주려고 했는데."

태진이 현관 앞에 있는 콘솔 아래에서 꽃다발을 꺼냈다. 붉은 장미가 탐스럽게 내 손에 들어왔다. 태진의 얼굴이 이 지경인데 그 어떤 향기로운 꽃이 나를 사로잡을까.

"고마워요. 그런데 정말이에요? 정말 문에 부딪친 거예요?"

"네."

내 눈을 피하는 폼이 심상치 않다. 하지만 더 이상 캐묻지 않기로 했다. 남자들은 이런 것에 쉽게 자존심 상해한다는 것을 그 누구보다 잘 알고 있기 때문이다. 왜 아니겠는가, 우리 아버지만 봐도 알 것을.

그런데 태진의 얼굴을 가까이 보고 있으니 숨어 있던 감정이 부글부글 끓기 시작한다. 바로 정염의 불길이 말이다. 샤워를 했는지 젖은 머리칼이 섹시하게 그의 얼굴에 달라붙어 있고 물기를 머금은 입술이 유독 반짝 빛나고 있다. 하아, 덕분에 입 안이 바짝 타 들어간다. 마른침을 꿀꺽 삼키고 그의 눈을 바라보았다. 머릿속에는 며칠 동안이나 그를 유혹하기 위해 거울을 보며 익혀두었던 기술들이 쫘르르 펼쳐지고 있다.

"다음부터는 다치지 말아요. 다치면 내가 더 아파요."

언젠가 그가 했던 대사를 허스키한 목소리로 던지며, 그의 눈가를 손가락으로 살짝, 아주 살짝 쓰다듬었다. 그러자 그도 점점 반응을 보인다. 나를 바라보는 시선이 소리없이 점점 타오르고 있고, 그 역시 침을 꿀꺽 삼킨다. 그리고 묻어두었던 댐이 툭 터진 듯 거친 숨을 몰아쉬며 그가 내 입술에 입맞춘다. 다른 어느 때보다도 강렬하고, 역동적으로.

"윽."

"왜요?"

고통스러운 태진의 신음 소리에 입술을 떼고 묻자, 그는 고개를 흔들며 다시 입맞춤했다. 그러자 머릿속이 몽롱해진다. 그가 천천히 내 윗옷을 벗겨내 바닥으로 툭 떨어뜨렸다. 그의 목을 감싸자 태진이 나를 번쩍 안아 들고 침실로 향한다. 오호라, 드디어 오늘이야말로 역사가 벌어지는구나. 은근히 겁이 나면서도 기대가 되는 것은 무슨 심리일까. 정녕 나는 변녀였단 말인가.

호기롭게 번쩍 들어올리던 것과는 다르게 그는 인형을 다루듯이 나를 조심스럽게 침대 위에 내려놓고 한동안 아무 말도, 행동도 하지 않았다. 마치 참으려고 애를 쓰듯이 내 어깨어 기댄 채로 태진은 심호흡만을 계속했다. 참지 않아도 되는데 서로 좋아한다면 괜찮은 거 아닌가? 떨리는 손끝으로 그의 등을 쓰다듬었다. 내 신호를 알아차린 걸까? 그가 고개를 들어 나를 바라본다.

"괜찮아요?"

그의 물음에 살며시 고개를 끄덕이자, 타오르는 눈을 한 채 내 얼굴을 쓰다듬는다. 저 눈빛만으로도 온몸이 불타 버릴 것만 같다. 가슴속 깊은 곳에서 올라오는 일렁거림이 나를 삼켜 버릴 것만 같다. 천천히 다가오는 그의 입술을 바라보며 다시 눈을 감았다.

딩동!

썩을! 감았던 눈을 번쩍 뜨고 태진에게 고개를 흔들었다. 열지 말아요. 우리의 시간을 방해하는 사람에게 문을 열지 말아요. 그도 나에게 수긍하듯 다시 고개를 숙인다.

딩동! 딩동!

이런 썩을! 도대체 누구야? 아무 대꾸를 안 하면 없는지 알아야지. 하지만 벨소리는 계속해서 울려대기 시작했고, 급기야는 문을 두드리는 소리가 들려왔다.

쿵! 쿵!

마침내, 태진이 한숨을 쉬며 몸을 일으켰다.

"잠깐 있어요. 누군지 나가볼 테니까."

"네."

태진이 나간 후에야 그의 침실이 눈에 들어오기 시작했다. 암청색의 방 안엔 검은색의 단조로운 모양의 옷장과 침대만이 놓여 있었다. 머릿속에 그가 좋아하는 스타일을 새겨 넣으면서 찬

찬히 훑어보고 있는 순간, 여자의 음성이 들려왔다.

"오호호, 태진 씨……."

저 기괴한 웃음소리와 목소리는 순영의 것이 틀림없다. 이 아줌마가 정말 아직도 포기를 못하네? 지난 석 달 동안 우리를 방해했던 것이 한두 번이 아니다. 미행이라도 하는 모양인지 으리가 함께 있을 때면 어디선가 툭 튀어나와 그 특유의 웃음소리를 내며 데이트를 방해하곤 했다. 당하는 것도 한두 번이지 나가 가만히 있을 줄 알고? 오늘은 기필코 포기를 하게 만들어주지.

태진을 위해 예쁘게 차려입은 치마와 블라우스를 벗어 던지고 머리칼을 흐트러뜨렸다. 그리고는 태진의 옷장에서 그의 와이셔츠를 꺼내 입고 문가로 갔다.

"아니지."

깜빡 잊고 스타킹을 신은 채로 나갈 뻔했다. 서둘러 스타킹까지 벗어버리고 와이셔츠 단추를 가슴이 보일 만한 선까지 풀어헤쳤다. 그리고 거울을 보며 섹시한 웃음을 입가에 걸고 침실 문을 활짝 열었다.

"태진 씨이~ 왜 안 들어와요?"

헉! 그런데 이것이 무슨 광경이더냐. 순영의 옆에 서 있는 저 꼬장꼬장하게 생긴 할아버지는 또 누구지?

"꺄아아아악!!"

아아아악! 미칠 것만 같다. 왜 하필 태진의 할아버지께서 올

라오신 거냐고! 이게 도대체 무슨 망신이냔 말이다. 순영을 제
거하려고 했을 뿐인데, 그 경악을 하는 표정들이란! 태진은 그
야말로 놀라 기절할 듯한 표정이었고, 순영은 기가 찬 표정이었
으며, 할아버지는 떡 벌어진 입을 다무실 줄 몰라 했다. 하아,
쥐구멍이 있으면 들어가서 숨고 싶다. 아니, 이곳 어디에 탈출
구가 없을까? 타고 내려갈 사다리라도 보이면 당장에라도 몰래
도망갈 텐데.

옷을 갈아입고도 한참이나 문 앞에서 망설이고 있을 때, 문밖
에서 태진의 목소리가 들려왔다.

"저기…… 명혜 씨, 멀었어요?"

"나, 나가요!"

조금 전과는 다르게 단정된 상태인지 거울로 확인한 후, 쭈뼛
쭈뼛 거실로 나갔다. 다행히 순영은 가버렸는지 보이지 않는다.
거실에는 어떻게 해야 할지 몰라 하는 태진과 마땅치 않은 눈길
로 나를 뚫어지게 바라보시는 할아버지가 조용히 앉아 있었다.
할아버지의 눈빛에 저절로 어깨가 움츠러든다. 하긴 결혼도 하
지 않은 다 큰 처자가 거의 다 벗은 채로 손자의 침실에서 걸어
나왔으니 기가 차시겠지.

"처, 처음 뵙겠습니다. 염명혜입니다."

"허흠! 키는 무진장 크고만. 목이 떨어져 나갈 것 같으니께 어
이 앉아라."

저 할아버지 꼬장꼬장한 외모처럼 성격도 그럴 것 같다. 우리

태진 씨는 누굴 닮은 걸까? 할아버지하고는 정말 하나도 안 닮았다.

"네."

"그랴, 니가 야하고 사귄다고?"

"네."

"나이가 몇인디? 나가 보기엔 한참 어려 보이는구먼."

항상 어딜 가나 나이가 문제인가 보다. 왜 사람들은 우리가 서로 좋아하는 것은 보지 못하고 나이 차만 생각하는 걸까?

"할아버님, 스물하나입니다."

태진의 대답에 할아버님은 버럭 역정을 내셨다.

"야한테 물었는디 왜 니가 대답혀? 야는 입이 없는감?"

내가 마음에 안 드시나? 왜 저렇게 화를 내시는 걸까? 단지 나이 차가 많아 보여서 저러시는 건가?

"죄송합니다. 할아버님, 태진 씨 말대로 저 스물하나예요."

"허흠, 스물하나여? 아이고, 한참 어리구먼. 그랴, 언제부터 만났는감?"

언제부터라고 해야 할까? 처음 알게 되었을 때로 말해야 할까, 아니면, 사귀기 시작한 것을 말해야 할까?

뭐라고 말해야 할지 난감해하는 내 대신 태진이 설명했다.

"알고 지내왔던 것은 이 년 가까이 되고, 사귀게 된 것은 얼마 안 됩니다."

"또 니가 대답하는 겨? 아주 그 뭐냐, 그랴, 대변인으로 나섰구만? 그랴, 그것도 좋다 이거여. 그럼 사귄 지 얼마 되지도 않았다면서 벌써부터 이렇게 처자를 불러들이고 그러는 겨? 내가 니를 그렇게 가르쳤남!"

아이고, 체구도 작은 분이 어디서 저런 목청이 나오시는가 모르겠다. 할아버지의 목소리가 커갈수록 태진은 얼굴을 붉히며 어쩔 줄 몰라 하고 있다. 할아버지도 참 그러시네. 사실 성인도 한참 성인인 태진 씨가 그럴 수도 있지 뭘 저렇게 화를 내신담? 혹시, 순영 때문인가? 맞다! 저 할아버지가 아줌마를 마음에 들어했다고 했지? 그래서 아까도 같이 온 건가?

그럼, 저 노친네가 순영 때문에 나를 싫어하는 거야? 내가 눈에 안 차서? 아니, 솔직히 말해서 내가 순영보다 못한 게 뭐가 있어? 그 아줌마보다 인물이 빠져? 몸매가 빠져? 그리고 알고 보면 내가 그 아줌마보다 성격도 좋은데.

하지만 순영의 본색을 모르는 사람들은 하나같이 순영을 칭찬한다. 피트니스 클럽에서도 얼마나 꼬리를 치고 다니던지. 보는 나는 정말 눈꼴시려 죽겠는데 태진마저도 순영이 괜찮은 사람이라고 한다. 다만 눈치가 없을 뿐이라며. 하여간 그 아줌마 때문에 기분 나쁜 일이 하나둘이 아니다. 그런데 할아버지마저 순영의 여우 짓에 넘어가셨다니.

그래도 오늘 이런 망신을 당했어도 하나의 수확이 있다면 순영이 떨어져 나갈 것이라는 사실이다. 이렇게까지 했는데도 떨어져 나가지 않는다면 말이 안 되지. 크크큭. 내가 태진의 침실에서 나오자 하얗게 질리던 순영의 표정이 얼마나 통쾌하던지. 십 년 묵은 체증이 쑤욱 내려가는 것만 같았다.

"그럼, 야랑 결혼까지 하겠다는 겨?"

결혼? 누구랑 누가? 이 할아버지가 아주 오버를 하시네. 우린 지금 사귀기 시작했을 뿐인데. 그리고 사귀면 모두 결혼해야만 하는 건가? 머릿속에 의문을 가득 담고 있을 때, 청천벽력 같은 소리가 들려왔다.

"네."

그의 말에 고개를 번쩍 들어 태진을 바라보았다. 뭐가 '네'라 는 거지? 설마! 설마 아니겠지? 결혼? 내가 결혼을 해? 지금 이 나이에? 불과 스물하나밖에 되지 않은 나이에? 머리가 핑핑 도 는 것만 같다. 너무나 혼란스러워 상황 파악이 제대로 되지 않 는다.

하지만 혼란스런 내 심정과는 다르게 태진은 다시 한 번 확고 하게 말했다.

"네, 명혜 씨와 결혼하고 싶습니다."

14... 잠깐 쉬어가기

어제 일어난 일이 모두 꿈만 같다. 그와 백일 되던 날이 악몽처럼 변해 버렸다. 맙소사! 결혼이라니. 정말 말도 안 된다. 태진의 말에 할아버지는 만족스러운 표정이었지만, 나에겐 그 모든 일들이 나와 상관없이 벌어지는 무성영화처럼 느껴졌다. 정말 태진은 나와 결혼을 하고 싶은 걸까? 그것도 할아버지가 원하는 것처럼 빠른 시기에? 말도 안 돼. 어제의 말은 태진이 분명 무마하기 위해 한 말일 것이다. 그를 좋아하고, 사랑하지만 결혼을 꿈꿔본 적은 아직 한 번도 없는데. 만약 결혼을 한다면 그가 아닌 다른 사람과는 상상할 수조차 없지만, 지금은…….

"후우."

내 한숨에 현우가 쳐다본다.

"웬 한숨? 무슨 일 있었냐? 어제 김 사장님하고 백일이라고 좋아라 하더니만?"

어린 녀석들은 모르는 일로 이 누님은 걱정이란 말이다. 그러니 다치기 전에 닥치거라.

"응? 뭔데? 이 오빠한테 말해봐봐. 응?"

눈치를 보면 말하고 싶지 않은 게 느껴지지 않나? 평소엔 눈치가 빠른 녀석이 가끔 가다가 상황파악을 못할 때가 있다. 이런 자식이 뭐가 좋다고 염명주는 그렇게 난리인지.

가운뎃손가락을 지그시 올려주며 현우 녀석에게 말했다.

"즐이거든?"

딸랑.

"안녕하세요. 반갑……."

태진의 할아버지다. 저 노친네가 여기엔 또 무슨 일로 온 걸까? 혹시 드라마처럼 태진에게서 떨어지라고 말씀하러 오신 걸까?

"여긴 어떻게……."

"너 아는 분이야?"

옆에서 현우 녀석이 묻자 할아버지의 이마에 주름이 생긴다. 자식아, 제발 좀 떨어지라고!

"태진이한테 물어봤는디 여기서 일한다더만. 시간 되면 나랑 야기 좀 하자."

"네. 현우야, 녹차 두 잔 부탁해."

그제야 표정이 심상치 않았는지 현우가 조용히 내게 고개를 끄덕인다. 그래, 네 녀석이 이럴 때라도 눈치가 있으니 다행이다.

"이쪽으로 오세요."

할아버지를 모시고 테이블에 가서 앉았다. 할아버지는 한참 동안 나를 뚫어지게 쳐다보시다 입을 여셨다.

"단도직입적으로 말혀서 어제는 내가 많이 놀랐구먼. 그건 니도 마찬가지겠지?"

"조, 조금요."

"그랴, 그런 것 같더먼. 그랴서 내가 어제는 니한테 확답을 못 받았구만? 솔직하게 말혀서 니는 태진이하고 결혼하고 싶단 생각이 있는 겨?"

뭐라고 말해야 할까? 나도 알고 싶다. 결혼을 하고 싶은 건지, 아닌지를.

"저기, 할아버님. 솔직히 말씀드리자면, 잘 모르겠어요. 어제는 너무 경황도 없었고, 또 태진 씨랑 그런 얘길 한 번도 해본 적이 없어서요. 그리고 저도 결혼이란 걸 생각해 본 적이 없고요. 물론 저는 태진 씨를 좋아해요, 아주 많이. 그런데 꼭 지금 말씀드려야 하는 건가요? 우린 정말 사귄 지 얼마 안 됐는데 이렇게 확답을 하라고 하시니까 혼란스럽고 당황스럽네요."

이게 솔직한 내 심경이었다. 너무나 솔직해 이렇게 말씀드리면 호통을 치실 거라고 생각했다. 그런데 의외로 할아버지는 조용히 고개를 끄덕이셨다.

"그랴, 아주 솔직하구먼. 니 나이가 있으니께 아무래도 그렇겄지. 근디 태진인 서른이 넘었다 말이지. 남자든 여자든 간에 서른이 넘으면 결혼을 생각하는 건 세상 이치다."

태진이 나보다 나이가 많다고만 생각했다. 그런데 할아버지 말씀처럼 결혼 적령기라고 생각한 적은 없구나. 갑자기 숨이 턱 막혀온다.

"니는 아적 어려서 그런 생각까진 못하겄지만 태진이 7는 니랑 결혼까지 하고 싶은 겨."

그건 나도 어제 알게 된 사실이었다. 이래서 나이 차이라는 것은 무시할 수 없는 걸까? 서로 좋아하는데, 나이 때문에 결혼을 해야 하고 또 나이 때문에 헤어져야 하는 걸까? 도대체 왜? 그런 기준은 누가 만든 걸까?

"니가 태진이랑 나이 차이가 얼마 안 나면 나도 걱정 안 한다. 근디 말여, 니는 스물한 살이란 말이지. 그럼 니가 결혼할 나이가 됐을 때는 태진이는 마흔을 바라본다 이 말이지."

막연하게 생각했던 나의 결혼은 이십대 후반이었다. 하지만 그렇게 되면 태진은 정말 마흔에 가까운 나이가 되겠구나. 그렇다고 태진과 헤어지기 싫으니 결혼을 해야 하는 걸까? 그럼 나는? 내 미래는? 나는 아직 학교도 졸업하지 못했는데, 그리고 아직 나는 해보고 싶은 꿈도 많은데. 도대체 어떻게 해야 하는 걸까? 너무 혼란스럽다.

"실례합니다."

현우가 굳은 얼굴로 녹차 잔을 내려놓았다. 우리의 대화를 들은 모양이다. 나를 바라보는 현우의 눈길이 다소 차가운 것도 같고, 또 화가 난 것도 같다. 하지만 지금 나한테는 다른 사람을 신경 쓸 겨를이 없다.

"고맙구먼."

현우가 물러가자, 할아버지가 녹차를 한 모금 드시며 말씀하셨다.

"그것도 좋다 이거여. 하지만 사람 일이란 게 다 내 생각대로 되는 것이 아닌께 문제지. 몇 년이 흘러서 니가 태진이를 만나다가 헤어지면 니는 그만이지만, 갸는 여자 못 만난다. 니가 싫다는 것이 아녀. 오늘 보니까 왜 갸가 니를 좋아하는지도 알겠고, 또 니가 내 손자 며느리가 된다면 나도 찬성이여. 하지만 팔은 안으로 굽는 거 아니겠냐? 나는 갸가 상처 입는 것은 싫으니께."

무슨 의미인지 알 것 같다. 하지만 우린 헤어지지 않을 건데, 정말 그럴 수 있는데. 왜 갑자기 상황이 이렇게 돌아가는지를 모르겠다. 당사자인 우리는 정작 아무 말도 해보지 못했는데.

"무슨 말씀인지 알겠습니다. 저도 생각할 시간을 주세요."

"그랴. 내 말 깊이 새겨들으면 니도 나쁠 건 없으니께 기분 나빠하지 말어."

“네, 알고 있어요.”

“그럼 나는 이만 가보겠구먼. 참, 근디 니는 갸가 누구한테 얻어터졌는지 아는감?”

그건 나도 알고 싶은 바다. 우리 잘생긴 태진 씨 얼굴에 흠집을 낸 인간이 누군지 알게 되면 가만두지 않으리라.

“모르는데요.”

“그랴.”

할아버지가 가시고도 한참을 앉아 있었다. 혼란스러운 내 심정을 가라앉히기 위해. 하지만 평정을 찾으려는 나를 현으가 다시 흔들어놓았다.

“결혼? 겨얼혼? 지금 네 나이에? 미쳤구나?”

“조용히 해.”

“조용히 못하겠다면?”

왜 이 자식이 이렇게 흥분하는지 모르겠다.

“지금 미치기 일보 직전인 사람은 바로 난데 왜 네가 더 난리냐고!”

“난리? 그럼 난리 안 나게 생겼어? 네 나이가 몇인데 결혼이야?”

“내 나이가 어때서?”

“하! 정말 돌았구만? 네가 돌지 않았으면 김 사장이 돌은 거야.”

아씨, 이게 정말! 진지하게 생각하려는 마음에 꼭 돌을 던진다. 그런데 현우가 보기에도 지금 결혼하는 것은 미친 짓일까?

"스무 살도 안 되어서 결혼하는 사람도 있어. 그런 사람에 비하면 난 양반이지."

"그래서? 그래서 결혼할 거야?"

"모르겠어."

현우는 이런 내 대답에 어이없는 표정을 지었지만, 정말 모르겠다. 나도 내 마음을 정말 모르겠다. 결혼이란 것은 너무나 낯설고 생소한 단어라 스물한 살의 나에겐 상관없는 일처럼 느껴진다. 그렇다고 태진과 헤어질 수는 더 더욱 없고 말이다.

"정말 모르겠어."

더 이상 현우는 아무 말 없었다. 하긴 무슨 말을 한들 들리기나 할까. 생각에 생각을 해봐도 정리가 되지 않는다. 내가 결론을 내리지 않으면 어떻게 되는 거지? 할아버지 말씀처럼 헤어지기라도 해야 한다는 거야?

"앗! 뜨거워!"

뜨거운 물방울이 손등에 떨어졌다. 머리가 복잡해서인지 자잘한 실수를 연달아 저지르고 있다.

이런 내 모습에 현우 녀석이 혀를 찼다.

"또야? 그냥 오늘은 집에 가라."

"아무래도 그래야겠어."

점장님은 못마땅한 눈치였지만, 몸이 아프다는 핑계를 대고 일찍 카페에서 나왔다. 조금 후면 태진이 카페에 들르겠지만,

지금의 이런 심경으로는 그의 얼굴을 보는 것이 두렵다.

아무래도 나보다 이성적인 사람이 필요할 것 같아 근처에 있는 카페에 들어가 희숙이를 불러냈다. 희숙이를 기다리는 동안 창가에 앉아 카푸치노를 마셨다. 창밖에는 여름 내내 파랗게 물들어 있던 나뭇잎들은 어디론가 사라지고 바싹 마른 나뭇잎들만 거리를 메우고 있었다. 하아, 어느덧 가을이 와 있었구나. 그와 만난 백일 동안 이렇게 많은 변화가 있었구나. 그런데 나만 제자리에 머물고 있었구나. 정말 한심하다.

희숙이가 숨을 헐떡이며 다가왔다. 심각한 내 전화에 놀라서 달려왔나 보다. 그래도 친구라고 이렇게 급하게 나와준 희숙이에게 새삼 고마움을 느낀다.

"생각보다 일찍 왔네?"

의자에 앉자마자 희숙이가 호기심을 가득 담은 눈으로 말했다.

"네 전화 받자마자 바로 왔지. 무슨 일이야?"

바로 말을 하자니 숨이 차고 입술이 마른다. 뭐라고 말해야 할까? 테이블에 놓여 있는 물 잔을 들어올려 벌컥 마셨다. 그 모습을 희숙이는 말없이 지켜만 보고 있다.

빈 잔을 테이블 위에 탁 내려놓고 진지하게 입을 열었다.

"희숙아."

"응?"

"나 결혼해야 하나?"

“결혼? 뜬금없이 웬 결혼? 사고 쳤어?”

“아니.”

“그런데 웬 결혼? 혹시, 태진 씨네 집에서 결혼하래?”

족집게 같은 년, 어떻게 알았지? 저것이 정말 내림굿이라도 받은 거 아냐?

“어.”

“뭐, 이상한 것은 아니지.”

이상한 게 아니야? 아니, 나만 상황파악을 못하고 살았단 말인가?

내 표정을 살피던 희숙이가 어이없다는 얼굴로 말했다.

“너 설마 그걸 예상 못했다는 건 아니겠지? 태진 씨 나이가 몇인데 너를 만나면서 결혼을 생각 안 했겠니? 당연히 결혼을 염두에 두고 만나지.”

헉! 나만 여태 그런 생각을 하지 않고 있었단 말인가. 태진 씨도 나한테 그런 말을 한 적이 한 번도 없는데.

“당연한 거야? 그런데 왜 난 몰랐지? 그럼 너라도 좀 알려주지. 미리 언질이라도 해주지 그랬어.”

“너 바보냐? 그런 건 네가 생각해야지, 왜 내가 말해줘? 솔직히 말해서 이렇게 일이 빨리 터질지는 나도 예상치 못했지. 사실 네가 이렇게 오래갈 거라고 생각하지 않았거든.”

“뭐? 이게 진짜!”

“흥분하지 말고 들어. 나이 차가 있는 커플이니까 이렇게 오

랫동안 만날 거라고 생각하지 않았던 거야. 그리고 너무 오랫동
안 짝사랑했으니까 태진 씨에 대한 환상이 깨지면 그날로 헤어
질 거라고 생각했었지. 그런데 환상이 아직도 남아 있는지, 아
니면 그게 환상이 아니라 실제인지 네가 점점 더 빠져들더라고.
그래서 어쩌면 너도 진지하게 생각하나 보다 싶었지.”

희숙이를 만나면 복잡하던 것이 간단명료해질 거라고 생각했
었는데 오히려 더욱 복잡해지고 있다. 누구나 예상했던 일들을
왜 나는 예상하지 못했던 걸까?

“그런데 뭐가 문제야? 너, 태진 씨 좋아하잖아.”

“그래, 좋아해. 그것도 아주 많이. 그런데 그렇다고 결혼해야
하는 거야? 너라면 바로 결혼하겠어?”

“바로 하재?”

“아니, 모르겠어. 실은 아직 태진 씨하고는 말도 못해봤어. 어
제 갑자기 태진 씨 할아버님이 오셔서 일이 이렇게 된 거거든.
할아버님이 마구 다그치셔서 태진 씨가 그냥 한 말인지, 아니면
정말 마음에 담아둔 말인지 아직 모르겠어. 그런데 오늘 태진
씨 할아버님이 나를 찾아오셨더라고.”

“뭐라고 하셔?”

“결혼할 거 아니면 헤어지라 하시더라고.”

“그건 어찌 보면 이해가 간다. 태진 씨 나이가 있으니까 아무
래도 불안하셨겠지. 근데 태진 씨와 얘기해 보는 게 우선 아니
니? 그러고 나서 생각해 봐도 늦지 않잖아.”

희숙이 말대로 그와 먼저 얘기를 나눠봤어야 했는데 겁쟁이처럼 도망쳐 버렸다. 혹시라도 그도 할아버지처럼 말할까 봐 두려워서.

"그러다가 태진 씨가 결혼하자고 하면?"

"태진 씨하고 결혼하기가 싫은 거야? 아니면, 결혼 자체가 싫은 거야?"

"만약 결혼을 한다면 태진 씨 아닌 다른 사람은 상상할 수 없어. 그런데 그게 그래. 그냥 너무 막연하고, 지금 이 상황이 현실처럼 느껴지지 않아. 또 지금 해야 한다는 것도. 나도 원하는 건지, 아닌 건지 잘 모르겠어. 너무 갑작스러워서."

갑자기 세상이 열 배는 빠르게 돌아가는 것만 같다. 너무나 빨라서 그 속도를 맞출 수가 없다. 그래서 점점 뒤처지는 것 같고, 견디지 못해 어디론가 빨려 들어갈 것만 같다.

"그러게. 우리 나이에 결혼을 생각하는 게 쉬운 일은 아니지. 그러니까 일단 태진 씨하고 말을 잘해봐."

누구나 알고 있다시피 결론은 하나다. 태진과 얘기해 볼 것. 하지만 그의 얼굴을 보는 것이 왜 이렇게 버거운 걸까? 그래도 이 관문을 이겨내야 한다는 것을 알고 있다. 그것이 나를 위해서도, 태진을 위해서도 거쳐 가야 하는 절차인 것을 말이다.

"알았어."

✱

그녀와의 백일이 할아버지 때문에 무산되고 말았다. 어제 놀랐던 것을 생각하면 정말 끔찍하다. 그녀가 떠난 뒤, 할아버지로부터 순영과의 만남이 어느 정도 진척이 됐나 알아보러 오셨다는 말을 듣고 기가 막혔더랬다. 순영은 아니라고 그렇게 말씀드렸는데도 왜 할아버지는 못 믿으셨을까?

후우, 그나저나 어제 할아버지의 결혼에 대한 발언으로 그녀가 많이 놀란 눈치였는데. 그녀는 나와의 결혼을 전혀 염두에 두지 않았던 걸까? 그녀와 애기를 해볼 심산으로 다른 때보다 빨리 퇴근을 해 스위트 미팅에 달려갔다.

딸랑.

"안녕하세요."

오늘은 귀여운 그녀가 아닌 무뚝뚝한 현우 녀석이 반겨준다. 아니, 반겨주는 것이 아니라 나를 노려보고 있는 것 같다.

"명혜 씨는 어디 갔어요? 안 보이는군요."

"먼저 퇴근했어요."

먼저 퇴근할 그녀가 아닌데 무슨 일이 있었나? 내가 퇴근할 시간에 잠깐이라도 보는 것이 우리의 관례였는데.

"혹시 아파서 퇴근했어요?"

"저보단 김 사장님이 더 잘 아실 것 아니에요."

자식, 퉁명스럽기는. 그런데 왜 그녀는 갑자기 퇴근했을까? 혹시 어제의 일로 충격을 받은 걸까?

“카푸치노 한 잔 부탁해요.”

딸랑.

“어서 오세요, 한 기사님. 오늘은 퇴근이 빠르시네요.”

나에게 투덜거릴 때와는 다르게 녀석은 영진에게는 환하게 대해준다. 나도 단골손님인데 차별도 이런 차별이 없다.

“응, 오늘은 조금 일찍 나왔어. 어, 선배?”

영진은 이제야 나를 발견한 모양이다. 녀석에게는 상헌이 아닌 다른 사람은 눈에 띄는 존재가 아닌 모양이다.

“이제야 보이냐? 커피 마실래?”

“좋죠. 선배가 사주실 거죠?”

“그래, 인마. 그런데 넌 나이 들수록 점점 뻔뻔해져 간다.”

“후훗, 선배를 닮아가는 거죠.”

“하하. 농담도 제법하고, 하산해도 되겠다. 마시고 갈래?”

이렇게 농담하는 관계가 되기까지 꽤 오랜 시간이 걸렸었다. 하지만 이제는 안다. 영진에게 편한 존재는 몇 명 되지 않으리라는 것을 말이다.

“네. 현우 씨, 모카라떼 한 잔 부탁해.”

“네.”

영진의 주문에 현우 녀석은 무뚝뚝하게 대답했다. 녀석은 나와 같이 있는 사람조차도 미운 모양이다.

현우가 뽑아준 커피를 받아 들고 테이블에 가서 앉았다. 이렇게 마주 보고 얘기하는 것도 오랜만이다.

"연애는 잘되어가요? 선배가 연애하고부터는 만나기도 힘들어요."

"하하, 그랬나?"

정말 생각해 보니 그랬던 것 같다. 그녀와 연애를 하기 전까지는 영진과 가끔 소주잔을 기울이곤 했었는데.

"연애하면 잠수 타는 사람들이 꽤 있다고는 들었는데 선배가 그럴 줄은 몰랐어요."

영진은 섭섭하다는 듯이 살짝 째려봤다. 사실 찔리는 감도 없지 않다. 영진뿐만 아니라 상헌과의 만남도 많이 줄어들었으니.

"미안하다. 근데 너도 연애해 봐라. 다른 사람이 눈에 들어오나."

"우와, 너무 노골적이다. 하긴 명혜 씨 같은 아가씨랑 연애를 하는데 누가 눈에 들어오겠어요? 그리고 솔직히 말해서 다른 사람이 눈에 들어오면 정말 도둑놈이지."

"헉! 너 지금 나한테 도둑놈이라고 했냐?"

"헛, 실수예요, 실수. 만약 그렇다면 말이죠. 그런데 정말 그렇게 예쁘고 젊은 아가씨랑 사귀는데 다른 데 한눈팔면 정말 나쁜 사람이죠. 물론, 선배가 그럴 리는 없겠지만."

그건 나도 잘 알고 있다. 명혜 씨를 두고 한눈팔면 정말 몹쓸 놈이지. 그것도 그렇게 어린 그녀와 사귀면서 말이다. 후우, 그런데 나이라는 것은 어디를 가도 따라붙는구나. 내가 아무리 발버둥 쳐도 있는 것이 없게 되지는 않겠지만, 조금은 없는 척, 모르는 척해주면 안 되는 걸까?

"영진아, 네가 상헌이를 처음 만났을 때가 십 년 전이었지?"

뜬금없이 묻는 말에 영진은 눈을 동그랗게 떴다. 상헌의 이름만 나와도 영진의 눈빛은 흔들리고 있다. 도대체 십 년 동안이나 가슴에 품고 지낸다는 것은 어떤 마음일까? 나와 그녀의 나이 차만큼이나 긴 시간인데. 그 시간 동안 영진은 상헌과의 미래를 어떤 식으로 꿈꿔왔을까? 그리고 나의 그녀는 나와의 미래를 어떻게 꿈꾸고 있을까?

"네."

"그때가 몇 살이었지? 열일곱이었던가?"

"네. 왜요?"

"아니, 그냥. 그리고 스무 살 때, 상헌이를 다시 대학에서 만난 건가?"

"그렇죠."

"그럼 영진아, 그때 넌 상헌이를 보면서 어디까지 생각해 봤니?"

"어디까지라니요?"

"그러니까 결혼이라든지 뭐 그런 걸 생각해 봤니?"

질문이 너무나 직설적이었는지 영진의 얼굴이 살짝 굳어졌다. 하지만 알고 싶다. 여자들이, 아니, 나의 그녀가 무슨 생각을 하고 있을지 궁금하다.

"글쎄요. 선배, 무슨 일 있어요?"

“그냥, 궁금해서. 실은 어제 할아버님이 올라오셨는데 명혜 씨랑 같이 있는 걸 보셨어.”

할아버지가 안 올라오셨더라고 해도 언젠가는 부딪칠 문제였다. 다만 이렇게 빨리 닥칠지는 몰랐지만 말이다. 순영과 선을 본 후론, 집에서는 더욱 결혼에 대해 압박을 주고 있는 상황이었다. 하지만 그녀가 어리기에 시간을 더 주고 싶었는데 일이 이렇게 꼬여 버리고 말았다.

“아, 명혜 씨가 어려서 할아버지께서 걱정하시는 건가요?”

“그러신 거 같아. 명혜 씨 있는 데서 결혼할 거냐고 물어보셔서 나는 그렇다고 말씀드렸는데, 명혜 씨가 꽤 놀란 것 같더라고.”

“명혜 씨가 많이 놀랐겠네요. 솔직히 스물한 살의 여자에게 결혼은 생각하기 쉬운 일은 아니죠. 그렇다고 아주 힘든 일도 아니지만. 물론 선배는 명혜 씨와 결혼하고 싶죠? 그러니까 저한테 스무 살 때 어떤 마음이었냐고 물어봤겠죠.”

“그래, 맞아. 어떤 마음일까 궁금했어.”

하루 종일 그 생각으로 머리가 지끈거린다. 관자놀이를 지그시 누르고 생각에 잠겨 있을 때, 핸드폰이 울렸다. 그녀다.

[태진 씨.]

그녀의 목소리는 다른 때와는 다르게 가라앉아 있었다. 그 소리를 들으니 심장이 뚝 떨어지는 것만 같다.

“명혜 씨, 여기 스위트 미팅인데 벌써 퇴근했다면서요? 어디 아파요?”

[아뇨. 그건 아니에요. 지금 그 근처에 있어요. 이쪽으로 오실래요?]

“그래요.”

[거기서 나오셔서 왼쪽에 보시면 이층에 ‘레인’이란 찻집이 있어요.]

“알아요. 지금 갈게요.”

전화를 끊자 영진이 물었다.

“명혜 씨예요?”

“응. 영진아, 나 먼저 일어나야겠다.”

“네, 명혜 씨하고 잘 얘기해 봐요.”

“그래.”

그녀에게 향하면서 오만 가지 생각을 했다. 그녀에게 뭐라고 말할 것이며, 또 그녀는 뭐라고 받아들일까?

내가 들어오는 것을 지켜보고 있었는지 찻집에 들어서자마자 그녀가 손을 흔들었다.

“금방 오셨네요.”

“네, 아픈 거 아니죠?”

“헤헤, 네.”

웃고 있지만, 그녀의 웃음이 왠지 불안해 보인다. 나를 바라보면서도 내 눈을 피하는 것 같다.

“걱정했어요.”

그녀는 지금의 이 말에 얼마나 많은 의미가 담겨 있는지 모를 것이다. 그녀의 건강을, 그녀의 마음을 내가 얼마나 걱정했는지, 그리고 몇 걸음 되지 않는 이 길을 걸어오면서 얼마나 많은 생각을 했는지 그녀는 모를 것이다.

"제가 체력 하나는 정말 끝내주거든요. 그러니까 걱정하지 않으셔도 돼요."

"그럼 다행이지만."

침묵이 흘렀다. 뭐라고 대화를 이어가야 할 것 같은데 실마리가 떠오르지 않는다. 한참을 망설인 후, 미루지 않고 우리의 문제를 말하기로 결심했다.

"어제…… 많이 놀랐죠?"

내 질문에 그녀가 흠칫 놀라는 것이 보인다.

"조금요."

"할아버지 때문에 많이 곤란했을 거예요."

"아니에요."

착한 그녀는 고개를 흔든다. 하지만 그녀의 표정에선 숨기지 못한 것들이 드러난다. 복잡한 표정 속에서도 여실이 들어나는 것은 현재에 대한 혼란과 미래에 대한 두려움이었다.

"명혜 씨, 흠흠."

"네?"

"명혜 씨, 어제 제가 할아버지께 드린 말씀은 사실이에요."

그녀가 급하게 숨을 들이키는 것이 보였다. 많이 놀란 모양이다. 그런데 정말 예상치 못했던 걸까?

"거, 결혼이요?"

"명혜 씨 나이가 있어서 조금 시간을 두고 생각하고 싶었어요. 물론 할아버님 말씀대로 당장 하자는 것은 아니고요. 내 나름대로는 명혜 씨가 학업을 마치면 결혼하는 게 어떨까 생각해 봤어요."

"그, 그랬군요."

"너무 빠른가요?"

그녀는 멍한 얼굴로 조용히 고개를 저었다.

"모르겠어요. 아뇨, 솔직히 말해서 생각해 본 적이 없었어요. 제 말은 결혼 상대로 생각해 본 적이 없다는 게 아니라, 결혼을 생각해 본 적이 없다는 거죠. 아니, 그러니까, 그러니까……."

뭐라고 설명해야 할지 몰라 그녀는 당황한 기색이다. 하지만 난 그 말속에서 그녀가 하려던 말을 알아차릴 수 있었다. 영진이 말한 대로 그녀는 결혼 자체를 생각해 본 적이 없었나 보다.

"알아요. 명혜 씨한테는 아직 결혼은 먼 얘기라는 거. 그리고 우린 백일밖에 안 됐는데 이런 말들이 나오는 것이 생소하겠죠."

"네, 맞아요. 제 말이 그 말이에요."

그동안 가쁜 숨을 몰아쉬며 달려왔으니 잠깐 멈춰 돌아보는 시간을 갖는 것도 좋을 것 같다. 그녀에 대해, 그리고 우리의 미래에 대해.

"우리 시간을 두고 생각해 보는 건 어떨까요?"

도로 위로 노랗게 물든 은행잎들이 바람결에 우수수 떨어지고 있다. 도시는 노란 담요를 덮어쓴 듯 따사로워 보인다. 하지만 그 따스함 속에서도 나는 외로움을 느낀다. 그것은 단순히 지난 며칠 동안 그녀를 보지 못한 데서 오는 감정이었다. 아직까지도 정리되지 못한 생각들이 나를 힘겹게 하고 있었다.

빽빽이 늘어선 차량들의 행렬 속에서 무심코 눈을 돌리자 낯익은 거리가 보였다. 충동적으로 차를 돌려 혼란한 심경일 때면 들르던 나만의 곳으로 향했다.

오밀조밀한 한옥 건물들이 즐비한 원서동의 좁은 골목 끝에 차를 세우고 구불구불한 길을 걸었다. 십여 년 전 그날처럼 일부러 돌고 돌아 '공간 사옥' 앞에 멈췄다. 오른편으로 다소곳이 자리를 잡은 마당은 한가로워 보였고, 건물 한 면을 가득 채우고 있는 바싹 마른 담쟁이 넝쿨이 검은 벽돌 위에 물결치듯 늘어져 있었다. 그리고 맞은편엔 투명한 유리로 이루어진 건물이 조화롭게 어우러져 있다.

스무 살의 봄날, 녹음이 우거진 이곳을 보며 원대한 꿈을 꿨었다. 건축학도들이라면 꼭 한 번은 와봄 직한 이곳에서 나만의 독창적인 건축물을 세우고 싶다는 그런 생각을 했었다. 또 그 꿈을 위해 준비했던 시간들을 나는 기억했다. 군대는 언제 갈 것이며, 졸업 후엔 어떤 것을 할 것인지, 또 홀로 자립해서 나만의 회사를 갖게 될 시기는 언제쯤일지 그렇게 인생의 중요한 출발선에서 나는 언제나 이곳을 찾았다. 마치 오늘처럼.

그런데 나는 스물한 살의 그녀에게 무엇을 기대한 걸까? 또 무엇을 강요한 걸까?

사랑이란 찾아다니다 보면 반드시 얻게 되는 보물찾기가 아니라는 것을 이제 나는 알게 되었다. 찾으려 하기 전에 찾는 사람도 있고, 찾으려 해도 영영 찾지 못하는 사람도 있다는 것도 알게 되었다. 때문에 사랑이란 것은 갖고 있을 때 누구보다도 소중히 해야 한다는 것을 안다. 그리고 그것을 지켜 나가려면 용기를 내야 하는 것도.

바람 속에 묻어나는 초겨울의 향취를 느끼면서 천천히 길을 되짚어 걷는다. 차가운 공기만큼이나 시린 가슴을 부여잡고서, 나를 기다리고 있을 그녀에게 향한다.

15... 짝사랑과 사랑의 차이

일주일 동안 그를 보지 못했다. 서로에 대해 생각할 시간
을 갖자고 했지만, 나는 아직도 모르겠다. 내가 태진을 좋아하
고, 또 태진도 나를 좋아한다는 사실만 각인될 뿐. 그런데 왜 세
상은 그 이상을 요구하는 것일까?

내 사랑이 너무나 이기적이어서인지, 나에겐 여전히 결혼이
란 단어가 어느 날 갑자기 잔잔한 수면 위에 던져진 돌덩이처럼
여겨진다.

주위를 둘러보고, 많은 사람들의 이야기를 들어봐도 내 마음
은 혼란스럽기만 하다. 그를 좋아하니까 언젠가는 결혼을 하겠
지 싶다가도 그 언젠가를 생각하면 두렵고, 또 막연하다. 어떤

사람들은 스무 살이 채 되기도 전에 사랑을 잃을까 두려워 결혼을 했다는데, 나는 무엇이 이렇게 두려운 걸까?

멍하니 창밖을 보고 있는 내게 태진의 목소리가 들려왔다.

"먼저 왔네요."

일주일 만에 본 태진은 어딘가 모르게 수척해 보인다. 내가 괴로운 만큼 그도 괴로웠나 보다. 갑자기 가슴이 저릿해진다.

"조금 전에 왔어요."

"주문했어요?"

"아뇨. 카푸치노 마실래요."

태진은 카푸치노를 두 잔 주문하고는 나를 지그시 바라보았다. 그의 눈빛은 언제나 따뜻하다. 그래서 언제 어느 때나 나를 감싸줄 수 있을 것 같은 그런 포용력을 지니고 있다.

"생각해 봤어요?"

그의 질문에 고개를 끄덕이면서도 제대로 된 대답을 할 수가 없어 막막해진다.

"생각해 봤는데 아직 잘 모르겠어요."

"그래요. 그랬을 거예요."

"태진 씨는 생각해 보셨어요?"

"네."

한동안 그는 생각을 정리하는지 말없이 앉아 있었다. 그런 그를 보니 섣부르게 말을 꺼내기 쉽지 않아 나도 조용히 앉아 있었다. 잠시 후, 태진이 천천히 입을 열었다.

“생각해 보니까 우린 서로를 보면서도 서로가 보고 싶은 것만 본 것 같아요.”

그의 말을 듣는 순간, 심장이 멈춰 버리는 것만 같다. 그는 무슨 말을 하려는 것일까?

“그게…… 무슨 말이에요?”

“명혜 씨, 지난 일주일 동안 많이 괴로웠죠?”

그는 모든 것을 알고 있는 것처럼 미소를 지었다. 그런데 저 미소가 왜 그렇게 슬퍼 보이는 걸까?

“많이 생각해 봤어요. 내가 명혜 씨를 좋아하는 마음은 맞지만, 명혜 씨를 진실되게 좋아하진 못한 거 같아요. 명혜 씨를 진실로 생각했다면, 내 감정에 취해 내가 보고 싶어하는 것만 보는 게 아니라 명혜 씨가 무엇을 보고 있는지를 생각했을 거예요. 이건 분명 서로의 잘못이지만 내 잘못이 커요.”

아니에요, 내 잘못이 더 커요. 태진 씨가 무엇을 보는지 나는 꿈에도 생각하지 못했으니까. 아니, 엄마가, 또 다른 사람들이 이미 모두 알고 있는 것을 나는 부정하고 있었으니까.

고개를 세차게 젓는 내게 태진은 계속해서 말을 이었다.

“왜냐하면, 명혜 씨가 걸어야 할 길을 내가 먼저 걸어왔기 때문이에요. 그런데 먼저 그 길을 걸어온 인생의 선배로서 내 역할을 충실히 못했어요. 게다가 명혜 씨가 당연히 고민하고 또 선택할 인생에 대해 나 혼자 계획하고 상상했어요. 이건 분명 내 잘못이죠.”

　이쯤에서 내가 뭐라고 부정을 해줘야 하는데, 정말 아니라고 말해야 하는데 그의 단단하면서도 흔들림없는 눈빛에 아무 말도 할 수 없어 고개만 가로저었다.

　"그래서 말이죠. 나, 명혜 씨한테 선택을 맡길게요."

　무엇을 맡긴다는 걸까? 이해할 수 없다. 그의 입에서 나올 다음 말들이 너무나 두렵다. 하지만 두려워하는 내 표정에도 아랑곳하지 않고 그는 계속해서 말을 이었다.

　"명혜 씨가 기다리라고 하면 그게 언제가 되든 기다릴 거고, 가슴이 아프겠지만…… 헤어지자고 하면 헤어질게요. 명혜 씨가 하자는 대로 다 할게요."

　이 모든 것이 꿈속인 것 같아 목소리가 제대로 나오질 않는다. 겨우 입을 열고 안간힘을 써서 끊어질 것만 같은 목소리로 말했다.

　"비, 비겁해요. 너무 비겁해요. 나, 난……."

　눈에서 물기가 차 오르는 것이 느껴진다. 이러면 안 되는데, 이러면 그도 힘이 들 텐데. 입술이 덜덜 떨려서 말을 이을 수 없다.

　"알아요, 비겁한 거. 하지만 이게 명혜 씨한테 옳은 일이에요."

　머릿속으로는 그의 말을 이해하지만 가슴속에서 북받쳐 오르는 감정은 아니라고 주장했다.

　"내가, 내가 헤어지자고 해도 받아들일 거예요?"

내 질문에 그의 눈빛은 잠시 흔들렸지만 이내 확고한 어조로 말했다.

"명혜 씨가 원한다면."

"내가 한 달 있다가 나타나면요?"

"기다릴게요."

"내가 일 년 있다가 나타나면요?"

"그래도 기다릴게요."

"지금 내가 결혼하겠다면요?"

"그것도 명혜 씨가 원한다면 좋아요. 하지만 적어도 하루 이상은 생각해 줘요."

내가 헤매고 있을 때, 그는 이 모든 것을 생각하고 있었나 보다. 그런 그가 야속하기만 해 울먹이다 기어이 눈물을 흘리고 말았다.

태진이 내 옆으로 다가와 젖은 눈가를 닦아주었다.

"울지 말아요."

나를 달래는 그의 목소리가 너무나 평온해 태진의 어깨를 때리며 소리쳤다.

"어떻게 나한테 이럴 수 있어요? 정말, 정말 태진 씨는 나쁜 사람이에요!"

"알아요. 근데 이것 말고도 나 나쁜 거 많은 사람이에요."

계속해서 흘러내리는 물방울을 연실 훔쳐 주면서 그가 말했다.

“나, 무진장 겁도 많아요.”

“알아요. 공포 영화 보면서 알아봤어요.”

“또 은근히 소심해요.”

“그것도 알아요.”

“눈치도 없어요.”

“알아요. 한두 번 느낀 게 아니에요.”

“그렇구나. 명혜 씨도 아는구나. 사실 나, 명혜 씨 앞이라 괜히 폼 잡은 것도 있는데.”

“그랬어요?”

“네, 그랬어요. 그리고 나……..”

내가 모르는 무엇이 또 있는 걸까?

한참 동안 내 눈을 들여다보던 태진이 입가에 남아 있던 미소를 지우며 말했다. 밤하늘에 떠 있는 별빛처럼 잔잔하면서도 한낮의 태양처럼 뜨거운 음성으로.

“나 명혜 씨 사랑해요.”

아까와는 다른 의미로 심장이 푹 꺼질 것만 같다. 이런 상황에서 사랑 고백을 하다니, 그는 정말 나쁜 남자다. 이렇게 사람을 감동시켜 놓고 나더러 어쩌라고.

“기다릴게요.”

태진과 헤어지고 겨울 거리를 걸었다. 11월의 바람은 어느덧 매서워져 어깨를 움츠리게 한다. 하아, 긴 한숨이 흘러나오며 하얀 입김을 만든다. 계절이 흐르듯이 우리들의 시간도 어느새 흘러 버렸다. 그런데 나는 어디를 보고 있었던 것일까? 그리고 우리는?

태진의 말처럼 나는 그를 진정으로 좋아하지 못했던 것이었나? 어쩌면 기나긴 짝사랑에 갇혀 내가 만들어놓은 환상 속에서만 빠져 있었던 것일지도 모른다. 그래서 내가 보고 싶었던 것만 봤을지도.

피트니스 센터로 들어갔다. 실내는 운동하는 사람들로 활기차게 움직이고 있었다. 어제와 마찬가지로 출근을 하고, 인사하고, 농담을 건넨다. 세상은 어제와 똑같이 돌아가는데 나만 그 속에서 이방인이 되어버린 것같이 낯설게 느껴진다.

"요즘 태진 씨가 안 보인다?"

언제 다가왔는지 순영이 내 옆에 서 있다. 그 일이 있고부터 이 아줌마는 태진에게 한 걸음 물러서 있었다. 그래도 한 가지 일은 해결한 모양이군.

"네."

태진이 보고 싶다. 불과 몇 시간 전에 그의 얼굴을 봤지만, 그가 또 보고 싶다. 지난 일주일 동안 그를 보지 못했던 시간들도 나에겐 지옥이었는데, 또다시 그런 시간들을 보내야 한다고 생각하니 가슴이 울렁거린다.

내 얼굴에 나타난 슬픔을 봤는지 순영이 묻는다.

"싸웠냐?"

차라리 싸웠으면 마음이라도 편하지. 또다시 눈물이 차 오르려고 한다, 바보같이. 이렇게 아무 때나 눈물을 흘리는 그런 여자가 아닌데, 왜 자꾸 눈물이 나는 것일까?

"어머, 너 우니?"

사람들이 힐끔힐끔 쳐다보자 순영은 난처한 얼굴로 내 팔을 잡는다.

"야, 누가 보면 나 때문에 우는 줄 알겠다. 따라와."

힘없이 순영에게 이끌려 비상구로 나갔다. 다른 때 같았으면 어림도 없었겠지만, 지금의 난 뿌리칠 기운조차 없다.

주위에 아무도 없는 것을 확인한 다음 순영이 물었다.

"무슨 일이야?"

어제의 적이 오늘의 아군이 되려는 건가? 하지만 순영의 친절이 불편하기만 하다.

"남의 일에 뭐가 그렇게 궁금해요?"

"너, 진짜 싸가지없는 건 알겠는데, 남이 성의있게 물어보면 너도 성의있게 대답할 줄 알아라. 그게 뭐니?"

뭐라고 쏘아붙여 줄 말도 떠오르지 않는다. 아줌마의 얼굴엔 모든 것을 다 알고 있다는 표정이 지나간다.

"그냥 생각할 시간을 갖자고 했어요."

하아, 연적에게 이런 얘기를 해야 한다니. 내 신세도 처량맞구나.

"왜?"

“그것까지 말해야 해요?”

“할아버지 때문에?”

다 알고 있군. 설마 그 노친네가 이 아줌마한테 다 말한 건 아니겠지?

“할아버지가 말씀하셨어요?”

순영은 당연하다는 듯이 고개를 끄덕였다.

“응. 너는 기분 나쁘겠지만 그래도 나한테 설명하시는 게 예의지. 나한테 미안하다고 하시면서 말씀하시더라.”

“왜 이순영 씨한테 설명해요? 사귄 것도 아닌데.”

“할아버지께서는 나랑 되길 바라셨거든. 그건 너도 알지?”

비참하지만 어쩌랴, 사실인 것을. 하지만 그 할아버지 정말 눈이 어떻게 된 거 아냐? 저 아줌마가 어디가 예쁘다고 우리 태진 씨랑 엮어?

“네. 그날 눈치챘어요.”

“정말 할아버지 때문이야?”

한숨을 쉬며 고개를 끄덕이다 다시 저었다. 근본적인 둔제는 우리에게, 아니, 나에게 있다. 다른 사람에게 전가하지 말자.

“그럼?”

“하아, 모르겠어요. 나에게 문제가 있는 것 같아요. 할아버지께서 결혼하라고 하셨는데, 실은 내가 잘 모르겠거든요.”

“왜?”

정말 왜일까? 흘러내리는 머리칼을 쓸어 올리며 두서없이 설명했다.

"글쎄요. 왜일까요? 아직 결혼이 저한테는 너무 꿈같은 얘기라서. 나중에 결혼을 한다면 태진 씨하고 하겠지만 지금은……."

내가 이런 얘기까지 왜 하고 있을까 생각이 들어 말을 멈췄다. 고장 난 레코드처럼 계속해서 반복하는 이런 내 모습이 짜증스럽다.

"난 도대체가 이해가 안 가네. 뭐가 걱정이니? 결혼을 하자면 하면 그만이지."

나도 이 아줌마처럼 단순하게 생각할 수 있다면 얼마나 좋을까? 이건 대화가 돼야지.

"어떻게 그렇게 쉽게 말해요?"

"솔직히 말해서 태진 씨가 얼굴이 빠지니? 아니면 학벌이 빠져? 게다가 자기 회사까지 있는데 재력이 빠져? 도대체가 뭐가 걱정이야? 결혼하자고 하면 감사하다고 생각해야지."

헉! 정말 이 아줌마의 머릿속엔 뭐가 들어 있을까? 경악하는 내 표정을 보던 아줌마가 살짝 붉어진 얼굴로 말을 이었다.

"내가 너한테 이런 말을 한다는 게 우습지만, 너도 내 나이 돼 봐라. 어릴 때는 이것저것 다 따지게 되지. 내가 이 남자랑 결혼을 하면 내 인생이 어떻게 될까, 행복할 수 있을까, 너무 일찍 결혼해서 후회하는 것은 아닐까 하면서 이것저것 재지만, 결혼해서 사는 사람들 보면 다 거기서 거기야. 근데 그렇게 고민하고 후회를 할 거면, 이왕이면 다홍치마라고 태진 씨처럼 고루 갖춘 남자랑 결혼하는 게 좋지 않아? 뭐, 네가 싫다면야 나는 좋지만. 사실, 싸가지없는 너한테 대면 태진 씨가 아깝지."

나도 저 나이가 되면 저렇게 현실적으로 변할까? 근데 저 아줌마 오늘따라 이상하네. 왜 갑자기 나한테 충고를 하지? 만약에 나와 태진이 틀어지기라도 하면 얼씨구나 좋아할 텐데.

"왜 나한테 이런 말을 해줘요?"

"어? 그게…… 나도 자존심이 있지. 너랑 그렇고 그런 사이가 된 남자랑 어떻게 결혼할 생각을 하냐? 물론 그동안 네가 나한테 해온 일을 생각하면 괘씸하지만, 그래도 한 살이라도 많은 내가 조언을 해줘야지 누가 해주겠냐?"

근데 왜 내 눈을 피하는 걸까? 수상쩍다. 그때 비상구 문이 열리더니 무뚝뚝하기 그지없는 사장님이 환한 미소를 지으며 들어오신다.

"순영 씨! 염 강사하고 같이 있었어요? 커피 타놨는데……."

"아! 철구 씨, 잠깐 얘기만 마치고 갈게요."

이게 어떻게 돌아가는 시추에이션이래? 순영 씨는 뭐고, 철구 씨는 또 뭐래? 순영을 뚫어지게 쳐다보자 아줌마의 얼굴이 아까와는 비교가 안 될 정도로 빨갛게 달아올라 있다.

"그래요. 식기 전에 얼른 와요."

사장님, 제가 보이기는 한 건가요? 어떻게 저 아줌마 얼굴만 보고 얘기를 하는 거냐고요! 그리고 그 떡두꺼비 같은 얼굴에 어울리지 않는 미소는 또 뭐냐고요!

"네, 오호호호."

비상구 문이 닫히자, 아줌마가 천장을 바라보며 딴청을 한다. 참 내, 이건 황당하다 못해 어이 상실이다.

"뭐예요?"

"뭐, 뭐가?"

"지금 어떻게 돌아가는 상황이냐고요? 우리 사장님이랑 무슨 사이에요? 둘이 사귀는 거예요?"

"왜? 사귀면 안 되니?"

헉! 진짜 뻔뻔하다 못해 얼굴에 철판을 깔았나? 아니, 일주일 전까지만 해도 태진을 졸졸 쫓아다니던 주제에. 뭐? 사귀면 안 되니? 기가 막혀 아무 말도 못하고 어버버하고 있는 내게 순영이 어깨를 으쓱하며 말한다.

"그럼 내가 태진 씨 하나만 보면서 목매달 줄 알았어? 내가 너한테 말할 필요는 없겠지만, 그래도 한 남자를 두고 경쟁하던 관계니까 말해주마. 며칠 전에 철구 씨가 나한테 진지하게 사귀어 보자고 하더라. 그래서 좋다고 했어. 태진 씨보다 외모는 좀 떨어지지만 이만한 피트니스 클럽도 있고, 나한테 잘할 것 같아서."

아니, 사장님은 이 아줌마의 어떤 점이 좋다고 사귀자고 했을까? 지난 석 달 동안 천사표 흉내를 내더니 사장님 같은 남자를 건지긴 건졌나 보다. 그런데 지난번에 나한테 돈 밝힌다고 뭐라고 하지 않았었나?

"저번에 내가 돈 때문에 태진 씨가 좋다고 할 때는 그렇게 펄쩍 뛰더니."

"내가 언제 돈이 싫다고 했니? 다만, 돈 때문에 좋다고 한 건 아니지."

그랬었나? 하여간에 아줌마의 능력도 대단하다. 어떻게 일주일도 안 되어서 마음을 정리하는지.

"사장님도 이순영 씨 이러는 거 알아요?"

"알아서 뭐 하게? 그렇게 쳐다보지 마. 솔직히 까놓고 갈해서 너나 나나 다를 게 뭐가 있어? 내가 내숭 떠는 만큼 너는 안 떤 거 같아?"

"그렇긴 하지만……."

"그러니까 너나 잘해. 내가 보기엔 너도 만만치 않으니까. 어찌 됐든 나는 이제 가보마. 너도 잘 생각해서 올바르게 결정해라."

순영은 그 말만 던져 두고 쌩하니 사라져 버렸다. 올바른 결정이란 게 뭘까? 또다시 가슴속에 의문만 가득 남는다. 홀로 남겨진 나는 비상구 계단에 주저앉아 머리를 끌어안았다. 도대체가 모르겠다. 누군가는 이 나이에 결혼하는 게 정상이냐고 펄쩍 뛰고, 누군가는 현실적으로 생각하라고 한다. 그리고 태진은 내가 가고자 하는 길을 먼저 선택하라고 한다. 내 길은 무엇일까? 내가 선택해야 할 길은 어떤 것일까?

밤이 깊어질수록 의문은 쌓이고 쌓여갔다.

＊

멍하니 창가에 기대어 섰다. 유리창엔 하얀 서리가 껴 밖이 보이질 않았다. 다만 멀리 어딘가로 흘러들어 가는 차량들의 불빛만이 뿌연 유리창 속에 비치고 있다. 어쩌면 저 행렬 중에 그녀도 속해 있을지 모른다. 아까는 잘 들어갔을까? 많이 속상해했는데, 내가 없는 곳에서 또 울고 있는 건 아닐까?

"뭐 하나?"

상헌의 목소리에 상념이 깨졌다. 그래, 뭐 하고 있었던 걸까?

"그냥."

가는 한숨을 내쉬며 상헌의 맞은편에 앉았다. 상헌이 빈 잔에 술을 채우며 던지듯이 물었다.

"후회되냐?"

"후회? 후회되지. 이럴 줄 알았으면 괜히 폼 잡았어."

자조적인 웃음을 띠며 술잔을 빙그르 돌렸다. 맑은 소리를 내며 얼음이 유리잔에 부딪힌다.

"폼 재려고 기다린다고 한 거야?"

"그런 것도 있지."

정말 그런 것도 있었다. 그녀 앞에서 멋진 남자로 보이고 싶어서 약간은 폼을 잰 것도 있었다.

상헌이 피식 웃으며 잔을 입가에 들어올린다.

"정말 좋아하니까 그랬겠지."

좋아해서, 정말 사랑이란 걸 하게 돼서 그렇게 그녀를 돌려보냈다. 생각할 시간을 주겠다고, 기다리겠다고 했지만 후회가 되는 건 어쩔 수 없나 보다. 영락없이 이기적인 내 마음은 그렇다.

"그래. 그런데 명혜 씨가 일어서고 나니까 막 후회가 되더라. 마음속에 숨어 있던 악마가 고개를 쳐들면서 이러는 거야. 혹시 명혜 씨가 새처럼 날아가 버리면 어쩔 거냐고. 차라리 그녀의 입맛에 맞는 미끼를 던지지 그랬냐고."

남은 진지하게 말을 하는데 상헌은 우스운 모양이다. 젠장, 아무리 우스워도 그렇지 고개까지 흔들어가면서 웃는 건 또 뭔가 말이다.

"후후, 네가? 퍽도 그랬겠다. 내가 아는 넌 그러지 못해."

상헌인 정말 나를 모른다. 지난 일주일 동안 얼마나 닳은 생각을 했었는지, 그리고 그 생각 속에 그녀를 잡아두기 위한 계략이 얼마나 많았는지 모른다. 후우, 후회는 들지만 그래도 잘한 거다. 만약 그녀를 내 욕심으로 붙들어놓았더라면 평생을 죄책감에 괴로워하며 살았을 테니까.

"너, OTL이 뭔지 아냐?"

그녀와 현우의 대화를 듣고 나서 한동안 패닉 상태에 빠져들었었다. 내가 모르는 언어로 현우와 대화하는 것을 얼마나 질투했던지. 세상엔 내가 모르는 단어들이 빠르게 생겨나고 있었다.

“처음 듣는 말이군. 신조어냐?”

“응. 그게 무슨 뜻이냐면 좌절이란 뜻이다.”

처음 OTL의 뜻을 안 순간, 얼마나 웃음이 나왔던지. 요즘의 신세대들의 재치에 놀랐고, 그것들이 하루가 다르게 생겨나고 또 받아들여진다는 것에 놀랐다.

“좌절?”

“그래, 좌절. 그리고 또 지름신이 뭔지 아냐?”

상헌이 눈썹을 치켜올리며 고개를 저었다.

“몰라.”

“물건을 살 때 안 사려고 해도 옆에서 부추기는 신이 지름신이야. 웃기지?”

“후후, 그런 걸 다 연구했냐?”

“응, 그렇게 하면 거리가 가까워질까 해서.”

“그렇게 노력한다면 가까워지겠지. 이미 지금 네가 말한 거리만큼은 없어졌을 것 아냐? 서로에 대한 관심이 생긴다면 그런 거리쯤은 아무것도 아닐 거야.”

많이 공부하고 거리를 좁히려 노력했는데, 정작 좁혀야 할 거리는 좁히지 못했다. 상헌의 말대로 조금만 더 관심을 가졌더라면 좋았을 텐데. 그랬더라면 서서히 우리에게 변화가 생겼을 텐데. 자꾸만 이런 가정들이 생긴다.

“그렇겠지?”

“그래. 그러니까 이렇게 청승 떨지 말고, 명혜 씨가 돌아왔을 때를 대비해야지.”

“그래, 그래야지. 인마, 그래도 나도 준비는 다 해놨다. 태권도 도장도 끊어놓고, 열심히 인터넷 뒤져 가며 신조어도 익혀두고 있고.”

나에겐 아직 해야 할 일이 많이 남아 있다. 그녀가 돌아오기 전에 풀어내야 할 숙제도 있다. 그래도 할 일이 있다는 것이 얼마나 다행인가.

“훗, 대단하군. 내 눈엔 벌써 네들 사이의 거리의 반은 좁혀진 것 같다.”

“그래 보이냐?”

“그래, 인마.”

“너는 어때?”

뜬금없이 묻는 말에 상헌은 의아한 얼굴로 반문했다.

“나?”

“그래, 영진이와는 어때? 여전히 그 거리야?”

내 질문에 상헌은 약간은 쑥스러워하는 얼굴이 되어버린다. 무슨 일이 생겨나고 있는 모양이군.

“조금씩 좁혀가려고 용기 내고 있어.”

정말 얼마 남지 않았군. 저런 녀석이 한 번 맘먹으면 무서운 건데 이미 마음을 먹었다는 거 아닌가.

“축하한다, 친구.”

“용기 낸다고 했다. 김칫국 마시지 마.”

"네 입에서 그 정도 말이 나왔다는 것은 임박했다는 뜻이겠지. 어쨌든 잘되길 빌겠다."

축배의 의미로 술잔을 치켜들자, 마지못한 얼굴로 상헌이 잔을 부딪쳤다.

"건배!"

마음으로 기도한다. 찰랑거리는 금빛 액체가 나에게 행운을 가져다주길, 그리하여 이 겨울이 가기 전에 그녀가 하루 빨리 내 곁으로 돌아오길…….

16... 우리 카푸치노 같은 사랑을 해요!

카페 안에 흘러나오는 캐롤을 들으며 창밖을 바라본다. 길가에 서 있는 앙상한 나뭇가지 사이사이로 자잘한 전구가 빛을 발하고 있다. 그 아래엔 구세군들이 빨간 냄비를 앞에 두고 지나가는 사람들에게 사랑을 베풀라고 소리치고 있다. 왜 한 해의 끝에 서면 사람들은 너그러워지는 것일까? 아니면 이 작은 성의로 한 해 동안 저지른 잘못을 용서받고 싶은 걸까? 태진도 그럴까? 그는 지금 무엇을 하고 있을까? 나는 또다시 그를 생각하고 있다. 지난 한 달 동안 그래 왔던 것처럼 내 생각의 끝은 그에게로 향한다.

그날 태진과 헤어진 후, 다음날이면 그에게 달려갈 수 있으리라 생각했었다. 하지만 하루가 지나고, 한 달이 훌쩍 지난 오늘까지도 그러지 못했다. 지난 한 달 동안, 거짓말처럼 그 어디에서도 태진을 볼 수 없었다. 매일 한두 번씩 이곳을 들르던 그는 단호하게 발길을 뚝 끊어버렸다. 마찬가지로 피트니스 클럽에서도 말이다. 나를 위해 그런다는 것은 알지만, 서운한 마음은 금할 수 없다. 하지만 서운함과는 비교할 수 없을 정도로 사무치게 그가 그립다. 그리고 그리움이 더해갈수록 내 머릿속은 점점 선명해져 간다.

"내일은 뭐 할 거야?"

현우의 물음에 창가에 머물고 있던 시선을 돌렸다.

"내일? 내일 왜?"

"왜긴, 크리스마스 이브잖아."

"아, 맞다. 벌써 그렇게 됐구나."

"날짜 감각이 없냐? 근데 내일도…… 김 사장님한테 안 갈 거야?"

아직은 모르겠다. 오늘 갑자기 갈 수도 있고, 일 년 후일 수도 있다. 하지만 분명한 것은 내 마음속에서 무언가가 그려지고 있다는 거다.

"모르겠어."

"그럼…… 나하고 내일 영화나 보러 갈래?"

"내일이 대목인데 영화를 어떻게 봐?"

"심야영화 보면 되지."

내가 왜 저랑 밤늦은 시간에 영화를 봐? 차라리 그 시간에 우리 태진 씨 생각을 하고 있어야지.

"아버지한테 혼나. 그리고 너는 친구가 없냐? 왜 나랑 봐?"

별말을 한 것 같지 않은데 현우의 얼굴이 굳어지고 목소리가 날카롭게 변한다.

"너랑 보면 안 되는 거냐? 어차피 김 사장님하고 만날 것도 아닌데, 나랑 좀 같이 있으면 안 돼?"

왜 이렇게 까칠하게 구는 거지? 평상시의 현우라면 웃고 말았을 것을 오늘은 이상하다. 무슨 일이라도 있는 건가?

"내가 뭐 실수했어? 왜 그래?"

"몰라!"

"모르긴 뭘 몰라? 너 생리하냐?"

"뭐? 계집애가 못하는 소리가 없어."

"그러게 왜 그렇게 예민하냐고!"

"아, 됐어!"

"이게 진짜! 뭐가 문제야?"

윽박지르는 내 소리에 현우 녀석이 인상을 팍팍 쓰며 말한다. 깨끗한 카운터를 행주로 닦고 또 닦으면서 말이다. 꼭 우리 엄마 화났을 때의 모습을 보는 것 같군.

"너, 진짜 친구긴 한 거냐?"

갑자기 웬 뜬금없는 친구? 그럼 저가 친구지 뭐야?

"아, 또 왜?"

"또 왜? 너, 내가 다음 달에 군대 가는 건 알고 있어?"

아, 맞다! 저번 주에 현우가 뭔가 대단한 결심이라도 한 사람인 양 비장하게 말했었다. 아니, 근데 군대 안 가는 사람이라도 있나? 꼭 저만 가는 것처럼 저렇게 말하니.

"알고 있어. 그걸 왜 몰라? 네가 하루가 멀다 하고 말하는데."

"그럼, 마지막 크리스마스를 친구인 내가 같이 보내자는데 꼭 그렇게 말해야겠냐? 엉?"

휴우, 이래서 어린것들은 안 된다니까. 고작 이것 때문에 화가 났다는 거야? 한숨이 절로 나온다.

"아니, 꼭 나여야만 해? 네 친구들도 있을 거 아냐?"

"너는 안 되는 이유라도 있어? 내가 같이 보내자는데? 그 정도도 못해줘?"

"군대 가는 게 유세냐, 어? 너만 군대 가냐?"

"그래, 나만 군대 간다. 그러니까 내일 시간 빼놔."

그래도 친군데 군대 가는 녀석에게 나 몰라라 할 수는 없지. 아량 넓은 내가 시간을 내줘야지 어쩌겠는가.

"그래, 알았어! 근데 내일 누구누구 나오는데?"

"그게…… 너랑 나랑 둘이."

엥? 현우의 얼굴이 붉어진다. 그리고 왜 저랑 나랑 단둘이 만나? 이상하네. 얼굴을 찡그리며 녀석을 뚫어지게 바라봤더니 이 자식이 글쎄 얼굴을 더욱 붉히며 소리치는 거다.

"왜? 둘이 만나면 안 돼?"

혹시 녀석이? 설마, 말도 안 된다. 그럴 리가 없다는 것을 알면서도 녀석에게 물었다.

"왜 그래? 너 나 좋아하냐?"

한동안 정적이 흘렀다. 처음엔 반신반의하는 마음으로 물었지만 얼마 되지 않아 녀석의 눈에서 대답을 찾을 수 있었다.

잠시 후, 현우가 착 가라앉은 음성으로 물었다.

"내가 좋아하면 안 되는 거냐?"

이럴 수가! 역시 나의 매력은 치명적이구나! 음하하하 아니 아니, 지금 내가 이럴 때가 아니지. 녀석에게 뭐라고 말을 해야 할까? 아무리 내가 구박을 했어도 현우는 나에겐 베스트 프렌드가 되어버렸는데. 그리고 짝사랑의 비애에 대해 누구보다 잘 알고 있는 나로서는 현우의 감정을 쉽게 넘겨 버릴 수 없다.

"흠흠, 글쎄 안 된다고 하기보단, 너도 알다시피 나는 좋아하는 사람이 있잖아."

"솔직히 김 사장님보단 내가 나이대도 비슷하잖아. 어차피 너도 바로 결혼하는 건 힘들다고 생각해서 지금 이러고 있는 거 아냐? 그렇다면 내가 너랑 더 맞는 사람일지도 몰라."

녀석의 말이 틀린 건 아니다. 지금 고민하고 있는 문제가 바로 그거니까. 태진과의 나이 차 역시 무시할 수 없다는 것도 안다. 하지만 그럼에도 불구하고 나는 태진이 좋은 걸 어떻게 하겠는가?

"네 말도 맞아. 아니, 그럴지도 몰라. 근데 있지, 내 감정은 내가 어떻게 할 수 있는 게 아니잖아.”

“나도 내 감정을 어떻게 할 수가 없어. 아무 때나 폭력을 휘두르고, 다른 사람한테 정신 팔려 있는 너를 나라고 좋아하고 싶었는 줄 알아?”

다른 때 같았으면 주먹이라도 내질렀겠지만, 현우의 진지한 눈빛에 나도 모르게 마음이 가라앉았다. 녀석은 격한 감정을 다스리려는지 잠시 말을 멈추고 심호흡을 했다.

“후우, 네가 예전에 그랬지? 사랑은 케케묵은 상태에서도 찾아올 수 있다고. 그래, 네 말이 맞았어. 너란 애를 속속들이 다 알고 있는데도 이렇게 되어버리더라고.”

언젠가 내가 했던 말을 현우는 기억하고 있었나 보다. 뭐라고 해야 할까? 어떻게 위로를 해야 할까? 누군가의 마음을 얻고 싶어하는 사람도 힘들겠지만, 주지 못하는 사람도 마찬가지다. 이런 내 마음이 조금이라도 전해진 건지 현우의 눈에 아픔이 서린다. 하지만 지금의 아픔 때문에 모르는 척 넘겨 버린다면 현우는 더욱 상처받을 것이다.

“현우야, 태진 씨를 짝사랑하고 있을 때, 난 사랑이 에스프레소 같다고 생각했었어. 진하고 강렬한 맛이 때론 쓰기까지 했거든. 그런데 막상 태진 씨와 사귀고, 혼자 하는 사랑이 아닌 둘이 하는 사랑을 하고 난 후에 생각이 바뀌더라.”

아무 말 없이 나를 바라보는 현우에게 그동안 마음속에 담아 두었던 말을 꺼냈다.

"내가 하는 사랑은 카푸치노였어. 하얀 거품이 예뻐서 마시게 됐지만, 정작 내가 좋아하게 된 것은 하얀 우유 거품이 아니라 그 안에 감춰진 계피의 쌉싸래한 맛과 달콤함이 곁들어진 평범한 색의 커피였던 거야."

"환상이 사라진 후에 더욱 좋아졌다는 거야?"

흔들리는 눈으로 묻는 현우에게 천천히 고개를 끄덕였다.

"응, 그렇게 됐어."

참으로 이상하다. 내 마음을 설명하면서 확연히 정리가 되다니. 현우에게 미안한 말이지만, 태진에게 향해 있는 내 진심이 또렷하게 각인되었다.

"그럼, 나는 정말 안 되는 거냐?"

녀석의 목소리가 살짝 떨려왔다. 하지만 이기적인 나는 아무렇지 않은 척 농담을 건넨다.

"그래, 자식! 이 누님이 워낙 사랑할 수밖에 없는 여자라 힘들겠지만 마음 접어라."

현우의 어깨를 치며 말하자, 녀석이 눈을 굴리더니 내 손을 툭 쳐내 버린다.

"됐다, 나도 됐어. 너 같은 공주병 말기 환자랑 안 엮인 게 다행이지. 김 사장님이 불쌍하지 뭐. 이런 게 뭐가 좋다고."

말은 그렇게 하면서 녀석의 눈가가 촉촉해졌다. 모르는 척 고개를 돌리자 녀석은 잠깐만, 하더니 화장실로 향해 버렸다. 그런 현우에게 고마운 마음이 든다. 어색해질 수 있는 상황을 녀석이 가볍게 넘겨줬으니 말이다.

문득 창밖에 시선을 끄는 것이 있어 고개를 돌려보니 은백색의 눈이 소리없이 흩날리고 있었다. 올해 내린 첫눈이었다. 펑펑 쏟아지는 함박눈도 아닌 점점이 내리는 진눈깨비에도 사람들의 얼굴엔 행복이 서려 있다. 문득 그가 보고 싶단 생각이 가슴을 가득 메운다. 저 눈이 사라지기 전에 그를 만난다면 좋을 텐데. 그와 함께 첫눈을 맞고 싶은데.

더 이상 참을 수 없을 만큼 그가 그립다. 지금 당장 그를 보지 못하면 죽을 것만 같은 마음에 가방을 챙겼다. 아직 퇴근 시간까지는 오 분이나 남았지만, 그 시간조차 기다릴 수 없을 만큼 조급해진다.

"저 급한 일이 있어서 일찍 퇴근할게요."

뒤에서 점장님이 뭐라고 하는 것 같았지만, 내 귀엔 들리지 않는다. 하늘에서 떨어지는 차가운 눈꽃은 나와 부딪치자마자 녹아버렸지만, 나에겐 신이 내린 축복같이 여겨진다. 촉촉하게 젖은 얼굴을 손으로 훔치며 그에게 달려갔다.

오피스텔 정문을 열자, 경비 아저씨가 고개를 들며 아는 척을 하신다.

"학생, 오랜만이네. 또 그놈 만나러 왔어?"

이 아저씨, 정말 안 되겠네. 아니, 남의 귀한 아들한테 왜 자꾸 놈이라고 하는 거야? 아직도 오해하고 있나?

"네."

“그래도 학생을 만나면서 정신을 차렸는지, 요즘 그 아줌마는 안 오더라고.”

순영이 나에게 공개적으로 우리 사장님과 사귄다고 선언한 후, 그들은 정말 일사천리로 진행되고 있었다. 머지않아 청첩장을 나눠 줄 기세였다. 솔직히 나는 순영의 그런 점이 무섭게 느껴진다. 어떻게 사람의 감정이 그렇게 쉽게 정리될 수 있는지 모르겠다. 태진과 나 사이를 방해하던 일은 싹 잊었는지 요즘은 나를 볼 때마다 응원까지 한다. 내 참, 어이없어서! 그래도 우리 사이를 갈라놓으려고 하는 것보단 낫지. 뭐, 눈엣가시 같은 존재가 사라져 줬으니 나야 감사할 따름이다.

“네. 근데 그분은 그냥 친구예요.”

내 설명이 아저씨한테는 그저 태진을 두둔하는 걸로밖에 비춰지지 않았나 보다. 그저 측은한 눈빛으로 고개를 끄덕일 뿐.

“그렇다고 해두지 뭐.”

아니, 저 아저씨가! 그러면 그런 거지 그렇다고 해두는 건 또 뭐야? 하지만 지금 내가 이 아저씨와 이러고 있을 때가 아니지. 나중에 꼭 아저씨의 오해를 풀어줘야지. 꼭!

“전 올라가 볼게요.”

엘리베이터를 타고 올라가는 동안 새삼 다시 초조해진다. 그에게 어떻게 말을 해야 할지 정리도 되지 않았는데 이렇게 무작정 달려온 게 잘한 것인지, 너무 늦게 온 것은 아닌지, 그동안 그가 나를 기다리는 것을 포기한 것은 아닌지. 오만 가지 생각이 내 머리를 장악하고 있었고, 그것은 그의 집 앞에 서서도 한참 동안 이어졌다.

손끝으로 만져지는 벨을 누르고 싶지만, 용기가 나지 않는다. 하아, 그냥 벨을 눌러? 아냐아냐, 그러다가 태진이 나오면 뭐라고 말할 건데? 그냥 너무 보고 싶어서 왔다고 하면 안 되는 걸까? 머릿속은 선명한데 도대체 어떻게 표현해야 할지 난감하다.

"아직도 시간이 필요해요?"

태진이다. 등 뒤에서 들려오는 그의 음성에 천천히 몸을 돌렸다.

"태, 태진 씨!"

"그래서 망설이고 있었어요?"

한 달 전의 모습 그대로 그는 편안한 차림으로 서 있었다. 약간의 미소까지 걸친 채, 휴가를 끝내고 돌아온 사람처럼 그렇게 여유있는 모습이었다. 그런 그를 보자, 조금 전까지만 해도 나를 괴롭히던 생각들이 저만치 날아가 버렸다.

"아니요. 그런 게 아니에요."

고개를 젓는 내게 태진이 천천히 다가왔다.

"그럼요?"

"혹시라도 내가 너무 늦게 와서 태진 씨가 나를 잊었다고 할까 봐, 갑자기 겁이 덜컥 났어요."

너무나 보고 싶었던 얼굴이 다가오는데도 자꾸 뿌옇게 보여 눈을 껌뻑였다. 그리고 그에게 내 마음을 전하기 위해 떨리는 입술을 열었다.

"보고 싶은 마음이 너무 커서, 그래서 달려왔어요."

"그랬어요?"

"네. 태진 씨는 떨어져 지내면서 생각을 해보라고 했지만, 어떤 생각을 하든 항상 태진 씨로 끝나 버렸어요. 떨어져 있으니까 더, 더…… 그립더라고요."

태진이 넓은 품 안으로 나를 끌어당기고 토닥거렸다. 그러자 그동안 그를 그리워했던 마음만큼 감정이 복받치기 시작했다.

"울지 말아요. 정말 내가 몹쓸 놈이네요."

"맞아요."

눈가의 물기를 그의 가슴에 적시며, 가슴속에 담아두었던 말을 꺼냈다.

"제가 너무나 미숙해서 아직은 모르는 게 많지만, 그래도 또렷이 아는 것은 제가 태진 씨를 사랑한다는 거예요."

내 어깨를 잡은 그의 손에서 미약한 떨림이 느껴진다. 내색하진 않지만, 내가 힘든 만큼 그도 힘들었을 것임을 새삼 깨달았다. 고개를 들어 그의 눈을 바라보며 말했다.

"내가 막연하게 생각했던 태진 씨의 모습과 실제의 모습이 조금 다르다는 것도 알아요. 하지만 그래도 태진 씨가 좋은걸요."

태진이 조심스레 흘러내리는 눈물을 닦아주었다. 그 자그마한 행동마저도 나를 소중하게 여기는 것 같아 또다시 가슴이 먹먹해져 고개를 숙였다.

"그러니 저에게 시간을 주세요. 일 년 동안만. 그동안 열심히 연애하며 나도 미래를 생각해 볼게요. 내 미래뿐만 아니라, 우리가 함께 있는 미래까지 말이죠. 그래 줄 수 있나요?"

쉽게 결정하고 싶지 않기에, 사랑하는 만큼 신중하게 관계를 이루고 싶기에 한 부탁이었다. 하지만 너무 무리한 부탁이었나? 조용한 침묵에 자신이 없어진다.

두근거리는 마음으로 그를 바라본 순간, 그의 눈가에 진한 웃음이 흐른다. 그리고 마침내 옅은 진동이 느껴지는 목소리로 그가 말했다.

"그 대답을 기다렸어요."

"정말요?"

"사실은 명혜 씨가 이 말을 해줄 때까지는 몰랐었는데, 기다렸던 거 같아요. 이렇게 마음이 기쁘고 편안한 걸 보면. 그리고 빨리 와줘서 고마워요. 만약 오늘 명혜 씨가 오지 않았다면 내가 달려갈 뻔했어요. 눈이 내리는데 명혜 씨가 너무 보고 싶었거든요."

우린 정말 천생연분인가 보다, 이렇게 척척 마음이 맞는 걸 보면. 그동안 묵직했던 가슴이 점점 가벼워지는 것이 느껴진다.

"우리 같이 첫눈 맞으러 나갈래요?"

그와 함께라면 어느 곳이든, 무엇을 하든 좋다. 그와 함께라면!

"네, 좋아요!"

그와 함께 거리로 향한다. 점점이 내리던 눈이 어느새 굵어져 온 세상을 하얗게 물들고 있었다. 뽀드득 소리나는 눈길을 밟으며 그의 손을 맞잡는다. 그리고 그의 옆에 나란히 발자국을 찍으며 앞으로, 앞으로 나아간다.

에필로그

매서운 겨울바람이 뺨을 할퀴고 지나갔다. 일요일 오후의 거리는 한산하다 못해 텅 비어버린 듯 조용하다. 태진과 나는 익숙한 건물 앞에 서서 심호흡을 했다.

"태진 씨, 오늘은 꼭 피해야 해요."

"명혜야, 걱정 마. 오늘은 자신있으니까."

태진의 눈이 결연한 의지로 빛났지만, 사실 나는 별 기대를 하지 않는다. 다만 오늘은 또 얼마나 맞게 될지 걱정이 될 뿐이다. 아버지와 태진과의 말도 안 되는 거래를 알게 된 것은 불과 몇 달 전이었다. 그동안 일요일이면 어디론가 바쁘게 사라지는 그를 보면서 이상하다고 생각했었다. 하지만 그 나이의 남자라면 자신만의 시간이 필요하다고 여겨 섭섭해도 그러려니 했는데, 어느 날 그가 때 아닌 선글라스를 끼고 나타난 것이다. 그것도 해질 무렵에 말이다. 한사코 선글라스를 안 벗으려는 것을 억지로 벗겼더니 그 언젠가처럼 태진의 눈가에 멍이 들어 있었다. 도대체 어떤 놈이 이렇게 만들었냐고 다그치니까, 태진은 그저 문에 부딪쳤다고 했다. 그런데 내가 누군가? 눈치 빼면 시체인 나 염명혜가 아닌가. 생각해 보면 이상한 게 한두 개가 아니었다. 일요일의 수상쩍은 외출은 그렇다 치고, 월요일이면 한두 군데씩 멍이 들어 나타났으니. 도대체 무슨 일이 일어나는지 궁금해서 일요일에 미행했더니 글쎄, 아버지의 도장으로 가는 것이다. 그리고 아버지가 태진을 대련이라는 이름하에 구타하고 있는 현장을 포착하게 되었다. 도대체 왜 그러냐고 아버지한테 따졌더니 글쎄, 태진한테 당신을 막지 못하면 나와의 교제를 허락하지 않겠다고 했다나? 아니, 평생을 태권도를 업으로 산 사람과 태권도라곤 군대에서 잠깐 배운 사람이랑 어떻게 대결이 된다고 그런 제안을 한 건지. 그건 분명 억지요, 횡포였다.

하지만 하늘이 알고, 땅이 알고, 내가 알고, 또 옆집 똥개가 알듯이 우리 아버지의 고집을 어떻게 꺾으랴. 게다가 한술 더 떠서 태진마저도 말리지 말라나? 하아, 정말 내 속이 속이 아니다. 왜냐하면, 아버지와 대련한 지 일 년도 훌쩍 넘은 이 시점에서 내가 옆에서 그렇게 코치를 했건만 태진은 단 한 번도, 정말 단 한 번도 아버지를 막아보지 못했던 것이다. 이미 눈치는 챘었지만, 태진의 운동 신경은 정말 꽝이었다. 그러니 오늘의 대련을 내가 편한 심정으로 볼 수 있겠는가.

"딱 한 번만 막으면 되는 거 알죠? 아버지는 뒤돌려 차기가 주특기니까 태진 씨는 그것만 막으면 돼요."

태진이 의연한 얼굴로 고개를 끄덕였다. 그의 얼굴에 서린 긴장감에 나도 덩달아 긴장이 된다.

"알고 있어."

"태진 씨는 키가 커서 오히려 유리하단 사실을 잊지 말아요."

"알았어."

주먹을 불끈 쥐고 앞장서 가는 태진을 따라 도장 안으로 들어갔다. 실내는 차가운 날씨만큼이나 썰렁했다. 아버지는 이 추운 날에도 도복만 입으신 채 바닥에 앉아 계셨다.

"아버님, 저희 왔습니다."

"아버지, 안 추우세요?"

"사내대장부가 되어서 이런 추위가 뭐 대수라고. 자네는 얼른 들어가서 도복으로 갈아입고 오게."

"네, 아버님."

태진이 옷을 갈아입으려 탈의실에 들어가자, 아버지가 조용히 말씀하신다.

"도대체 저 녀석은 언제까지 이럴 거라냐? 나도 일요일은 좀 쉬어야지, 이건 그 쉬운 발차기 하나 못 막아서야."

아버지도 이젠 지치셨나 보다. 하긴 지난해 가을부터 올해 겨울까지 아버지도 일요일엔 쉬지 못하셨으니.

"그러니까 왜 그런 말씀을 하셔 가지고. 이번엔 아버지가 좀 봐주세요, 네?"

"무슨 소리! 어떤 경우에 있어서도 승부는 정정당당히 해야 하는 법이다."

하아, 정말 언제까지 이 짓을 해야 할까? 고집 센 두 남자의 끝이 없는 대결을 중간에서 보고 있어야만 하다니. 차라리 내가 아버지와 대련을 하고 싶다.

"근데 정말 저 녀석이랑 결혼이라도 하겠다는 거냐?"

지난 일 년 동안 많은 생각을 했었다. 하지만 결론은 그를 사랑하고, 절대 헤어지고 싶지 않다는 거다. 그리고 만남을 거듭할수록 그와 함께 지내고 싶은 마음이 간절하다.

"하고 싶어요. 아버지도 태진 씨가 마음에 드시는 거잖아요."

만약 태진이 마음에 들지 않았다면 아버지는 이런 식의 대련을 하지도 않았을 거다. 게다가 몇 달 전부터는 밑반찬이라도 싸다가 주라고도 하셨다.

"졸업하고 바로 결혼하고 싶다고?"

내 마음이야 당장이라도 하고 싶지만, 졸업하기 전에 결혼하고 싶다는 말은 차마 못하겠다.

"허락해 주시면 그러고 싶어요."

"저 녀석도 그러자고 하냐? 나이가 있어서 저쪽 집에서는 빨리 하자고 할 텐데."

"그렇긴 한데, 저도 임용고시를 준비해야 하고……."

그때 탈의실 안에서 도복을 갈아입은 태진이 나왔다.

"그럼 시작할까?"

아버지는 일어서서 자세를 잡으셨다.

"네, 아버님."

태진은 눈을 매섭게 빛내며 아버지를 주시하고 있다. 단 한 번이면 되는데, 정말 단 한 번이면.

아버지는 천천히 그의 주위를 돌며 기회를 보고 계셨다. 그런 아버지를 따라 태진의 몸도 천천히 돌고 있다. 숨이 막힐 것만 같은 긴장감에 온몸이 굳어지는 것만 같다고 생각할 때, 아버지가 공격을 해오셨다. 아버지가 주먹을 내지르자, 태진이 주춤 물러섰다. 하지만 주먹은 그의 어깨를 가격했다. 젠장! 아무리 정정당당한 승부라도 그렇지, 저렇게 때리면 우리 태진 씨가 얼마나 아프겠어. 저 고통스러워하는 얼굴을 보자니 가슴이 콩알만해진다.

그런 것에 아랑곳하지 않고 아버지는 또다시 태진의 주위를 돌며 공격할 기회를 보고 있었다. 그리고 마침내…….

"이얍!"

기합 소리와 함께 아버지가 태진에게 뒤돌려 차기를 시도했다. 짧은 다리라 폼은 안 나지만, 빠른 속도에 발끝만큼은 정확하게 태진을 겨냥하고 있었다.

하아, 도저히 못 보겠다. 두 눈을 꼭 감고 태진의 신음 소리가 들려올 것을 기다리고 있었다. 하지만 실내엔 정적만이 갈돌 뿐이었다. 슬그머니 두 눈을 뜨니 태진이 팔을 뻗어 아버지를 막고 있는 것이 보였다.

"태, 태진 씨!"

내 외침에 태진도 그제야 자신이 막아섰다는 것을 깨달은 모양이다. 얼떨떨해하는 태진을 보며 천천히 다리를 내리며 아버지가 말씀하셨다.

"드디어 막았군. 하는 수 없지. 약속은 약속이니 결혼을 허락하겠네."

말씀은 그렇게 하시지만, 아버지의 얼굴은 시원한 기색이 역력하다.

"아버님, 감사합니다!"

감격에 겨운 얼굴로 태진이 아버지에게 90도로 허리를 굽혔다.

"됐고, 이제 옷 갈아입고 얼른 가보게. 나도 일요일은 쉬어야지."

"네, 아버님!"

태진이 다시 옷을 갈아입으려고 들어가는 것을 본 후, 아버지에게 다가갔다.

"아버지, 감사해요."

"뭐가 말이냐?"

"그래도 제가 아버지 딸인데 모르겠어요?"

"무슨 말인지 모르겠구만. 나는 먼저 갈 테니까 네가 정리하고 가라. 허흠, 이제야 나도 일요일엔 쉬겠구만."

"네! 그동안 고생하셨어요."

태진을 기다리며 투명한 유리창 너머를 바라보았다. 주말 오후는 사람들이 행복한 미소를 짓게 만든다. 연인을 만나러 약속 장소로 향하는 사람들, 기다리는 가족들을 생각하며 발걸음을 빨리하는 사람들이 거리를 메우고 있다. 나는 그곳에서 나의 남자를 찾고 있다. 이곳으로 열심히 뛰어올 태진을.

"우리 태진 씨는 언제 오려나?"

벽에 걸려 있는 예쁜 장미 문양의 시계로 시선을 돌리니 현우가 혀를 차며 타박을 한다.

"님 오시나 기다리고 있냐? 아주 목이 빠지겠다."

"너는 왜 여기 와서 이래? 군대에서 휴가를 나왔으면 부모님과 시간도 보내고 그래야지."

"막내아들이 휴가 나오는데도 우리 부모님은 여행 가셨다."

쯧쯧, 불쌍한 녀석. 어딜 가도 환영을 못 받는구나.

"그럼 친구라도 만나러 가. 영업 방해하고 있잖아."

"점장님도 아무 말씀 안 하시는데 네가 왜 난리야? 그리고 난 오늘 손님으로 온 거야."

"손님 좋아하시네. 그럼 시키기나 해."

"일행 오면 시킬 거야."

하여간에 개구리 올챙이 적 생각 못한다고 예전에 아무것도 안 시키고 기다리는 손님들 보면 뭐라고 했던 인간이 저런다.

"일행? 누가 오기로 했어?"

"넌 몰라도 돼."

"몰라도 돼? 이 자식이!"

아, 이 자식만 안 보면 나도 비폭력주의자로 살아갈 수 있는데. 일 년 넘게 버텨왔던 내 주먹이 녀석의 도발로 힘을 발휘했다.

딱!

"아야! 왜 때려! 계집애가 만날 주먹만 휘두르고. 김 사장님만 와봐, 내가 가만히 있나."

머리를 손으로 문지르면서 현우 녀석이 펄펄 뛴다. 저지 군대 가더니 많이 컸구나. 협박까지 하다니.

"죽고 싶으면 그렇게 해. 어차피 일 년 넘게 사귀면서 터진 씨도 내 성질을 눈치챈 거 같으니까 이젠 두려울 게 없어."

"하여간에 성질만 드러워서."

또다시 주먹이 날아가려고 하자, 녀석은 부리나케 화장실로 달려갔다. 저걸 진짜! 부르르 떨리는 주먹을 쥐었다 폈다 하는 순간, 카페 문이 열린다.

딸랑.

앗! 태진 씨다! 지난주에 같이 쇼핑한 커플룩을 입고 그가 들어오고 있다. 청바지에 후드 티셔츠를 입은 그는 한결 젊어 보인다. 나와 나이 차가 나는 것이 신경 쓰이는지 그는 요즘 부쩍 외모에 신경을 쓰는 것 같다. 나는 그대로의 태진 씨가 멋진데.

그렇다고 변화된 태진이 싫다는 건 절대 아니다. 네버!

"조금 늦었지? 집에 가서 옷 좀 갈아입고 오느라."

쑥스러운 듯 얼굴을 붉히는 그가 사랑스러워 저절로 미소가 지어진다.

"잘 어울려요. 실은 저도 이거 입고 왔는데. 서로 마음이 통했나 봐요."

"하하, 그런가."

"참, 이순영 씨가 청첩장 주던데, 받았어요?"

일 년 넘게 피트니스 사장님과 열렬히 연애를 하던 순영은 마침내 결혼에 골인하게 되었다. 자기 말로는 사장님이 순영에게 폭 빠졌다나? 어떤 여우 짓을 했을지는 안 봐도 비디오다. 또 며칠 전에는 청첩장을 주면서 이러는 거다.

"오호호호, 꼭 와. 결혼식은 호텔에서 할 거니까 부담 갖지 말고. 나는 싫다고 했는데도 철구 씨가 최고의 결혼식을 만들어주고 싶다나? 오호호호. 태진 씨한테도 보냈으니까 같이 오면 되겠네."

호텔이니까 부담 갖지 말라니? 내 참, 호텔에서 결혼한다고 어지간히 자랑하고 싶었나 보다. 그나저나 선본 남자한테 청첩장을 보내는 여자는 순영이 유일무이할 것이다.

"응. 순영 씨가 꼭 같이 오라고 신신당부를 하더군. 같이 갈 수 있지?"

제발 결혼한 후엔 태진한테 연락 좀 하지 말았으면 하는 바람이다.

"네, 그래야죠. 잠깐 기다리실래요?"

"십 분 남았지? 카푸치노 마시면서 기다릴게."

요즘 태진은 퇴근을 해서도 내가 일을 마칠 때까지 기다려 주는 일이 잦아졌다. 우리의 이런 행각을 주변 사람들은 닭살이라고 하지만, 뭐 어떤가?

"네. 맛있게 만들어 드릴게요."

"난 명혜가 만들어준 커피가 제일 맛있더군."

"헤헤, 네. 잠시만 앉아계세요."

갓 볶은 원두를 갈아서 내린 커피에 데운 우유와 하얀 거품을 얹고, 남은 커피로 예쁜 하트 모양을 만든다. 그리고 마지막으로 태진이 좋아하는 만큼의 시럽을 넣고, 계피 가루를 하트 주변에 뿌렸다.

"자, 염명혜 표 카푸치노가 나왔습니다."

"고마워."

"천만에요."

태진이 눈가에 주름을 잡으며 미소 짓자, 세상이 다 환해 보인다. 갑자기 주위의 사물이 하나둘씩 사라지고 오직 그와 나만 느껴진다. 입 안이 마르고, 심장이 폭발할 것처럼 두근거린다.

딸랑.

카페 문이 열리는 소리에 사라졌던 사물들이 제자리를 찾아가기 시작했다. 억지로 태진에게서 눈을 떼고 다가오는 남자에게 인사했다.

"상헌 씨, 오셨어요?"

"네, 잘 지냈죠? 어? 너 여기에 와 있었냐?"

나에게 미소 짓던 상헌이 태진을 발견하고는 얼굴을 찌푸렸다.

"어? 네가 웬일이냐? 손수 커피를 다 사러 오고."

"나는 뭐 외계인이냐? 너나 다 샀으면 가라."

차가운 상헌의 대답에 태진의 눈이 짓궂게 변한다.

"왜? 네가 어떤 커피를 좋아하나 나도 한번 알아보자. 얼른 주문해."

그의 재촉에 얼굴을 살짝 붉히며 상헌이 주문했다.

"흠흠, 모카라떼하고 에스프레소 마끼아또 부탁합니다."

"잠시만 기다리세요."

커피를 뽑고 포장하는 동안 상헌은 천장에 매달려 있는 메뉴판에 시선을 고정시키고 있었다. 그런 상헌을 태진이 짓궂은 얼굴로 계속해서 빤히 쳐다봤다.

"포장된 커피 나왔습니다."

"감사합니다. 다음에 뵙죠."

상헌이 고개를 살짝 숙이며 인사를 하자, 태진이 물었다.

"회사?"

별로 대단한 질문 같지도 않은데, 상헌은 겸연쩍은 얼굴로 서둘러 몸을 돌렸다.

"어, 먼저 간다. 그럼."

상헌이 떠난 뒤, 태진은 혼자서 비실비실 웃어댔다. 뭐가 저리도 좋을까?

"냄새가 나는데."

"뭐가요?"

"확실한 건 아니지만, 두 잔의 커피가 의미하는 게 있을 것 같아서."

"흠, 요즘 상헌 씨가 자주 오시긴 하죠. 항상 사가는 것도 같고. 그럼 혹시?"

놀란 눈으로 태진을 보자, 그가 기쁜 얼굴로 말했다.

"하하, 아무래도 친구가 오랜 짝사랑을 끝낸 것 같은케? 또 다른 친구와 함께."

그가 왜 좋아하는지 알 것 같아 나도 덩달아 웃음 지었다.

"그래요? 잘됐네요."

시계를 보니 퇴근 시간이다. 그와 함께 있을 때면 이렇게 시간 가는 줄을 모르다니.

"오셨어요?"

현우가 내 눈치를 살피며 태진에게 인사한다. 여우 같은 놈! 조금 전의 일을 생각하면 주먹이 근질거리지만 태진 앞이니 내가 참는다.

"어? 현우 씨, 휴가 나왔어요?"

"네, 잘 지내셨죠?"

"나야 잘 지냈죠. 전방에서 근무하느라 힘들죠?"

힘들긴 개뿔이! 저 자식은 아주 군대에서 말뚝을 박아야 정신 차릴 거다.

"뭐, 그렇죠. 그런데 병해가 말 잘 들어요?"

저, 저 자식이! 내 눈을 피해 태진의 등 뒤로 숨으면서 능글맞게 웃고 있다. 하아, 정말 인내심 테스트 하려고 저러나? 그리고 내가 무슨 어린애야? 말을 듣게?

"하하, 네. 그런데 명혜는 그렇게 불리는 거 싫어하던데."

역시 우리 태진 씨다. 현우는 태진이 이렇게 말할지 몰랐는지 말문이 막힌 채로 눈만 껌뻑거리고 서 있다. 쯧쯧, 하여간에 이 래서 어린것들하고는 상대하면 안 된다니까.

"난 이만 퇴근할 테니까 친구 잘 만나고 가라."

"그래."

"태진 씨, 가죠."

"현우 씨, 다음에 봐요."

"네, 다음에 봬요."

카페에서 나오자 향긋한 봄 냄새가 코끝에 스친다. 저물어가는 햇살을 뚫고 차가운 바람이 지나가자 하얀 벚꽃들이 우수수 떨어져 흩날린다.

"잠깐."

태진이 머리에 떨어진 꽃잎을 떼어주려고 멈춘 순간, 저 멀리 낯익은 모습의 여자가 보인다. 저 커다란 키와 떡 벌어진 어깨의 소유자는…….

"엥? 염명주잖아?"

그런데 어울리지도 않게 치마는 또 뭐야? 어라? 화장까지 했는데? 스위트 미팅 앞에서 거울을 꺼내어 보더니 이내 안으로 들어간다. 냄새가 나는군.

"언니?"

"네, 근데 저긴 무슨 일이지?"

"친구 만나러 왔나 보지."

그런가? 하지만 내가 저 인간한테 시간을 허비할 필요는 없지. 바로 내 앞에 나의 남자가 서 있는데 말이지. 흐흐흐.

태진이 내 손을 잡으며 묻는다.

"영화 보러 갈까?"

"토요일이라 표가 있을까요?"

"미리 예약했다면 이따가 나한테 상 줄래?"

그가 주머니에서 티켓을 꺼내어 흔들었다.

"무슨 상이요?"

"그 상은……."

그가 조용히 귓가에 속삭이자 저절로 얼굴이 붉어진다. 그리고 그런 나에게 웃음 짓는 그와 함께 오렌지 빛으로 물든 거리를 걸어간다. 일 년 전 그를 그리며 무수히 서성이던 이 길을 그와 똑같은 모양의 옷을 입고, 똑같은 마음을 가진 채, 그의 손을 잡고 걷는다.

작년 가을, 달밀 작가들과 옴니버스 단편소설을 만들어보자고 의기 투합했습니다. '스위트 미팅' 이라는 커피 전문점에서 일어나는 각기 다른 세 명의 사랑 이야기를 말이죠. 저는 '카푸치노' 라는 제목으로 카페 아르바이트를 하는 '명혜' 의 이야기를 쓰기로 했습니다. 처음으로 일인칭 시점도 써가면서 즐겁게 완결을 했지요. 그런데 사람 욕심이란 게, 아니, 작가의 욕심은 끝도 없나 봅니다. 단편으로 만들었던 주인공 을 그대로 놓아두고 싶지 않았으니까요. 그러기엔 명혜와 태진의 그림 이 머릿속에서 사정없이 펼쳐지고 있었으니 말입니다. 그렇게 해서 만 들어진 것이 바로 〈짝사랑 마니아〉입니다.

이 글은 말 그대로 짝사랑을 하는 사람들에 대한 이야기입니다. 짝 사랑이란 사람이 만들어낸 이기적인 환상일지도 모릅니다. 하지만 그 환상이 걷히고 나서 얻게 된 사랑은 단단하겠죠. 사랑은 운명처럼 나타 나지만, 그것을 만들어가는 것은 운명이 아닌 스스로의 노력이 아닌가 하는 생각을 해봅니다.

이 글을 쓰는 내내 로맨스 소설에서의 남자주인공치고는 너무나 소 심하고 약한 태진의 모습이 어떻게 받아들여질까 하는 걱정을 해봤습 니다. 그런데 걱정과는 대조적으로 이런 태진의 모습에 희열을 느끼는 제 모습을 발견했으니, 정녕 저는 사디스트의 피가 흐르는 건 아닐는지요(웃음).

　〈짝사랑 마니아〉를 쓰는 동안, 격려와 사랑을 주신 모든 분들에게
감사를 드립니다. 글을 쓸 때마다 옆에서 든든하게 지원해 주는 남편
임상현 씨, 저를 지켜주는 울타리인 가족들, 멀리 미국에서도 축하해 준
진현이와 현정이, 옆에 있는 것만으로도 든든한 혜진과 선웅 씨 백칠십
일간의 사랑을 꽃피운 양준모 군, 이제 군 복무를 마치게 될 박지수 군,
주지수의 세계에 화려하게 입문한 강정웅 군, 누구보다 씩씩한 진주, 작
은 몸으로 열심히 살아가는 단이, 특히 저의 안식처인 '달콤한 밀회' 식
구들께 감사의 말씀을 전하고 싶습니다. 조영 언니, 서야님, 화령이, 나
영이, 그리고 저의 가장 든든한 후원자인 달밀 가족들. 여러분들이 있
기에 저는 정말 행복하답니다. 또한 부족한 부분을 정확하게 짚어주신
규진 씨, 종민 씨, 지윤 씨께도 감사를 드립니다.

　마지막으로 연재 내내 저에게 용기와 힘을 주신 독자님들과 지금 이
글을 읽고 계신 여러분께 감사를 드립니다.

　여러분, 항상 행복하세요!

_이영채.

『사랑, 증오, 그리고 복수』

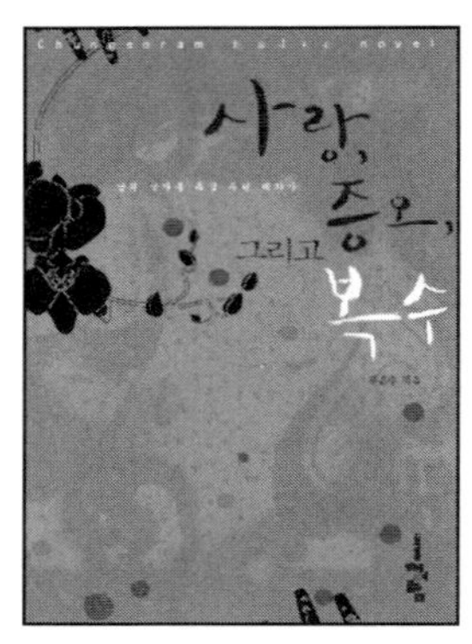

어긋난 사랑의 시작은 증오를 만들고,
증오는 복수의 씨앗을 품게 한다.
끝이라고 생각했던 과오는 오랜 시간이 흘러
부메랑처럼 다시 그들에게 돌아왔다.

● 류은수 지음 값 9,000원

『금지된 장난』

13년 동안 죽어라고 붙어 다니면서
알 거 다 알고 볼 거 다 본 사이라지만
딱 하나 두 사람이 못해본 게 있으니,
우정과 사랑 사이 그 모호한 경계에서 시작된
금지된 장난!

● 연노아 지음 값 9,000원

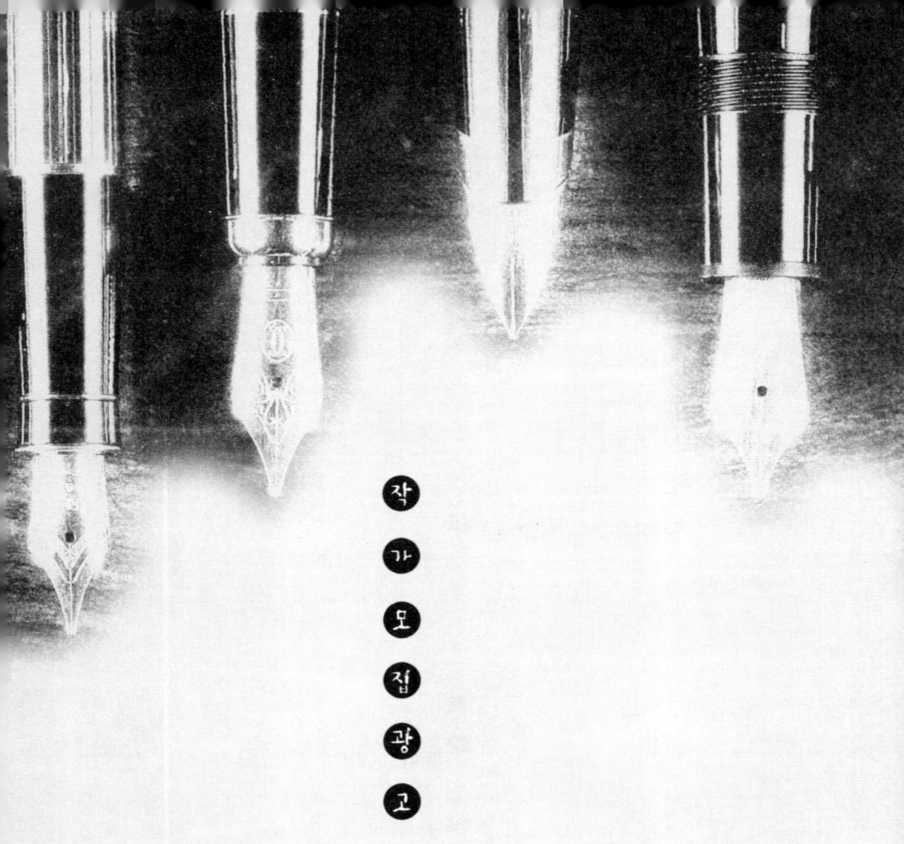